월궁정인

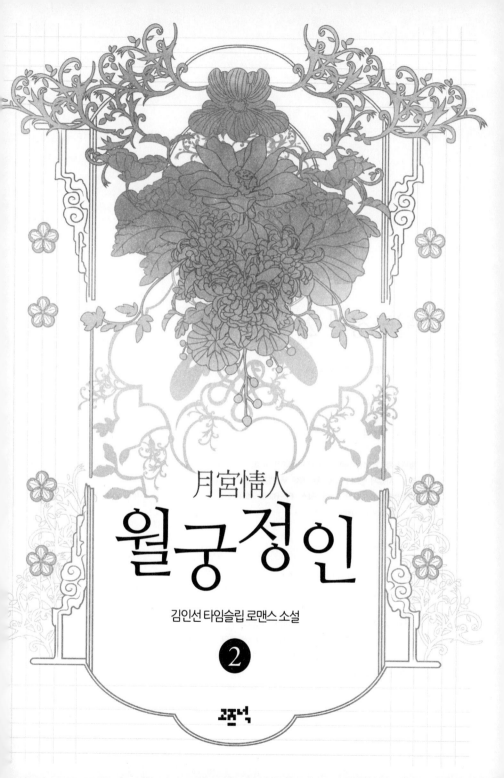

月宮情人

월궁정인

김인선 타임슬립 로맨스 소설

②

꼬장닉

월궁정인 2

초판 1쇄 발행 2016년 11월 30일

지은이 김인선
펴낸이 윤승일
펴낸곳 고즈넉

출판등록 2011년 3월 30일 제319-2011-17호
주소 서울시 강서구 공항대로 649 제성빌딩 3층
대표전화 02-6269-8166 **팩스** 02-6166-9199
이메일 realfan2@naver.com

ⓒ 김인선, 2016

ISBN 978-89-6885-065-3　04810
　　　978-89-6885-063-9　(전2권)

月宮情人

만나야 할 인연은 이어지고,

이뤄져야 할 일들은 모두 이루어져

차 례

6장

기루에서 만난
태자

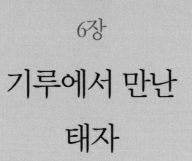

순타가 개화에서 신선의 숨결이란 정체 모를 것과 싸우고 있을 때, 고마성에선 어륙이 걷잡을 수 없이 커지고 있는 태자와의 소문과 씨름 중이었다.

　백씨 일족이 급히 진화에 나섰지만, 인자하고 자비로운 백제의 어라하를 속인 어륙과 태자에 대한 원망이 백성들 사이에서 봇물처럼 터져 나왔다.

　좀처럼 수그러들지 않는 소문에 어륙은 의구심이 생겼다. 원래 고마성 가납사니들의 입에 자주 오르내렸던 건 어륙과 태자가 아니라, 인자하고 자비롭다는 어라하의 기행이었기 때문이다.

　지난해 뜬금없이 토지신에게 묘지권을 사겠다며 묘지석을 만들라고 명을 내리지 않나, 자신의 봉분을 만들 기술자들을 양나라에서 초청해 공사를 시작한 것도 모자라 고마성 호수에 봉래산을 본

뜬 인공 섬을 만들고선 백강 한가운데도 섬을 만들겠다는 말을 공공연하게 하기에 이르렀다.

지금이야 도가의 제자들을 궁으로 초청해 선도(仙道)를 듣는 것이 전부지만 계속 이런 식으로 나가다간 동인동녀를 뽑아 불로초를 찾으러 떠나보내는 진시황의 뒤를 이을지도 모르는 일이었다.

더구나 반백이 훌쩍 넘은 어라하가 천수를 다 누리고 타계할 때가 되었다는 흉흉한 소문이 고마성에 돌기 시작했다.

그리 입단속을 시켰건만, 발 없는 소문을 잡을 수가 없었다. 당연히 다음 보위를 누가 잇느냐가 초미의 관심사로 떠올랐다.

장성한 태자는 든든한 배후가 없었고, 어륙 소생의 명농군은 백씨 일족이란 든든한 배후가 있으나, 열두 살에 불과해 보위를 잇기엔 너무 어렸다. 태자와 명농군이 서로의 약점이 있는지라, 대성팔족도 어느 한쪽을 지지하지 못하고 어심의 행방만 기다리는 형편이었다.

그렇게 1년을 태자와 대치하던 백씨 일족이 태자 암살범이라는 혐의를 받는 와중에 어륙과 태자와의 소문이 퍼지게 된 것이다.

과연 이 소문이 태자의 소행일까?

아니면, 태자와 어륙을 견제하여 이익을 취할 누군가의 간계인 것일까?

어륙의 의구심은 점점 한 인물을 가리키고 있었다.

부인과 아들의 피가 바짝 마르는 걸 구경하며, 그 어느 쪽 편도 들어주지 않은 채 선계에 대한 환상을 즐기는 백제의 어라하.

어륙은 그 길로 발걸음을 옮겼다.

마침 어라하는 오수를 즐기기 위해 침전에 머무는 중이었다. 꿈에서 선인이라도 만난 것인지 다도를 권하는 어륙의 청을 선뜻 받아주었다.

어라하의 침전은 자색의 안개라도 끼어 있는 듯 자욱했다.

신선이 산다는 바다 위에 떠 있는 전설상의 산인 박산을 상상해 만든 박산향로에서 나오는 연기 때문이었다.

그 청동향로 역시 도가의 제자가 대륙에서 가져와 바친 것이었다.

그러나 오수를 방해한 앙갚음이라도 하겠다는 것인지, 어라하는 차 마시는 내내 어륙을 까무러치게 할 작정인 것처럼 보였다.

"지금 무어라 하셨습니까?"

옥으로 만든 찻잔을 가만 내려놓는 어륙의 입가에 작은 경련이 일었다. 어륙은 방금 어라하에게서 들은 말이 잘못 들은 것은 아닌지 되물었다.

"태자비를 간택해야겠다고 말씀드렸습니다!"

태연자약한 어라하의 목소리에는 어떤 감흥도 느껴지지 않았다.

이것이었구나! 뒤늦은 깨달음이 어륙을 덮쳤다.

성동격서.

어륙과 태자의 소문으로 저와 제 일족의 눈과 귀를 가리고 태자비 간택을 내린 것이다.

어륙의 눈이 어라하의 곁에 서 있는 위사좌평 인우에게 향했다. 무심한 눈길로 가벼운 눈인사를 하는 늙은 너구리를 향해 어륙은 소리 없이 이를 갈았다.

연씨 일족이 저와 끝까지 척을 지려는 거군!

어심을 모를 리 없는 위사좌평이 저희에게 귀띔 하지 않은 것은 태자 편에 섰다는 것이렷다!

어륙은 치밀어 오르는 분을 참기 위해 주먹을 꼭 쥐었다.

태자가 혼자일 때와 귀족 가문의 처를 얻었을 때는 힘의 균형이 달라진다. 뒷배 없는 태자와 아직 어린 명농군. 서로가 약점이 있을 때와 달리 한쪽이 그 약점을 보완할 때는 전혀 상대가 되지 않는 것이다.

그동안 태자비를 간택하려 했던 시도가 없었던 것은 아니지만, 매번 백씨 일족의 은밀한 반대로 무산되곤 했었다. 그러나 이번만은 백씨 일족이 나설 수가 없게 됐다. 태자와 어륙과의 소문이 워낙 흉흉했기 때문이다. 그 소문을 잠재우는 가장 좋은 방법은 공교롭게도 태자비를 들이는 것뿐이었다.

"어륙께서 왕실의 어른이시니, 가르치실 게 많을 겁니다."

어라하의 말대로 가르칠 것뿐일까? 누가 됐든 태자비가 될 이는 각오를 단단히 해야 할 것이다.

외나무다리 어렵다고 해도 시어미 어륙 같이 어려울까? 나뭇잎이 푸르다고 왕실 여인보다 푸를까?

어라하는 호랑새요, 어륙은 꾸중새요, 시녀들은 할림새요, 왕자는 뾰족새요, 태자는 미련새라.

결국 태자비는 제 속만 썩어갈 새가 될 것이 자명했다. 원래 살얼음판이란 곳이 디디는 발이 많을수록 깨지기도 쉬운 법이니.

이왕 태자비를 들여야 한다면 썩어문드러지는 꼴이라도 봐야겠지.

어륙은 벌써부터 태자비를 고되게 할 것을 상상하며 저도 모르게 미소를 지었다.

"기분이 좋으신 것 같습니다, 어륙!"

"어라하와 함께이지 않습니까!"

어륙의 말이 옥구슬 구르듯 시원했는지 어라하가 설핏 웃었다.

언뜻 스쳐 지나가는 그 미소가 여전히 가슴을 설레게 할 정도로 멋졌다.

각이 진 턱에 시원하게 벌어지는 입가의 미소는 이십 년 전, 어라하를 처음 봤을 때처럼 조금도 달라지지 않았다.

대성팔족 나리님들 행차하니 알아서들 구별하소.

앞뒤 없이 나서는 성급한 해씨 일족이오.

물길보다 깊은 음험한 속내를 가진 진씨 일족이오.

제 죽은 무덤까지 꾸밀 사치스런 백씨 일족이오.

나무로 만들었나 고개 숙일 줄 모르는 교만한 목씨 일족이오.

겉으론 웃고 뱃속에는 검을 숨겨놓은 야심만만한 사씨 일족이오.

아둔하여 충직한 연씨 일족이오.

어부지리만 노리는 비열한 협씨 일족이오.

한 걸음에 일곱 번 마음을 바꾸는 의심 많은 국씨 일족이라.

세상천지 대성팔족 나리님들만 한 구경거리가 또 있을까.

아서라, 피도 눈물도 없는 왕족 부여씨의 비정함만 못하나니…….

"늙은 너구리가 떴다."

어둠이 자욱하게 내려앉은 고마성 안팎을 이 시각에 활보할 수 있는 자들은 많지 않았다.

더욱이 공산(公山)을 따라 축조 중인 웅진 산성은 경비가 삼엄해 해가 진 뒤에는 일꾼들조차 올라 올 수 없는 곳이었다. 단 여덟 명만 제외하고 말이다.

대성팔족. 백제의 귀족 세력이자, 왕족 부여씨와 연합한 최초의 부족장들만은 예외였다.

처음부터 그들은 백제의 연합부족으로 부여씨족을 왕으로 섬겼는데, 백제 건국 당시부터 600여 년이 흐른 지금까지 여덟 가문은 이합집산을 밥 먹듯이 해왔다. 부여씨족의 견제 세력과 옹호 세력으로 나뉘어 권력을 재편해온 것이다.

공산의 정상에 세워진 전각에는 이미 일족들의 우두머리들이 모여 있었다.

대성팔족의 수장들로, 백제를 움직이는 권력들이었으나 고마성 아이들이 부르고 다니는 희화화된 노래의 주인공들이기도 했다.

가장 늦게 전각에 들어선 이는 늙은 너구리라 불리우는 연씨 일족의 수장, 인우였다.

"늦으셨습니다."

백씨 수장인 내법좌평이 인사라고 내뱉은 말에는 고까운 기운이
서려 있었다. 태자비를 간택하기 위해 어륙과 태자의 소문을 퍼트린
것이 어라하와 인우임을 알았던 것이다.

"내법좌평의 말이 사실입니까? 태자비 간택을 내리신 것이 맞습
니까?"

인우가 채 앉기도 전에 조급증이 발동한 해씨 수장이 물어왔다.

"그렇습니다."

"허나 어떤 일족도 간택령을 받지 않았습니다."

태자를 지지하는 진씨 수장이 다른 일족들을 훑으며 물어왔다. 그
의 눈에는 제 일족만 빼고 다른 일족이 간택을 받은 것은 아닐까 하
는 의심이 서려 있었다.

"선왕께서도 신라의 여인을 취하신 적이 있지 않습니까? 태자비
간택으로 연합을 공고히 할 수 있다면 태자비의 출생국조차 문제가
되겠습니까?"

인우는 태자비가 대성팔족에게서 나올 일은 없을 거라는 어라하
의 의중을 넌지시 비췄다.

"설마! 태자비를 또다시 신라에서 데려오자는 겁니까?"

"말도 안 됩니다."

인우의 말이 의미하는 바가 명확했으므로 다들 웅성거리기 시작
했다. 그 중에서도 진씨와 해씨 일족의 수장이 거의 경악하다시피
하며 반대했다. 그들에겐 신라에서 태자비가 결정되어서는 안 되는
절실한 이유가 있었다. 세력이 줄어든 가문을 일으키기 위해 태자비

간택만큼 좋은 기회는 없었다. 그들의 가문을 재건하기 위해서 태자비를 자신들의 가문에서 선출해야만 했다.

헌데 신라라니! 자신들에게 나눠줄 권력은 없다는 엄명이 아닌가.

고마성에 있을 어라하의 단호하고 잔인한 목소리가 지척에서 들리는 듯했다. 그렇다고 모두가 반대를 표명하는 것은 아니었다.

"선왕 때 신라와의 혼사로 이제껏 신라와 다툼이 없는 것 아닙니까? 대적 고구려와 일전을 앞둔 마당에 신라와 전쟁을 하는 것이 국익에 무슨 도움이 되겠습니까!"

신라와 가장 가까운 진한 출신인 국씨 수장의 입장에서야 신라와 전쟁이 없을수록 제 일족은 번영을 이루니, 이보다 좋은 것은 없었다.

"태자비에 국익은 무슨!"

"차라리 왜국이나 가야에서 태자비를 모셔오도록 하라지요. 그 편이 더 낫지 않겠습니까!"

"저들은 우리의 오래된 우방이니, 신라처럼 못 미더운 것은 아니지요."

누구의 입에서 무슨 말이 오고가는지조차 알 수 없을 정도로 어수선해졌다. 그만큼 그들의 입장은 제각각이었다.

어륙의 일족인 백씨야 반대할 수 없는 입장이었지만 태자비가 누가 됐든 자신들과 적이 돼야 하니, 대성팔족보다는 차라리 신라가 더 나을 거라고 셈을 하고 있었고, 협씨와 사씨, 목씨는 여전히 누구의 편에 서야 할지 몰라 눈치만 보고 있는 형편이었다.

"어라하의 뜻이 정녕 그러합니까?"

사씨 수장이 조심스레 인우에게 물어왔다.

목소리를 높이며 신라계는 된다 안 된다를 가지고 떠드는 다른 족장들에 비하면 낮은 목소리였지만 전각에는 일순 침묵이 찾아왔다.

어라하의 뜻. 어심의 방향이 그렇다면 대성팔족은 결국 따를 수밖에 없었다.

"대성팔족은 어라하의 뜻을 어길 수 없소이다! 지난날, 소서노에게 충성하기로 맹세한 대성팔족이 아닙니까!"

진씨 수장이 백씨 수장인 내법좌평에게 보란 듯이 일갈을 터트렸다. 부여씨족인 태자와 맞서지 말라고 말이다. 원래 대성팔족은 모두 그 출신지가 달랐다.

해씨는 부여계, 진씨는 예계, 국씨는 가야계와 가까운 진변한계였고, 남은 사씨, 연씨, 백씨, 협씨는 마한계였다. 각기 다른 여덟 부족이 부여씨라는 왕족을 섬기게 된 데는 소서노라는 여인 때문이었다.

그들은 모두 소서노에게 충성을 맹세한 이들의 후손이고, 어라하는 소서노의 후손이 아니던가! 허나 어륙 소생인 명농군도 부여씨족이다. 가만히 있을 백씨 수장이 아니었다.

"대성팔족이 맹세한 것이 부여씨입니까! 정확히 말하자면, 국조모의 팔찌입니다. 하늘장인이 국조모 소서노께 진상한 장인의 보물에 대고 한 맹세 아닙니까!"

전설과도 같은 연합의 상징.

국조모의 팔찌는 하늘도 인정한 여제(女帝) 소서노를 상징했다. 그 국조모 팔찌에 대고 충성을 서약한 대성팔족의 조상들 덕분에 600년 가까이 대성팔족은 부여씨들에게 충성하고 있는 것이다.

"그 국조모 팔찌가 자취를 감추었으니 이게 문제 아닙니까!"

날카롭게 따지고 드는 국씨 수장의 말에 다른 대성팔족 수장들은 입을 다물었다.

한성을 잃고 국조모 사당이 불타던 날, 국조모 팔찌는 백제의 역사에서 사라지고 말았다.

사실 백제가 망국의 길로 들어설 뻔했던 이유도 국조모 팔찌 때문이었다. 충성을 맹세한 상징물이 사라지자, 해씨와 진씨가 부여씨족보다 더한 권력을 누리면서 위세를 부렸고 어라하까지 살해하는 하극상까지 벌어졌다.

혼란한 백제의 정세를 진정시키기 위해 왜에서 돌아온 왕족들이 다시 보위를 이었지만, 여전히 대성팔족과 힘겨루기는 계속됐다. 그 와중에도 선왕을 포함해 세 명의 어라하가 대성팔족들에게 살해당했으니 권력은 늘 흐르는 물과 같았다.

국조모 팔찌가 다시 언급되자 자연스럽게 혼란스럽던 권력 탐닉의 시절이 주마등처럼 스쳐지나갔다.

껍질을 들춰내면 대성팔족의 충성심이란 것은 비단보다 얇아서 수장들의 얼굴에도 민망함이 돌 지경이었다.

"국조모 팔찌가 나타난다면 모를까, 사씨는 어라하의 뜻에 따를 겁니다. 어심이 태자에게 있든 명농군에게 있든 그것은 차후의 일입니다. 어라하가 태자비 간택령을 내리셨다면 신하된 자가 어찌 반대하겠습니까!"

입에 꿀이라도 바른 듯 어라하의 충성된 신하를 강조하는 사씨였지만 다른 대성팔족 수장들은 사씨 수장의 검은 속내를 이미 파악한 뒤였다.

사씨 일족은 선왕 때부터 천도를 주장하고 있었다. 어라하를 지지하고 제2의 백씨 일족이 되려는 사씨 일족의 야심을 모를 리가 없었던 것이다.

"이왕 모이셨으니, 여쭙고 싶습니다. 정녕 태자께 국조모 팔찌가 없는 겁니까?"

국씨 수장이 다시 집요하게 국조모 팔찌의 여부를 물고 늘어지자 백씨 수장은 명치를 얻어맞은 것 같은 충격을 느꼈다.

백제 역사에서 사라졌다는 국조모 팔찌가 어째서 태자에게 있다는 것일까?

백씨 수장은 다른 수장들의 집요한 재촉에도 불구하고 그 어떤 말도 할 수 없었다.

"태자의 모친께서 한성장인이셨던 건 기억이 나시나 봅니다?"

침묵을 고수하던 연씨 일족 인우가 이내 입을 열었다.

한성이 대적들 손에 불태워지던 날, 한성장인 하나가 하늘장인의 보물인 국조모 팔찌를 무사히 고마성으로 옮겨왔다는 것이 이야기의 시작이었다.

국조모 팔찌의 흔적을 찾던 지금의 어라하가 왕자 사마군이었을 당시, 그 한성장인을 거두었다. 기적처럼 국조모 팔찌가 나타났다는 소문에 대성팔족은 들썩거렸고, 선왕은 불안해했다.

백제 왕좌의 정통성이 국조모 팔찌를 지닌 사마군에게 있다는 주장과 이미 왕좌를 차지한 어라하에게 마땅히 국조모 팔찌를 진상해야 한다는 주장이 팽팽하게 맞섰다. 그 알력다툼의 소용돌이 한가운데 있던 사마군은 한성장인인 여인을 부인으로 맞이하고, 국조모 팔찌에 대해선 함구하고 있었다.

어느 쪽이 먼저인지는 모른다. 역심을 품은 사마군이었는지, 정통성을 위협받던 선왕이었는지.

그리고 기다렸다는 듯이 정변이 일어났다.

선왕은 백씨 일족인 백가에게 살해당했고, 사마군은 반란을 진압하고 백가를 처형했다.

혼란한 이때, 선왕을 지지했던 세력들과 대성팔족은 국조모 팔찌를 서로 거두기 위해 사마의 부인인 한성장인을 쫓았다. 부여씨라서 대성 팔족의 충성을 받았던가! 국조모 팔찌를 지닌 자라면 누구나 백제 대성팔족의 주인이 될 수 있다고 이 정변이 말하고 있었다.

국조모 팔찌를 서로 거두려던 대성팔족은 한성장인의 자결로 또 한 번 눈앞에서 국조모 팔찌를 잃고 말았다.

대성팔족 때문에 부인을 잃은 어라하 앞에서 두 번 다시 국조모 팔찌를 논할 수는 없었지만, 그들은 알고 있었다. 국조모 팔찌의 행방은 한성장인의 유일한 혈육인 태자만이 알고 있다는 것을 말이다.

"만약 국조모 팔찌를 태자께서 가지고 계시고, 보위를 주장하신다면……."

진씨 수장은 저를 노려보는 백씨 일족의 눈초리에 말끝을 흐렸다.

백제 보위의 정통성은 국조모의 팔찌를 지닌 자에게 있었다. 그 말은 이미 모두의 마음속에 묵직한 돌처럼 떨어진 후였다. 도저히 들어낼 어떤 명분의 도구도 없을 만큼 무거운 것이었다.

"태자전하는 대성팔족을 어라하보다 더 증오하실 겁니다."

백씨 수장이 이렇게 지적하고 나서자 다른 수장의 얼굴들도 딱딱하게 굳었다.

제 어미를 잃게 하고 아비까지 뺏어갔으니 그 원한이 쉬이 잊혀지진 않을 것이다.

대성팔족의 운명은…….

"전하의 뜻에 달린 것이지요."

인우가 다소 안일하게 대답했다.

그때서야 수장들의 얼굴이 흙빛으로 변했다.

연씨는 제 막내아들을 이미 호위로 붙여놨으니, 태자에게 줄을 선 것이다. 그리고 보면 진씨 또한 사아군이 모사로 붙어 있지 않은가?

나머지 일족의 수장들은 그동안 태자와 백씨 일족 사이에서 너무 오랫동안 간을 본 것이다. 당장 발등에 불이라도 떨어진 것처럼 난감해하던 수장들의 시선이 일제히 한 곳으로 몰렸다.

백씨 수장이 그들의 시선을 의식했지만 떫은 감을 제대로 씹은 듯한 표정을 어쩌지 못했다. 다른 일족이야 어쨌든 일말의 기회라도 있지만, 대놓고 암살을 시도한 백씨 일족은 태자가 보위에 오를 경우 멸족될 것이 분명했다.

왕비를 배출했다고 그간 거드름 피우던 백씨 일족이 나락으로 떨어지는 것도 좋은 구경거리 일 것이리라.

백씨 수장은 갑자기 엄습해오는 한기를 애써 모른 척하며 자리에서 일어섰다.

"허면 다음 번 모임에 뵙겠소이다."

하나둘씩 일어나는 수장들 가운데 해씨 수장이 조심스럽게 물어왔다.

"헌데 태자 전하는 언제까지 개화에 계신다는 겁니까?"

제 일족이 태자에게 꼬리를 밟혀 개화 옥사에 갇혀 있다는 것은 꿈에도 모르는 해씨 수장을 향해 백씨 수장이 비릿한 미소를 머금으며 말을 뱉어냈다.

"전하께선 개화 촌것에 빠져 있다 하니, 빠른 시일 내에 올라오실 것 같지는 않습니다."

"개화 촌것이라면……."

정보를 나누는 것이 이 회합의 중요한 목적이기도 했지만 서로가 가진 정보의 가치를 정확하게 파악하려는 목적도 다분했다. 그래서 감춰야 할 정보와 드러내야 할 정보를 수시로 궁리하는 자리였다.

당연히 내가 얼마나 많은 정보를 감추고 있는지를 드러내고 인정받을 때 힘의 우위를 점할 수 있었다. 그런데 이 정도의 정보도 가지고 있지 못하냐는 듯한 백씨 수장의 표정에서 해씨 수장은 똥이라도 밟은 것처럼 기분이 더러웠다.

대성팔족 중에서 정보력이 약한 축인 해씨 수장은 이런 자리에서 다른 수장들이 흘리는 정보를 귀동냥하는 처지에 불과했다.

"천한 개화 계집의 치마폭에 싸여 개화 일은 등한시한다고 사신들의 불만이 이만저만이 아니라고 합니다."

개화로 내려가 소식을 전해야 할 일족이 보내온 정보가 없으니, 해씨 수장은 태자가 개화 계집에게 빠져 있다는 것도 금시초문이었다.

"그뿐이랍니까! 왜로 가져갈 하사품을 빼돌려 박사들의 원성이 자자하다 하더이다."

권력의 중심에서 밀려나 비슷한 처지인 진씨가 도와주지는 못할망정 거짓부렁을 흘렸다.

"내 듣기론 아주 맹랑한 계집이라 백제부 별채에서 상주한다던데요?"

"무왕의 달기가 환생했다 해도 믿어지지 않을 정도의 미색이라고 태자께서 한시도 떼어놓으지 않으신답니다."

다른 수장들도 신이 나 한마디씩 던져놓았다.

마치 아무것도 모르는 어린아이 겁이라도 주는 모양새였다.

알고 보면 불과 몇 십 년 전까지 해씨 일족 앞에 머리를 조아렸던 다른 일족들의 사소한 복수인 셈이었다.

"개화에 그런 미인이 있다구요? 에헴! 어쨌든 큰일입니다. 왜에서 온 왕족의 안목이 아무리 형편없다 해도 어찌 개화 계집 따위에 정을 주신단 말인가!"

그러니 어라하께서 태자비 간택령을 내리신 거구만!

해씨 수장이 이제야 수긍이 가는 듯 머리를 주억거렸다.

있지도 않은 미인을 만들어가며 해씨 수장에게 오보를 건넨 수장들은 저마다 거리낌 없이 웃는 얼굴로 헤어졌다.

서로를 견제하는 대성팔족에게는 실질적인 정보를 공유하는 일 따윈 없었다. 필요 없는 정보들을 통해 그들이 얼마나 정확하게 상황을 알고 있는지 떠보는 경우가 허다했다. 그들은 영원한 아군도 적도 아니며, 오직 그들이 하나가 될 때는 국조모 팔찌 앞에서 자신들의 힘을 유지하려 들 때뿐이었다.

정수리 위로 해가 고개를 빳빳이 세운 정오였다.

바다에서 미풍이 감질나게 불어오는 것이 조만간 비라도 내릴 것 같았다.

"빗치기 좀 보여…… 헉!"

영의 좌판에 다가온 중년 여인이 영의 얼굴을 보고는 화들짝 놀라 도망쳤다.

영은 벌써 두 번째 손님을 놓쳐버렸다.

장사꾼에게 마수걸이란 하루장사의 예고와도 같았다. 처음 물건을 쉽게 팔면 그날 하루 장사는 술술 풀리지만 그렇지 못할 때면 그날 장사 내내 힘들기 마련이다. 불행하게도 오늘, 영의 좌판은 마수걸이조차 하지 못했다.

영은 뒤숭숭한 꿈 때문에 며칠째 잠 한 숨 못 자고 뜬 눈으로 밤을 새야만 했다.

힐끔힐끔.

가판 뒤에 앉아 갑오징어에서 뼈를 분리하는 부염의 시선이 등 뒤로 느껴졌다.

"그 오징어 뼈 잘 분리해! 나중에 틀 만들 때 망치면 가만 안 둔다."

뒤통수에 눈이라도 달린 것인지 때마침 분리하던 오징어뼈가 부러져 있자, 부염은 재빨리 먹물을 모아둔 통에 버리고 새 오징어의 뼈를 분리하는 데 집중했다.

"에휴!"

답답한 심사만큼이나 길고 긴 한숨이 영의 입에서 새어나왔다.

빙고에서 본 사체들이 다시 영의 머릿속에 떠올랐다. 검시관뿐만 아니라 검안을 끝낸 사체들도 덩달아 머릿속을 어지럽혔다.

신선의 숨결.

분명 영이 아는 병명이었다.

쾡한 두 눈은 텅 비어 있는 것 같았고 미라마냥 껍데기만 남아 있었다.

두 눈에 가득했던 공포. 영이 기억하는 임종 전 할아버지의 마지막 모습이었다.

장인의 보물로 인도할 길잡이라고 믿은 무령왕비 팔찌에 다가갈 수 없었던 할아버지는 결국 장인의 혼에 접촉하기 위한 위험한 선택을 했다. 그것이 신선의 숨결이란 광물이었다는 것을 영은 나중에야 알았다.

그 신선의 숨결을 이 백제시대에서 다시 보게 되다니.

아니, 원래 이 시대의 것을 서환 명장이 사용한 것이다. 이 시대 사람들이 아직 그 위험성을 모르는 그것을 할아버지는 작정하고 사용한 거다. 장인의 보물에 대한 집착 때문에 말이다.

휴우, 영의 고민만큼 한숨도 늘어갔다.

하지만 영을 더 심란하게 한 건 동굴에서 보인 자신의 행동이었다.

어떻게 칼을 맨손으로 잡을 생각을 했을까?

상흔이 남아 있는 제 손바닥을 내려다보자, 당시의 상황이 떠올라 영은 아찔함을 느꼈다. 다시 생각해봐도 제정신으로는 절대로 할 수 없는 일이었다.

그랬다. 확실히 영은 제정신이 아니었다.

안 돼!

절규에 가득 찬 영 그녀의 목소리가 이명처럼 자신의 귓가에 들려왔다.

어느덧 영은 환한 빛 가운데 있었다. 눈조차 뜰 수 없이 환한 빛에 휩싸였던 영은 갑자기 빛이 줄어들자 겨우 눈을 껌벅거렸다. 눈앞의 광경이 제대로 시야에 들어오기도 전에 영은 자신이 서 있는 곳이 더 이상 동굴이 아님을 깨달았다.

기절이라도 한 게 틀림없다. 아니면 백일몽인 걸까? 꿈인 것이 확실했다. 영이 지금 서 있는 곳은 그녀가 언제나 꿈에서 보았던 해안 절벽가였기 때문이다.

꿈속에서 등을 진 채 얼굴을 보여주지 않던 남자가 서 있던 바로 그 자리에 영은 서 있었다.

지금 꿈 꿀 때가 아닌데…… 짝퉁은 무사한 걸까?

영의 마음에 불안감이 밀려올 때였다.

피슝.

불길한 바람의 소리에 영은 황급히 돌아섰다. 영의 눈에 낯익은 뒷모습이 들어왔다.

꿈에서 늘 봐왔던 남자의 등이었다.

꿈에서처럼 남자는 가슴에 꽂힌 화살을 움켜잡고 잔뜩 웅크린 채 바닥으로 뚝뚝 떨어지는 피를 피해 주춤거리며 뒷걸음질치고 있었다. 어느새 남자가 영이 있는 곳까지 다가왔다.

웅크린 남자의 몸이 휘청거리더니 털썩 무릎을 꿇은 남자의 고개가 뒤로 확 젖혀졌다.

비로소 남자의 얼굴을 마주하게 된 영은 심장이 덜컹 내려앉는 느낌이었다.

저절로 왼쪽 가슴을 향해 영의 오른손이 올라갔다. 영의 꿈속을 찾아와 매번 먹먹함을 남기고 사라졌던 남자의 정체가 순타였기 때문이다.

무릎을 꿇어 한껏 젖혀졌던 고개가 반동으로 다시 숙여졌다.

순타 태자. 그가 자신의 꿈속에 나온 남자라는 것에 영은 무척이나 혼란스러웠다.

정말 꿈속의 남자가 순타 태자라는 걸까?

영은 제 눈앞에서 거친 숨을 몰아쉬며 허공을 향해 힘겹게 왼팔을 들어 올리는 순타를 지켜보았다. 마치 누군가를 부르는 듯한 그 애달픈 손짓에 영이 저도 모르게 손을 뻗으려던 찰나였다.

항아!

익숙한 부름에 영이 아연해진 순간, 순타의 손을 누군가 덥썩 잡았다.

……달이었다.

갈까마귀 달이가 순타의 손을 잡은 채 눈물을 그렁그렁 매단 얼굴로 그를 바라보고 있었다.

그 순간 순타의 몸이 달이에게 기대듯 쓰러졌다.

영이 그들 사이에 끼어들 틈이 없었다. 그저 벌어지는 일을 관망할 수밖에.

달이에게 기댄 순타의 표정이 너무나 편안해 보여서 그의 가슴에 박힌 화살만 아니라면, 연인의 품에 기대어 있는 행복한 남자처럼 보일 정도였다. 그에 반해 달이는 여전히 그에게 무슨 일이 일어났는지 모르는 듯했다.

반사적으로 눈을 껌뻑거린 탓에 달이의 얼굴에서 눈물이 흘러내렸다.

영은 그런 달이의 얼굴을 보며 어안이 벙벙한 미련스런 얼굴이라고 생각했다.

이 상황에서 동정이나 연민의 감정이 들지 않은 건 아니었지만, 가장 강하게 영의 마음을 사로잡은 감정은 달이에 대한 적개심이었다. 꿈속의 남자 아니, 순타가 화살을 맞은 것이 꼭 달이 탓인 것만 같았다.

그 순간, 순타가 자신의 가슴에 꽂힌 화살을 움켜잡은 손으로 화살대를 꺾었다.

고통으로 일그러지는 순타의 얼굴을 보고 영은 저도 모르게 질끈 눈을 감아버렸다. 다시 눈을 떴을 땐 꺾인 화살대를 달이에게 건네주는 순타가 보였다.

받지 마!

영의 외침은 달이나 순타에게는 들리지 않는 듯했다.

달이가 순타의 손에서 화살대를 건네받자마자, 그의 손이 바닥으로 힘없이 떨어졌다.

그동안 꿈속에서 남자의 죽음을 여러 번 보았지만, 순타라는 것을 알고 그의 죽음을 직접 보는 것은 충격적이었다.

여전히 달이는 그가 죽었다는 것을 모르는 듯이 굴었다. 아니, 순타가 죽었다는 사실을 받아들이지 못하는 듯했다.

일어나! 일어나란 말이야. 그만 잠에서 깨라구…….

점점 일그러지는 달이의 얼굴은 순타의 죽음을 인식한 사실을 고스란히 드러내고 있었지만 달이는 인정하지 않았다. 제 품으로 쓰러진 순타를 흔들어 깨우며 울먹거릴 뿐이었다.

　잠에서 깨어나. 순타!

잠에서 깨어나. 순타!
기시감이 느껴지는 달이의 말에 영은 불현듯 의구심이 들었다.
이건 꿈일까? 그럼 대체 어디까지가 꿈인 걸까?
백제시대 달이가 된 서영이 꿈인가. 2016년 서영이 된 달이가 꿈
인가! 모든 것이 혼란스러울 뿐이었다.

　안 돼! 안 돼!

순타를 끌어안고 절규하는 달이의 목소리가 점점 작아지는 것이
느껴졌다.
급기야 영은 절벽가에서 자신이 멀어지고 있는 것을 알아차렸다.
그것은 다리공방에서 할아버지를 만났을 때처럼 아득히 깊고 먼 곳
으로 빨려 들어가는 기분이었다.
어느새 영은 다시 동굴로 돌아와 있었다. 그리고 살아있는 순타를
보는 순간, 영은 생각할 겨를 없이 그를 향해 찔러오는 칼을 손으로
잡아챘다. 단연코 제정신이 아니었다고 말할 수 있었다.

그녀가 본 것이 꿈이었든 환각이었든 그 무엇이었든 간에…… 한

가지는 확실해졌다. 갈까마귀 달이와 순타 태자.

두 사람의 인연을 영이 대신 겪고 있다는 것을 말이다.

두 사람의 사랑을 방해한 이가 저란 사실이 영을 못 견디게 했다. 그것이 자존심인 건지 질투심인 건지, 영도 확실히 알지 못했다.

"고민한다고 보리가 나오냐 패물이 나오냐? 이래 가지고 밥값 하겠어?"

영의 머리 위로 혀 차는 소리가 들려왔다.

짚으로 매단 얼음덩어리를 들고 있는 고달이 영의 한산한 가판을 보며 서 있었다.

"장사꾼 낯짝이 그게 뭐냐!"

삼시 세 끼 꼬박 챙겨 먹이는 딸년 얼굴이 푸석거리는 게 고달 제 딴에는 안타까워 한 말이건만, 영에겐 아주 고깝게 들렸다.

"세상엔 원판불멸의 법칙이 존재하거든요."

댁 딸이 못 생긴 거라고 대놓고 말하는 영이건만 아쉽게도 고달이 알아듣지 못했다. 그저 영이 지껄이는 알아듣지 못하는 말들을 또 하나 보다 싶은지 아예 귓등으로 듣는 모양새다.

"그러니까……."

"이 뒤꽂이를 자네가 만든 것이 맞는가?"

막 고달에게 설명을 하려던 영의 말을 끊은 건 새초롬한 얼굴에 연두빛이 나는 비단으로 만든 치맛단을, 화려한 호박 반지로 치장한 손으로 연신 살랑이면서 짙은 분 냄새를 풍기는 여인이었다.

여인의 등장에 얼이 빠져 있는 고달이 영의 눈에 보였다.

고달은 물론 건너편 포목상 아제와 지나가던 행인까지 저자의 사내는 모두 여인에게서 눈을 떼지 못했다.

비단 사내뿐만이 아니었다. 저자의 여인들도 모두 눈앞의 여인을 훔쳐보고 있었다. 화려한 차림이 사람들의 눈길을 사로잡는 데 한 몫을 했다.

그런 사람들의 눈길을 즐기는 듯한 여인의 행태가 고까웠지만, 영은 여인이 내미는 뒤꽂이로 금세 시선을 옮겼다. 밀랍을 주조틀로 이용해 만든 꽃과 나비를 장식으로 단 은제 화접뒤꽂이었다.

투박한 모양을 잡는 것이야 갑오징어 뼈로 충분했지만, 꽃주름이나 금방이라도 날아갈 것 같은 나비 날개의 모양을 잡는 건 무른 밀랍을 통해서만 가능했다. 물론, 그 밀랍의 출처는 고달이 키우는 봉군들에게서 나왔다.

"이것과 같은 걸로 열 개 주문하려는데 가능한가?"

여인의 말에 영은 작게 코웃음 쳤다.

저 작은 뒤꽂이 만드는데 필요했던 밀랍을 얻기 위해 고달의 봉군들에게서 몇 채의 집을 빼앗았는지 고달이 알게 된다면, 아무리 정신이 온전치 못한 딸년 행세를 하고 있는 영도 무사하지 못할 것이 뻔했다. 헌데 열 개를 주문한다고?

영은 아침부터 혈기 왕성한 개화 사내들의 이목을 끌고 있는 여인의 손에서 뒤꽂이를 순식간에 낚아챘다.

고달은 요 며칠 사나운 제 딸년의 행실로 미루어 또 뭔 흰소리로 싸움을 거는 것은 아닌지 은근히 불안해졌다. 그도 그럴 것이 상대는 곱디 고와도 세상 물정 훤하게 아는 기녀 아닌가!

이러다 제 딸년이 해코지라도 당하는 게 아닐까, 조마조마하기까지 할 때였다.

이제껏 단 한 번도 듣지 못했던 달이의 상냥하다 못해 꿀에 막 절은 듯 달콤한 목소리가 낭랑하게 들려왔다.

"열 개라뇨! 백제판 셀럽 언니들한테, 다이애나 장인은 열 개든 스무 개든 다 만들어드릴 수 있답니다."

누가 제 딸년 아니랄까 봐. 재물 앞에서는 한없이 작아지는 것 또한 닮은 모습에 서글픔도 잠시. 뒤꽂이 열 개의 값어치에 대한 암산에 들어가는 고달이었다.

대낮인데도 색색의 등이 하늘을 가리고 있었다.

저자의 갈림길 중 하나인 이곳은 밤이 되면 불야성이 되는 개화 홍등가였다. 반면에 낮에는 오히려 인적이 드물어 귀신이나 지나다닐 것 같은 으스스한 느낌마저 들게 했다.

거리에 얼마나 사람이 없는지 사람들 틈에서 자신의 기척을 지우는 데는 이골이 났을 새작이나 자객의 모습이 훤히 들여다보일 정도였다. 자신의 존재를 드러내는 것을 극도로 꺼려하는 그들이 낮의 홍등가를 찾는다는 것은 그만큼 위험부담이 컸다.

원래대로라면 부염 역시 이곳은 피해야 했다. 그러나 재물에 눈이 멀어 제 딸년을 기루에 보내고선 혹여 불한당 같은 놈들에게 험한 꼴이나 당하지 않을까 뒤늦은 후회와 걱정에 전전긍긍한 고달에게 떠밀려 별 수 없이 오고 말았다.

낮 동안은 기루처럼 안전한 곳이 없다는 것을 아는 부염은 고달의 걱정이 기우라는 것을 알았지만, 기루에 주문을 받으러 온 영을 쫓아 이곳 청루의 지붕까지 올라온 것이다.

"그러니까 운심 언니는 연봉뒤꽂이고, 채봉 언니는 화접뒤꽂이, 다른 언니들은 화형뒤꽂이…… 거기 언니들! 가락지는 안 필요해요? 가락지는 하나씩 가지고 있다고요? 허허! 이 언니가 뭘 모르네! 고마성 왕족과 귀족 여인들은 철마다 사용하는 장신구가 있다는 거 아직 모르시나 봐?"

"고마성?"

여인들이 대번에 영의 말에 관심을 보였다.

"고마성에선 말이죠, 시월에서 정월엔 금가락지를, 이월에서 사월엔 칠보가락지를, 오월 단오엔 옥가락지와 마노가락지를 끼고 팔구월엔 칠보가락지를 낀다니까요!"

기와 하나를 빼내고 기루 안을 염탐하는 부염의 귀에 영의 낭랑한 목소리가 들려왔다.

고달의 말처럼 처음 듣는 상냥한 목소리였다. 고달의 딸이 아니라고 부인하지만 재물 밝히는 것은 부녀가 꼭 닮아 있었다.

청루의 지붕 위에서 기척을 숨기고 기다린 지 두 식경쯤 지났을까, 별안간 홍등가 거리에 수상한 움직임이 느껴졌다.

부염은 본능적으로 두건을 꺼내 얼굴을 가렸다. 현재로서는 양 발목에 감춘 단도만이 그의 유일한 무기였다.

가만 내려다보니 면사가 달린 방립을 쓴 한 사람을 쫓아 수상한 움직임을 보이는 자들이 평범을 가장한 채 떼를 지어 홍등가로 들어서고 있었다.

그들 중 대다수가 부염과 같이 자신의 흔적을 지우는 데 익숙한 자들이었다. 그들은 자신들의 모습이 드러나는 것도 개의치 않고 누군가를 쫓아 이곳까지 온 것이다.

서로가 서로를 의식하며 경계하는 것이 느껴졌지만 누구 하나 섣불리 먼저 움직임을 보이는 이가 없었다.

그들이 쫓던 자가 마침내 청루의 입구로 들어가고 얼마 후, 수 마리의 전서구들이 일시에 하늘로 날아올랐다. 똑같은 내용이 담긴 비단 천을 가지고 말이다.

부염은 그들 모르게 날아오르는 전서구를 한 마리 잡아채 새의 다리에 매달아놓은 천을 펼쳤다.

태자, 기루 입성

방립을 쓴 이가 태자였군.

부염은 지붕에서 내려와 창 옆으로 자리를 잡고 태자 주위를 감시하는 작자들의 수를 헤아렸다. ……도합 여덟 명이었다.

백제 태자의 동태를 저렇게 근접해 살피고 있다는 것은 그만큼 중요한 일이 진행되고 있다는 반증이기도 했다. 곧 자신에게도 임무가 하달될 것이라는 걸 부염은 직감했다.

자신의 주인도 때때로 태자의 뒤를 밟게 했다. 그러나 부염에게 하달된 감시는 단순한 감시 차원이 아니었다. 그러다 보니 저들의 눈을 피해 태자의 일거수일투족을 살피고 임무까지 수행하는 것이 여간 어렵지 않았다.

부염은 이참에 신경을 거슬리게 하는 저들을 모두 없애버릴까 하다가 이내 도리질을 했다. 주인의 명령 없이 그가 누군가를 죽인 적은 단 한 번도 없었기 때문이다.

헌데 왠지 모르겠지만 태자가 청루로 들어가자, 부염은 갑자기 목이 말랐다. 영이 있는 곳에 태자가 들어갔고…… 두 사람이 함께 있는 곳이 기루다!

설마 두 사람이 이곳에서 만나기라도 약속을 한 것일까?

태자와 함께 있는 영을 볼 때마다 부염은 배앓이를 하곤 했다. 뱃속에 그녀가 말한 벌레가 사는 게 분명했다.

음식을 먹기 전에 꼭 손을 씻으라면서 말해주던 물귀신 벌레가 부염의 속에서 알을 깠나 보다.

이 벌레라는 놈은 영이 태자와 함께 있는 걸 볼 때마다 왕성하게 활동하니, 지금도 갈증이 나는 거다.

바로 그 순간이었다.

엄마야!

작게 비명을 지르며 뭔가가 창에서 뚝 하고 떨어져 나왔다.

화들짝 놀란 부염은 제 위치가 발각된 줄로만 알고 단도를 꺼내들었지만 창에 매달려 버둥거리는 이를 보고는 그만 전의를 상실하고 말았다. 달이었다.

청루 곳곳에 놓아둔 토우는 찰흙으로 만든 장난감처럼 보였지만, 남녀 간의 방사를 치르는 다양한 행위들을 하고 있었다.

신라 상단에서 기증한 토우는 기루에 배치될 줄 알았는지, 다른 토우보다 양물을 과장스럽게 표현해 외설스럽다기보다 익살스럽게 보였다. 다만 벽에 걸린 화첩에 그려진 왜인들의 춘화는 과장되다 못해 괴기스런 모습마저 띠고 있었다.

"호호! 전날에 제가 좋은 꿈을 꿨나 봅니다. 공자 같이 잘생긴 낭군을 모시게 되다니!"

간드러지는 기녀의 목소리에 순타는 저도 모르게 눈살을 찌푸렸다.

기녀들이 향을 잘 섞는다 하니 그네들 중 혹 찾으시는 향의 이름을 아는 자가 있지 않겠습니까!

향료를 팔던 곰보 사내의 말이 뒤늦게 생각나 기루를 찾아온 순타였다.

가야 사신의 사체를 도둑맞고 백제부는 그야말로 가야 사신들의 성토장이 되고 말았다. 그들은 이른 아침부터 늦은 저녁까지 백제부를 차지하고 앉아 이 일을 어찌 해결할 것이냐 따지고 들었다.

그들을 피해 별채에서 두문불출하던 순타는 사아의 입이 열리기만을 기다렸다. 저 대신 가야 사신을 어르는 사아를 볼 때마다 의구심이 머리를 간지럽게 했다. 신선의 숨결이란 병세를 알면서도 사아는 여전히 일언반구가 없었다.

순타 역시 침묵으로 해명을 요구했다. 사아가 그걸 모를 리 없을 것이다. 그런데는 그는 그저 평소처럼 순타의 모사로 행동하고 있었다.

물론 그가 아는 것을 순타가 다 알 필요는 없었다. 허나 순타가 알고 싶어 하는 것을 사아가 대답하지 않았던 적도 없었다. 더욱이 사아가 아는 것이라면.

의심이란 것이 고약한 놈이라, 한 번 마음속에 자리를 틀고 앉으니 모두가 다 의심스러웠다.

신선의 숨결이 무엇인지 알지만 말하지 않겠다는 갈까마귀 항아부터 아직은 말할 수 없다 하여 침묵하고 있는 사아까지.

모다 한통속으로 저를 속이는 게 아닐까, 밑도 끝도 없는 의심이 제 집인 양 순타의 마음 속을 불쑥불쑥 찾아들었다.

"태자님?"

희멀건 손 하나가 어느새 순타의 가슴팍을 어루만지고 있었다.

기녀의 능숙하고 직업적인 손놀림에 놀라기도 전에 순타는 익숙한 향을 맡았다. 관사에서 맡았던 그것이 제게 몸을 기대오는 기녀에게서 분명히 흘러나오고 있었다.

눈앞의 공자가 자신의 향을 맡고 눈빛이 달라지자 옥교는 살포시 미소를 지었다.

청루 제일의 기녀. 이것이 옥교를 부르는 또 하나의 별칭이었다. 옥교를 오늘날 이 자리에 있도록 만들어준 것이 그녀의 허리춤에 매달려 있는 향갑 덕이었다.

처음 향갑을 가져온 사람은 자신을 개화 공방의 견습공이라고만 소개했다. 은으로 만든 나비 모양의 향갑이 따로 달린 노리개였다.

견습공은 노리개를 내밀며 무작정 써보라며 꼬드겼다. 선물이라며 억지로 건네는데 그다지 탐탁지 않았다. 그래도 향갑보다는 오히려 노리개의 모양이 고와서 받아두기는 했다.

어쩌다 그 향갑을 차고 손님을 받게 되었는데, 한 번 다녀간 손님이 재차 찾는 일이 잦아졌다. 그들은 청루에 올 때마다 가장 먼저 옥교를 찾았고, 그때마다 옥교는 견습공의 향갑을 찼다.

사내들은 한결같이 이렇게 말했다. 옥교와 보낸 시간이 선녀와 함께 보낸 꽃잠 같았다고.

옥교를 찾는 사내가 늘어날수록 견습공이 가져오는 독특한 향료에 기녀들도 눈독을 들였다. 그리고 옥교의 향료라는 이름까지 생기며 기녀들 사이에 소문이 나자 다들 견습공을 백방으로 수소문하기 시작했다.

몇 번 다녀갔던 견습공을 만나려고 벼르던 기녀들은 어느 날부터 더 이상 그를 볼 수 없게 되자 옥교를 추궁했다. 어디다 빼돌려놓고 자신만 향갑을 독차지하느냐는 거였다. 본의 아니게 기녀들의 질투를 사게 된 것이다.

오늘도 그녀만 빼놓고 장신구를 새로이 맞춘다고 저희들끼리만 모여 옥교를 따돌렸던 것이다. 덕분에 옥교가 제일 먼저 백제 태자를 맞이하는 행운을 거머쥘 수 있었다.

어찌보면 이것도 향갑 덕분이긴 했다. 기녀들에게 부러 일러주지 않는 것처럼 굴었지만 실상은 옥교 역시 답답하기는 마찬가지였다. 발길이 끊어진 견습공을 그녀도 더 이상 볼 수 없었기 때문이다. 그녀 역시 이미 사람을 시켜 개화 공방을 뒤져보라고 한 터였다.

이 향갑이 다 소모되기 전에 돈 많은 상인이나 하나 잡아 그 집 안채를 차지하라는 수양어미의 말은 귓등으로 흘려듣고 옥교는 눈앞의 태자를 향해 요염한 미소를 지어보였다.

사내 얼굴 반반한 것이 다 무엇이냐고 통박을 놓던 수양어미의 말은 죄다 틀린 것이다. 신분이 백제 태자에다가 얼굴도 이리 고우니, 상인 나부랭이의 안채가 아니라 왕궁을 차지하면 될 것이 아닌가!

순타의 얼굴을 보며 홀로 구름 속을 거닐던 옥교는 말없이 자리에서 일어나 벌컥 창문을 열어젖힐 때까지 단꿈에 사로잡혀 있었다.

"대체 뭐하는 짓이냐?"

노한 고성에 옥교도 그만 현실로 끌려나왔다. 열어젖힌 창문에는 갈까마귀 계집의 머리가 하나 솟아 있었다.

대낮에 귀신도 아니고, 너무 놀라 오줌까지 지릴 뻔한 옥교는 창문에서 끌려 올라오는 갈까마귀를 죽일 듯이 노려보다가, 점차 서슬 퍼런 노기가 떠오르는 미공자의 얼굴을 보고 눈치껏 방을 나섰다.

삭풍이 불 땐 제 굴로 도망가는 것이 약한 것들의 본능이었다.

"고얀 것!"

순식간에 성에라도 얼굴에 깔린 듯 순타가 냉엄한 표정을 지었다.

순타의 손에 끌려 방에 들어온 영은 그의 일갈에 움찔거렸다. 본의 아니게 관음증 환자가 됐지만, 그렇다고 처음부터 엿보려고 한건 아니었다.

이게 다 그 복면 쓴 놈 때문이었다.

영이 청루까지 와서 그녀들의 비위를 맞춰가며 주문을 받던 와중에 하필 백제 태자가 옆방에 들었다는 보고를 듣고 만 것이다.

다투어 주문하던 그녀들이 백제 태자를 맞이하기 위해 단장을 하러 나가자, 영은 그야말로 낙동강 오리알 신세가 되고 말았다.

그녀들의 주문을 받겠다고 연신 웃는 낯을 하느라 얼굴이 얼얼할 정도였는데, 순타의 등장으로 모두 헛수고가 된 것이다.

'망할 짝퉁! 누군 잠 한숨 못 자고 고민하고 있는데 저는 대낮부터 기루 행차야?'

불쾌한 기분에 도무지 가만히 앉아 있을 수 없었던 것이다.

영은 그냥 창문을 통해 옆방에서 대체 순타가 무슨 짓을 꾸미는 건지 들어나 보려고 한 것이다.

그런데 옆방 창으로 귀를 기울이던 영의 몸을 지탱하지 못하고 창문이 이렇게 가볍게 떨어져 나갈 줄은 몰랐다.

창문을 잡고 상체를 기울였던 영도 하마터면 아래로 떨어질 뻔했지만 용하게도 창문틀을 움켜잡아 매달릴 수 있었다. 그런 영을 도와준 이가 복면으로 얼굴을 가린 이였다.

수상함이 풀풀 나는 사내와 눈이 마주치자, 놀라 손을 놓았는데 영은 바닥으로 떨어지지 않았다. 복면인이 순간적으로 영의 팔을 잡아당겨 허리를 낚아챈 것이다.

비명이 터져나올 뻔했지만 영은 간신히 참아냈다. 그런데 문제는 그 다음이었다. 잡아주었으면 안전하게 옮겨주든가 할 것이지, 복면인은 영을 옆방의 창문틀에 매달아 놓고 저는 훌쩍 사라져버린 것이다.

올려주지도 내려주지도 않은 복면인을 향해 이를 가는 상황에서 창문이 열리고 영은 순타의 손에 끌려 올라오게 되었다.

더 이상 꼴사나운 모습으로 매달려 있지 않아도 되겠다고 안심한 것도 잠시였다. 평소처럼 항아님, 하며 받아주던 얼굴과는 확연히 다른 순타의 태도에 영은 바로 후회한 것이다.

저를 노려보고 있는 태자의 얼굴을 보니, 눈앞이 새하얗게 돼버렸다. 웬만하면 어떤 상황이라도 하고 싶은 말을 뱉어내고 볼 일인데 영은 아무 말도 할 수 없었다.

숨 막히는 정적이 지나가고, 묵직한 발걸음이 바닥을 천천히 울리기 시작했다.

한 발짝 한 발짝 다가서는 발걸음 소리에 소름이 돋았다. 순타가 팔 길이만큼 남겨놓고 영 앞에서 멈춰 섰다.

영은 자신도 모르게 뒷걸음질쳤으나 발꿈치를 뒤로 빼자마자 벽에 툭 부딪혔다. 이어서 등이 벽에 닿을 때였다.

"누구냐. 너?"

순타의 음산한 목소리가 머리 위로 들려왔다.

　그 시각 영을 창틀에 매달아두고 훌쩍 모습을 감추었던 부염은 태자의 뒤를 쫓아 청루에 온 자들 중에 몰래 섞여 있었다.

　태자가 개화 땅에 머물게 되면서 그들은 태자의 뒤를 쫓아 행적을 적어 보낸 후에는 서로의 말상대가 되기도 하였다.

　"태자가 낮거리라도 하러 간 건가?"

　개화에서는 밤일로 부르는 은밀한 일을 낮에 한다 해서 낮거리라 부르곤 했다.

　"그럴 리가! 고마성 기녀들도 품지 않고 한사코 거부하던 태자야. 개화 땅의 여인이 고마성 여인에 비할까?"

　"혹 모르지. 태자의 뛰어난 감식안은 우리와 미의식이 다른 건지도! 태자의 정인이라는 개화계집만 봐도 알 수 있잖아!"

　사내들의 기분 나쁜 웃음소리가 낮게 울렸다.

　부염은 배를 살살 어루만졌다. 뱃속에서 벌레가 또다시 활동을 시작한 것만 같았다.

　벌레가 뱃속을 나와 가슴팍까지 기어 다니고 있는 게 확실했다. 가슴팍마저 가려워 견딜 수가 없었다.

　"백제 태수가 다 나아 태자가 고마성으로 환궁할 때 그 개화 계집도 데리고 가겠지?"

　"설마!"

"내기할까?"

'달이를 데려가?'

사내들의 말을 엿듣던 부염의 눈빛이 돌변했다.

'아니, 달이는 아무데도 안 가!'

부염이 청루를 말없이 쏘아보았다.

"부유하는 장인의 혼 따위는 작정해서 지어낼 수 있는 게지!"

순타에게 영이 갑자기 들이닥친 맥락 속에는 의심이라는 괴물이 큼지막하게 자리 잡고 있었다.

그에게는 영을 도와주던 복면인이 중요한 게 아니었다. 그저 그녀를 의심하기에 적당한 조건이 만들어졌다는 게 중요했다.

그리고 그렇게 부풀어 오른 의심이 그의 눈과 귀를 막아버렸다. 장인의 혼을 들먹이며 스스로 한성장인이었던 모친을 능욕하고 있는 것이다. 화가 솟구쳐 올랐다.

감히 누가…… 이 따위 짓을 벌인단 말인가!

어륙과 백씨 일족.

동궁에서 버젓이 암살을 계획한 간 큰 자들이니 이런 일을 꾸미는 것도 두렵지 않았겠지. 몰래 죽이는 게 어려우니 이런 이상한 갈까마귀를 옆에다 붙여 서서히 말려 죽이려는 속셈이 아닌가.

자신의 간절함을 이용해 함정으로 끌고 가고 있는 게 아닌가.

더구나 갈까마귀의 아비는 태수의 시종 아니던가!

엉뚱하게 꿰어 맞혀진 조건들이 진실로 둔갑하는 건 순간이었다.

"그동안 태수의 간계에 이 몸이 놀아나고 있던 건가!"

유채색 눈동자와 억눌린 목소리에는 살기마저 느껴질 정도였다.

"노, 놀아나다니? 잠깐만, 무슨 오해가 있나 본데……."

다짜고짜 순타의 차가운 손이 영의 목을 눌렀다.

한 손에 다 잡히는 가녀린 목은 마음만 먹으면 쉽게 으스러질 것만 같았다. 서서히 목이 졸려지는데도 영은 아무런 반항도 할 수 없었다. 영의 눈앞에 서 있는 순타의 눈 때문이었다.

그가 보는 것이 무엇인지 알 수 없었다. 그의 눈에는 아무것도 담겨 있지 않았다. 지금 자신이 무슨 짓을 하고 있는지도 모를 것처럼 보였다. 흐리멍덩해진 눈빛은 그가 간직한 내면의 고통을 호소하고 있는 듯했다. 그래서 영은 위태로운 상황을 어쩌지 못하고 받아들이고 있었다.

제정신이 아니야. 영은 황급히 입을 열었다.

"지금, 지금 짝퉁이 이러고 있을 때야? 백제 태자가 돼서는 기루나 다니고! 우리나라 사람들이 스캔들에 얼마나 민감한지 몰라서 그래?"

순타가 잠깐 정신이 돌아왔는지 눈을 끔벅거리며 물었다.

"스캐…… 뭐라는 게냐?"

영의 입에서 나온 생소한 말을 따라하던 순타의 눈빛이 흔들렸다.

"그, 그니까 내말은 이런 데 오면 안 된다고! 그 유명한 지퍼게이트 몰라! 정치인들은 스캔들 한 방에 훅 간다니까!"

순타는 갈까마귀에 대해 부풀어 오른 의심이 실은 허망한 것임을 알고 있었다. 다만 무엇이라도 부여잡고 움켜쥐지 않으면 견딜 수 없었을 뿐이다. 목줄기에서 서서히 힘이 빠졌다.

무엇보다도 이런 식은 아닐 것이다. 알아듣지 못하는 말을 제멋대로 뱉어내는 이런 것을 붙인다는 게 가능한 일일까. 목숨이 어찌 될지 모를 위협을 가하는 지금도 혹 간다느니, 지퍼게이트니 모를 말들을 늘어놓고 있었다.

대체 이런 갈까마귀 항아를 누가 간자로 심는단 말인가!

조금만 생각해보아도 말도 안 되는 일이다. 나오는 말의 절반은 알아듣지도 못하는 생소한 단어들이고, 장사치라면서 제가 만든 물건에 대한 자긍심이 고마성 박사들 못지않았다. 장인이라면서 제 손 귀한 줄도 모르고 맨손으로 검을 막지 않았던가.

정체를 알려고 할수록 미궁에 빠진 듯 쉬이 단정을 할 수가 없었다.

이건 의심할 만한 게 아니라 의심 그 자체다. 모르는 것을 모르는 채로 둘 수밖에 없는 불가항력의 의심덩어리다. 당연하다. 월궁의 항아가 무슨 생각을 하는 건지 하계인인 자신이 모르는 게 얼마나 당연한 일인가.

순타는 모든 것을 인정해버리자 마음이 편안해지는 것을 느꼈다.

그때였다.

"한성장인? 한성을 잃고, 그들을 후원하던 진씨 귀족들도 망했는데 한성장인이 아직 남아 있을 것 같나? 안타깝지만 500년 한성 기술은 이미 끊겨버렸다고!"

장지문 사이로 복도를 지나는 사내들의 떠들썩한 목소리가 영과 순타의 귀를 사로잡았다.

사내들은 영과 순타가 있는 옆방으로 들어갔다.

"하지만 몇 십 년 전에도 한성장인의 후계자가 나오지 않았소?"

"아! 그 마지막 한성장인? 단양 박사의 선친께서 만나신 적이 있 다면서요?"

단양 박사!

청루에 머물게 한 사신단 중 한 명의 이름이 들려오자 순타는 저 들의 대화가 자신을 향한 성토임을 짐작했다.

"장인의 직함도 받지 못한 자가 무슨 장인이냐며 부정하긴 하셨 죠. 소문에는 국조모 사당에 갑자기 떨어졌다 하기도 하고…… 소 문이 하도 분분해서 자세히 아는 자도 없을걸요."

장인?

영은 어느새 옆방과 경계를 나눈 장지문에 다가가 귀를 가까이 댔 다.

다행히 소리가 들리는 옆방은 영이 있던 방과는 다르게 장지문으 로 공간을 나눈 곳이었다.

"체모 없이 무슨 짓이냐?"

쉿! 아무렇게나 손바닥을 내밀어 순타의 입에다 갖다 붙이고는 영 이 다시 옆방의 대화에 집중할 때였다.

"국조모 사당이라면, 하늘장인이 국조모님께 바친 팔찌도 있었겠 군요."

국조모 팔찌라? 저들의 대화 속에서 순타의 관심을 끌 만한 내용이 나올 줄이야.

어느새 순타도 장지문에 귀를 대고 섰다.

체모는 무슨! 순타가 하는 짓을 보더니 영이 야발 가득한 눈으로 궁시렁거렸다.

그러나 순타의 얼굴선을 이렇게 가까이 선명하게 본 적이 없어서인지 영은 자신도 모르게 가슴이 뛰기 시작했다.

"한성장인이 국조모 팔찌를 챙겨왔다는 소문은 있었지요."

다행히 태자는 침을 꿀꺽 삼키는 영을 보지 못한 채 문 너머의 대화에 귀를 기울이고 있었다.

"저런! 그 팔찌라면 모든 팔성귀족을 부릴 수 있는 하늘장인이 만든 팔찌 아닙니까?"

"그렇지요. 그 때문에 왕자였던 어라하가 한성장인과 혼례를 치른 것이 아닙니까! 보위를 차지하기 위해서 말입니다."

어라하?

영은 그게 누구인지 몰라도 어라하라는 사람을 비아냥거리는 자리라는 것을 알 만했다.

'어디를 가든 뒷담화는 존재한다니까!'

영은 옆방의 소리에 집중하고 있는 태자를 흘깃거리며 괜스레 제목을 쓸어내렸다. 태자의 손이 닿았던 서늘한 감촉이 아직까지 남아 있었다.

"아까운 장인의 보물만 사라졌으이! 국조모 팔찌는 장인의 보물

중 으뜸으로 치지 않던가."

장인의 보물?

영의 시선이 순타에게 향했다. 유채색 눈동자 깊은 곳에서 조용히 파문이 일고 있었다.

"허면 지금 국조모 팔찌는 어디 있다 합니까?"

"내 듣기론 국조모 팔찌의 행방은 오로지 태자전하만 알고 있어서 어라하께 양위를 하라고 압박하는 중이라던데. 이게 말이 되나? 아무리 천한 출생이라지만 어라하께서 살아계시는데 양위라니! 내 이래서 태자를 반대하는 것이야. 왕유 박사께서도 태자 전하는 보위를 이을 만한 덕이 없다 하지 않았나!"

영이 순타를 힐끔거렸다. 태자는 자신에 대한 악의적인 이야기에도 무덤덤한 표정이었다.

"왕유 박사께서는 태자께서 생명줄이 끊어져 있어 보위에 어울리지 않는다 하셨죠. 허나 전하께서는 이미 약관을 넘은 건장한 사내십니다."

"그래서 말일세, 한동안 추문이 돌았다네. 생명줄 운운한 것은 위장이고 실은…… 태자와 어륙이 정분이 나서 어라하를 속이고 명농군을 낳았다고 말일세."

'뭐야, 이 막장의 향기는?

그러니까 저들의 말은 어라하가 왕이고 어륙은 왕비라는 건데…… 태자가 어륙이랑 정분이 나서 왕자를 낳았다고?

막장도 이런 막장이 없었다.

영이 정말이냐는 듯 눈으로 묻자, 순타는 조금 전과 달리 오히려 재밌다는 표정으로 듣고 있었다.

"예끼 이사람! 어찌 그런 패륜설을 듣고 오는가! 왕유 박사께서 그런 일을 도우실 분인가!"

방 안의 사내들은 그 당사자가 옆방에서 듣고 있는 줄도 모르고 신나게 떠들어댔다.

"내 들은 바로는 사아군 있지 않은가! 그 사아군을 구하기 위해 정혼녀인 어륙을 어라하께 진상했다는데? 그러니 둘 사이가 이러쿵저러쿵 말이 많은 게지!"

영이 연신 태자를 힐끔거렸다. 막장도 이런 막장이 없어보였기 때문이다. 영의 눈빛은 사실이냐고 짓궂게 묻는 눈빛을 던지기도 했다. 태자는 그냥 웃어넘기는 것처럼 보였다. 그때까지만 해도.

"소문 때문에 어라하도 더는 태자 전하의 혼례를 미루려 하지 않으시는 거겠지요. 조만간 어라하께서 태자비 간택을 할 것이란 말을 들었습니다. 연씨 일족의 말이니 사실일 겁니다."

그 순간, 순타가 눈앞의 장지문을 발로 차고 옆방으로 들이닥쳤다.

신나게 태자의 소문을 즐기던 자들은 사색이 되고 말았다.

저, 전하!

새된 비명 소리를 듣고 사람들이 몰려왔을 때 방 안에서는 살벌한 순타의 목소리가 울려 퍼졌다.

"감히 어떤 것이 입을 여느냐! 증걸!"

순타가 증걸의 이름을 부르자 어디선가 몸을 숨기고 있던 증걸이 나타났다.

"저들의 말이 사실이냐!"

하도 많은 이야기들을 해서 태자가 묻는 것이 정확하게 감이 오지 않는 영이다. 하지만 증걸은 바로 알아들었는지 고개를 끄덕였다.

이를 악물던 순타의 얼굴에 일순 이보다 더 화사할 수는 없을 정도로 환하게 미소가 걸렸다.

"내 처음부터 듣지 못했으니…… 이 몸을 위해 다시 한 번 얘기해 주겠나, 백제의 박사들?"

나긋한 목소리와 다르게 흉흉한 분위기에 박사들이 어찌할 바를 몰랐다.

＊＊＊

"태자 전하께서는 언제 오신다는 겁니까?"

순타가 기루에서 박사들을 만나고 있던 시각에 백제부도 소란스러웠다.

성난 가야 사신을 비롯한 연합국의 사신들을 맞이하느라 백제부 부관이 진땀을 빼는 중이었다.

어쩔 수 없이 그들을 상대하고 있지만, 본디 부관은 무관인지라 정치적인 언변이나 처세가 부족했다. 때문에 태수든, 태자든 아무나 와서 이 시끄럽고 무엄한 가야 사신들을 처리해줬으면 좋겠다는 생각이 간절했다.

그렇지 않으면 사신이고 뭐고 쉴 새 없이 불평만 하는 이들의 목을 떨어뜨리고 자신도 자해할지 몰랐다.

"사체를 도둑맞다니! 분명 신라국의 짓입니다. 저들이 한 짓을 들킬까 봐 증거를 감춘 게지요. 이 일은 그냥 넘어갈 일이 아닙니다."

"그렇습니다. 사아군! 태수도 와병을 자처하고, 태자 전하는 동분서주하시니 고마성에 직접 파발을 보낼 생각입니다!"

고마성에 파발이라니! 그랬다간 당장 군대가 와서 개화를 불바다로 만들지도 모르는 일이었다.

실제로 그런 일이 벌어진 전례가 있기도 했다. 다시 같은 사태가 일어나지 말란 법이 없었다. 부관은 저도 모르게 마른침을 삼켰다.

본래 가야 사신들이 꼬투리를 잡으면 침소봉대하기로 유명하지만, 이번 일은 도무지 해결될 기미를 보이지 않아 저들의 마음을 더 상하게 한 듯싶었다.

"처음부터 나는 마음에 들지 않았어요! 태자라는 분이 어찌 그리 일의 경중도 구분 못한단 말입니까?"

분명 태자가 기루에 갔다는 보고를 받은 모양이었다.

개화에 태자의 행적을 모르는 이들이 몇이나 있을까? 태자의 일거수일투족이 사신들에게는 물론 고마성의 팔성귀족들에게까지 모두 알려지는 판국이었다.

부관은 조용히 자리를 지키고 있는 사아를 힐끗거렸다.

비록 신분은 왜 사신이지만 태자의 사람 아닌가! 은밀히 도움을 요청하는 눈길을 보내느라 부관의 눈동자가 부지런히 돌았다.

"전하께서 생각이 있으시겠지요."

이제껏 침묵을 고수하던 사아군이 마침내 입을 열었다.

사아라고 이 자리가 버틸 만한 건 아니었다. 그 역시 지쳐 가고 있었다. 정말이지 오늘은 가야 사신의 장단에 맞춰주는 일조차 힘이 들었다. 태자는 신선의 숨결에 대해 털어놓지 않는 자신에게 대답을 강요하거나 묻지 않았다. 그는 단지 기다리고 있었다. 먼저 말해주기를 말이다.

허나 지금은 말할 때가 아니었다.

자신의 계획대로 사신들을 마음대로 조종하게 된다면, 제 사촌은 대성팔족의 도움 없이도 보위를 이을 수 있었다. 자신이 그리 만들 작정이었다. 두 해! 불과 두 해만 기다린다면 되었다.

그동안은 미움을 받아도 상관없다고, 그렇게 생각했던 사아였다.

하지만 정작 순타가 자신을 멀리하고 무시하니, 서운한 건 어쩔 수 없었다. 사아는 난처해하는 부관의 눈길이 떨어질 줄 모르자 잠시 난색을 표하다가 자리에서 일어났다.

"사아군!"

"어디 가시는 겁니까!"

사아를 따라 몸을 일으키는 사신들은 사아가 가는 곳이면 뒷간도 마다않고 따라갈 모양새였다. 그들은 태자가 오기 전까지 백제부를 떠나지 않겠다 작정을 한 듯했다.

"태수의 병세가 어떤지 보고 오겠습니다. 일어날 만하다면 데리고 오지요. 본래 개화 일은 태수 몫이니 그가 해결해야 할 문제 아닙니까!"

자신들 몰래 태자를 만나러 가는 것으로 생각했던 모양인지 사신들이 민망하게 웃으며 엉거주춤 자리에 앉았다.

그리 간단한 해결 방도가 있었구나!

달리 모사가 아니라고 부관은 사아를 선망의 눈으로 바라보았다. 그의 눈에는 사아의 온화한 미소가 부처의 미소처럼 보였다.

백제 태자가 옆방에 있는 줄도 모르고 어륙과의 불륜설도 모자라 태생이 천하다는 말까지 떠들어대던 백제의 박사들은 순타가 느닷없이 눈앞에 나타나자, 평소 근엄함을 자랑하던 모습은 조금도 찾아볼 수 없었다. 그저 다들 겁에 덜덜 떠는 어린아이들 같았다.

히끅, 너무 놀라 딸꾹질까지 하는 나이 지긋한 박사들을 보자 영은 자꾸만 새어나오는 웃음을 참느라 애꿎은 제 허벅지를 꼬집어야만 했다.

"어디 다시 한 번 이 몸 앞에서 그 잘난 입을 나불대보시지!"

어딘가 장난기가 묻어나는 말투 같아 영이 힐끔거렸지만 순타의 표정은 차갑기 그지없었다. 흡사 그 모습은 태수라는 자의 얼굴에 뜨거운 찻물을 내던지고 나서 태연히 고달에게 누명을 씌웠을 때와 같았다.

"전하, 무슨 오해가 있사온 듯한데……."

"박사 단양이! 내 인내심을 시험하려 드는가!"

서릿발 같은 노한 음성이 무마하려드는 박사 단양의 말을 단칼에 베어버렸다.

"사, 살려주십시오, 전하!"

"그대들을 살려준다 한들 내게 무엇이 남지? 더구나 다른 박사들은 이번 사신단으로 가서 왜에 정착하기로 하지 않나!"

얻는 것도 없는데 굳이 살려줄 필요 따위가 있냐는 냉정한 말이었다. 박사들의 얼굴은 시시각각 사색이 되어갔다.

"허나 그대들을 모다 죽여버리면, 사신단의 일정이 아주 엉망이 되겠지? 그리 되면 이 몸이 곤란할 터이니……."

어쩔 수 없이 목숨은 살려주겠다는 말을 대신해 말꼬리를 늘리는 태자의 표정을 보며 영은 저것이야말로 백제시대 조련법이라고 생각했다. 태자의 말뜻을 알아챈 박사들이 곧바로 무한한 태자 찬양을 늘어놓았다.

"박사 단양이 전하의 은혜를 각골난망하겠나이다!"

"부모에게 받은 머리털 한 올도 아낀다는 유학자들이 뼈에 새긴다? 다 같이 문신이라도 하려느냐?"

숫제 농이었지만 받아들이는 쪽은 심각했다. 명색이 유학자가 왜인들마냥 문신이라니!

단양이는 생각만 해도 끔찍했다.

"그, 그럼! 전하의 은덕을 잊지 않고 결초보은하겠습니다."

"결초보은이라?"

드디어 순타가 넘어가는 듯했다.

"예, 대대로 저희 가문은 전하께 충성을 맹세하겠습니다. 저희의 피로 맹세합니다, 전하!"

"혈서라도 쓸 작정이냐? 피의 맹세는 무슨!"

순타의 통박에 꽤나 당황하는 박사들이었다.

"되었다. 대신 그대의 명필을 보는 걸로 만족하지."

태자가 단양 박사를 지명하자 박사들은 이건 무슨 속셈인가 싶어 서로의 눈치를 살폈다.

뒤끝이 길기로 소문이 난 태자가 이 정도에서 물러날 거라고 믿는 사람은 아무도 없었다.

정말 이것으로 끝일까?

"……천한 출생의 태자가 하는 약조는 못 믿겠더냐?"

허면 도로 무를까, 하는 표정으로 얄미운 눈망울이 박사들을 훑었다. 변덕 심한 태자의 입에서 무슨 말이 더 나오기 전에 박사들이 서둘러 문방사우를 챙겨왔다.

"불러라."

다들 잠자코 있어 잠깐 침묵이 깃들었다.

영은 누가 빨리 부르지 않고 있나 싶었는데 사신들의 시선이 일제히 자신에게 몰려 있다는 것을 뒤늦게 의식했다.

뭐? 나? 그런 표정으로 순타를 돌아보자 태자가 당연하다는 듯 고개를 까닥였다.

"뭘 불러?"

"평소 항아님이 마음속에 새기고 있는 글귀를 불러보란 게다."

명필의 작품을 보겠다면서 정작 글귀는 영에게 부르라는 것이다.

자신을 위한 배려라는 건 알겠는데 읽지도 못하는 한자를 부르라니 순간 아득해졌다.

하얗게 눈이 내린 순백의 머릿속을 헤매고 있던 영은 박사들의 표정이 심각하게 일그러지는 걸 보면서 덜컥 겁이 났다. 그들의 눈빛이 꼭 이렇게 말하는 것 같았다.

'아무 글자나 불러! 태자 마음 바뀌기 전에!'

박사들의 재촉하는 시선이 점점 흉악해질 무렵 영의 입이 마지못해 열렸다.

"……외상사절! 환불불가!"

박사 단양이는 왕희지에 비견될 솜씨를 가졌다는 백제의 명필가였다. 그가 태어나 붓을 잡고 처음으로 살심을 느꼈다.

다행히 태자가 제대로 된 글귀를 불러주지 않았다면, 붓이 흉기가 됐을지도 몰랐다.

有緣千里來相會 無緣對面不相逢

기어이 비단 천에 글귀를 받아낸 순타는 제 옆에서 흐리멍덩한 눈을 한 채 아직 눈 덮인 머릿속을 하염없이 걷고 있는 영을 보았다.

순타가 비단 천을 영의 눈앞에 들이미는데도 영은 그저 눈을 멀뚱거리고 섰다. 명문을 앞에 두고 감탄을 해도 모자랄 판에 눈 먼 봉사

행세를 하고 있었다.

그때서야 순타가 알아챘다. 갈까마귀가 까막눈이라는 것을.

월궁에서는 기본적인 교육도 받지 않는 걸까?

순타는 내심 실망감이 스쳤지만, 이내 갈무리하며 친절히 읊어주었다.

"인연이 있으면 천리를 가도 서로를 만나고 인연이 없으면 얼굴을 맞대고 있어도 만나지 못한다는 뜻이다."

고약한 태자답지 않게 구절 하나하나 풀이를 해주고 막 비단을 건네주려던 차에 순타는 영의 눈에 이채가 어리는 것을 보았다.

"준! 준이 똑같은 얘길 했는데. 그게 이거였구나!"

다시금 준이 했던 말이 떠올라 영의 눈길이 아련해지고 있었다.

준이라는 이름만 나오면 공중을 훨훨 걷고 있는 사람이 되었는데, 이번에도 예외없이 월궁으로 잠시 정신이 나가버리자 순타의 심사가 갑자기 뒤틀렸다.

"그대가 받도록!"

박사들 중 하나에게 글귀를 적은 비단을 하사하자 대번에 영의 눈빛이 고약해졌다.

"박사 소아한 전하의 뜻을 받듭니다."

"박사들은 지나가는 말에 깊은 뜻이 있는 것을 잊지 말아야 할 것이야!"

태자의 뼈 있는 말에 박사들이 다시 긴장했고, 그것을 차가운 눈길로 보던 순타는 박사들을 서둘러 내보냈다. 항아가 심상치 않다는 것을 눈치 챘기 때문이다. 뿔이 난 항아가 언제 악다구니를 늘어놓을지 모를 상황이었다.

"대 백제 태자가 체모 없이 한 입 가지고 두 말이나 하구! 그거 나 준다더니!"

순타의 턱 아래까지 고개를 쳐들고 따지는 모습이 여간 되바라진 것이 아니었지만, 순타는 뚱한 얼굴로 대꾸할 뿐이었다.

"이 몸이 약조를 했던가?"

"망할 짝퉁!"

토라진 제 항아님을 지그시 노려보며 순타는 말을 이었다.

"글 쓴 단양 박사를 보았느냐? 저리 어리바리해 보여도 유학자로 백제 어라하께서 아끼시는 명필가다. 그의 서체는 어떤 명필가의 서체도 흉내 내지 않는다. 그는 정말 쉽게 쓰지. 다른 자들은 누구의 서체를 따라 쓰느라 정작 그 순간을 즐기지 못하거든. 기술에 집착하는 자의 말로는 늘 한결같지! 무슨 뜻인 줄 알겠나?"

복제품은 그만두라고 돌려 말하는 순타의 뜻을 알아들었는지 영이 고개를 주억거린다.

그래도 제 항아님이 귀는 뚫려 있구나 싶은 찰나였다.

제 항아님? 언제부터 저 갈까마귀가 자신의 항아가 된 것일까?

월궁항아도 아니고 제 항아님이라고 지칭한 스스로에게 순타가 소스라치게 놀랄 때였다.

"그나저나 혼인하기엔 너무 이른 나이 아냐? 응?"

대답을 재촉하는 제 항아님…… 왜 자꾸 제 항아님이라고 생각하는 걸까?

순타는 고개를 가벼이 흔들며 제…… 월궁항아님의 말에 대답했다.

"약관을 넘은 지 벌써 네 해다."

에엑? 놀라는 제 항아님의 표정이 아주 우스웠다.

아니, 우스운 것은 순타 저다.

제 항아님이라는 표현이 입에 아주 붙어버린 듯했다.

어쨌든 자신의 주문을 받기 위해 다른 세상에서 온 장인이니, 제 장인이요, 제 항아가 영 틀린 말은 아니다.

순타는 간자일지 모른다는 의심부터 시작해 항아에 대한 소유권을 따져보는 뒤죽박죽인 머릿속을 달콤한 술향으로 달래며 탁자를 두고 앉았다.

"약관이면, 스물! 겨우 스물넷이야? 나보다 연하잖아!"

사내의 나이 스물넷이 적지는 않은데 애 취급하는 월궁항아를 보니, 슬며시 웃음이 나왔다. 삐죽 입을 내미는 제 항아님의 입술이 색향 가득했던 기녀의 입술보다 더 도드라져 보였다.

"아무튼! 이 시대로 따지면 짝퉁은 혼인이 늦은 거네?"

"이전에 두어 번 태자비 간택이 있었다."

"뭐야, 돌싱이었어?"

"돌싱이 뭔지는 모르겠다만 혼인을 올리지는 않았다."

제 항아님의 말에서 어떤 실망감 같은 게 느껴지자 재빠르게 변명하는 순타였다.

"매번 태자비로 선정된 가문이 어라하와 백씨 일족에게 멸족을 당했거든!"

이번에는 영이 할 말을 잃고 말았다. 멸족이라니!

"그리 놀랄 것 없다. 태자비 간택은 어라하가 자신의 눈 밖에 난 귀족들을 처리하기 위한 눈속임에 불과하니까!"

서늘한 감각이 영의 등줄기를 타고 올라왔다.

"어, 어떻게 그럴 수가……."

"제왕은 비정해야 한다고 생각하는 이거든. 백제의 어라하는!"

혐오감으로 질색하는 순타의 얼굴을 보자 영은 외려 제 가슴이 답답해졌다.

"그래도 이번엔 다를 수 있잖아! 정말 태자비를 맞을지도……."

대번에 찌푸려지는 순타의 얼굴을 보자 그녀의 머릿속에 좀 전에 박사들이 나눈 대화가 떠올랐다.

원래 어륙이 순타 태자와 정혼한 사이였질 않나!

어륙이라면 이곳의 왕비라고 했으니, 첫사랑이 계모가 된 거다.

영은 어딘가 모르게 익숙한 막장의 향기에 고개를 끄덕였다.

"그래도 새로 맞이할 태자비하고는 정 붙이고 살아봐. 짝퉁! 내가 이런 전개는 좀 아는데, 거추장스럽고 못 믿을 것 같은 흑처럼 생각되던 여주인공한테 남주인공이 점점 빠져들게 돼. 그래서 자신을 버린 첫사랑 계모도 용서하게 되고 여주인공과 진정한 사랑을 하거든!"

순타는 노골적으로 태자비를 권하는 제 항아의 말을 가만히 들었다. 그런데 들을수록 은근히 부아가 치밀어 올랐다. 제 항아님은 대체 무슨 생각인 것인지 답답할 노릇이었다.

"무슨 흰소리냐!"

"파워 오브 러브! 몰라? 아! 우리 냉혹한 즌하는 그런 거 잘 모르겠구나! 러브러브한 그런 게 있어."

취한 게 틀림없었다. 취하지 않고서야 이런 시답잖은 얘기를 할 리가 없었다.

영은 횡설수설을 멈추고 싶었지만, 자신을 바라보는 유채색 눈동자에 취해 몽롱한 기분에서 빠져나올 수 없었다.

돌연 영은 순타의 뺨을 감싸 쥐었다.

"사랑도 받아본 놈이 주는 법도 아는 법인데, 우리 짝퉁 불쌍해서 어쩌니? 태자비가 엄청나게 잘해주면 되려나?"

따뜻한 온기가 올 때처럼 예고 없이 사라지자, 순타의 눈에 이채가 일었다가 가라앉았다.

월궁의 사내에게 하던 버릇인 걸까?

일순, 순타의 속생각이 멋대로 터져나왔다.

"……항아님이라면 생각해보지."

오기와도 같았다. 굳이 제게 태자비를 권하는 항아에게 항아가 태자비라면 생각해보겠다는 말이 툭 튀어 나온 것이다.

"나? 어머, 어머! 우리 짝퉁이 눈이 높아도 너무 높다! 이 누나는 안 돼요! 왜냐면……"

짝퉁과 다른 시대의 사람이니까.

잠시 잊고 있던 사실에 영은 말끝을 흐렸다.

"월궁의 네 사내 때문이냐?"

이번에는 순타의 차가운 손가락이 영의 얼굴에 닿았다.

갑작스런 손길에 놀랍기도 하고 민망하기도 했지만, 그 손길이 싫지 않다는 것이 그녀에겐 더 충격이었다.

"왜 이리 붉지! 혹, 어디를 다친 것이냐?"

발게지는 영의 얼굴이 심상치 않아서 순타가 다시 얼굴에서 손을 뗐다.

아! 순타의 손길이 떨어지는 것이 아쉬워 영은 저도 모르게 탄식이 나왔다.

당황하는 영과 의아해하는 순타의 시선이 얽혀들었다.

"내, 내가 절대로 아쉬운 게 아니라⋯⋯. 진짜 아쉬운 게 아니라니까!"

말을 하면 할수록 인정하는 꼴이 되는 것 같아 영은 급히 입을 다물었다.

또다시 차가운 손이 영의 뒷목을 잡아 끌어당겼다.

숨결이 닿을 듯 가까워진 순타의 얼굴에 그녀는 시선을 어디에 둬야 할지 몰랐다.

그때 야릇한 목소리가 영의 귓가에 닿았다.

"가끔 내 항아님의 얼굴이 달리 보일 때가 있어!"

꿰뚫듯 바라보는 유채색의 눈에 영의 심장이 미친 듯이 방망이질을 해댔다.

이럴 때 태자는 꼭 준 같았다. 하루도 안 되는 그 짧은 시간에 마음의 빗장을 다 열어놓았던.

"……준!"

순타의 얼굴이 일순 굳어졌다가 비틀어진 미소를 달며 그녀를 놔주었다.

"그가 보고 싶으냐? 아니면 그의 품이 그리운 것이냐?"

다분히 성적인 의도가 담긴 말이라 영의 얼굴이 붉어졌다.

"이제 보니 제대로 안지도 못했나 보군!"

태자의 비아냥에 영의 얼굴이 붉어졌다. 소가노 준과 자신은 그런 사이가 아니다.

그저 오랜만에 그녀의 마음속에 들어온 사람일 뿐이다. 비록 그로 인해 이 낯선 곳에 떨어지게 됐지만 말이다. 영은 코끝이 알싸해지는 걸 억지로 참으며 말했다.

"빨리 주문이나 하시죠, 태자 즈은하!"

말 돌리기는. 순타는 제 항아님을 마뜩찮게 보며 입을 뗐다.

"항아가 만들어야 할 건 팔찌다."

"팔찌? 어떤 팔찌? 은팔찌야? 아니면 금?"

"옥제다."

"옥제? ……옥 말이야?"

대번에 영의 얼굴이 찌푸려졌다.

"저기! 아는지 모르겠는데 옥은 말이지, 옥장이 만드는 거야. 나는 금속, 특히 은 공예 쪽이라서……. 그냥 금이나 은팔찌로 하면 안 될까?"

거의 대놓고 울먹이는 얼굴을 하자 순타가 피식거리며 말했다.

"만들어진 옥팔찌에 조각만 하면 된다."

"모르는 소리 하지 마! 옥은 금속하고 다르단 말이야. 일단 금속에 조각을 넣는 전통 방법은 금속을 밀어내는 거야. 하지만 옥은 순전히 갈아서 조각을 낸단 말이! 그건 금속의 방법과 엄연히 다른 거야."

"뿔을 갈아 각신까지 만든 항아님 아닌가!"

"옥과 뿔은 엄연히 다르다고!"

영의 항변에도 불구하고 순타는 제 품속에서 옥팔찌를 꺼냈다.

"박사들 얘기를 들었으니 더는 설명할 필요도 없겠지!"

설마…….

영은 불안한 예감이 들었다.

"이 몸이 할 주문은 바로 국조모 팔찌다!"

순타가 영의 오른쪽 팔목을 스치는 듯했는데 어느새 영의 팔목에 옥팔찌가 끼워져 있었다.

왕을 모신 여인만이 팔찌를 오른손에 끼우는 게 원칙이라더군요.

준의 말이 생각나 저도 모르게 얼굴을 붉히는 영은 마치 제가 왕의 총애를 받고 팔찌를 다시 낀 것 같아서 흠칫 놀랐다.

은은한 빛을 내는 옥팔찌 역시 영이 할아버지의 유품에서 발견한 것과 같은 야명주였다.

"국조모 팔찌는 하늘장인이 만들어 국조모 소서노님께 바친 팔찌다. 그 팔찌에 대고 팔성귀족이 충성을 맹세했지. 국조모 팔찌는 대성팔족과 부여씨 왕족 연합의 상징이자, 주종의 서약 같은 거다."

"그러니까! 그, 나보고 국조모 팔찌를 복제하라는 거야? 남들 것 베끼는 건 그만두라며!"

분명 단양 박사의 서체를 말하며 그리 말했던 태자가 아니던가!

"아무도 본 적이 없는 것을 조각해내라는 것이니, 복제를 하는 것이 아니지 않느냐!"

태연히 대꾸하는 게 기가 막혀 영은 버럭 소리를 질렀다.

"나, 나는 옥을 다뤄본 적이 없어! 게다가 조각을 하기엔……."

"각신 때처럼만 하면 된다!"

'맙소사! 말이 안 통해!'

"난 조각하는 게 쉬운 일이 아니라고 말하고 있는 거야!"

답답한 마음에 벌떡 일어서던 영은 순간 어지럼증을 느끼고 비틀거렸다.

"항아!"

바닥에 쓰러지기 전, 영은 놀란 얼굴의 순타를 볼 수 있었다.

걱정하는 얼굴을 보자 이상하게도 영의 가슴이 두근거렸다.

해안 지방인 개화의 한여름은 고마성보다 기온이 높고 습기가 많은 편에 속했다.

문독은 숨이 넘어갈 듯 부채질을 하며 빙고로 보낸 고달을 기다리고 있었다. 개화의 끈적끈적한 여름 날씨는 유독 문독에게 더 덥게 느껴졌다.

까슬까슬한 모시로 만든 자리옷도 이미 땀에 젖어 더 이상 고슬고슬한 느낌을 주지 못했다.

화상을 입은 탓에 그동안 처소에 자리옷으로만 버텼던 문독은 고통이 참을 만해지자, 죽어 누울 관도 미리 치장하려 든다는 백씨 특유의 미적 욕구가 솟구쳤다. 누리끼리한 모시가 그의 눈에 찰 리 없었다.

백씨 일족은 뛰어난 미적 감각으로 유명했는데 그러다 보니 어느 가문보다 예술이 가미된 화려한 작품을 좋아했고, 영위하는 생활 전반에서 예술품으로 향유했다.

그동안 험한 세월을 불안 속에 보낸 고마성이 그래도 이나마 고급스럽고 예술적인 생활을 누리고 있는 데는 백씨 일족의 공이 컸다. 고마성 작은 그릇까지도 고마성 공방에서 만들어지지 않는 것이 없었고 예술적인 유행을 주도하다 보니, 그들의 장식미는 한성장인의 실용미보다 더 각광받는다고 볼 수 있었다.

게다가 불과 수십 년 만에 백씨 일족이 키워낸 고마성 장인들이 만들어낸 물건들은 대륙에서조차 탐내는 교역품이 될 만큼 높은 수준을 자랑했다.

만약 대적 고구려의 갑작스런 침입으로 한성이 불에 타는 수모를 겪지 않았다면, 고마성 장인들이 기필코 한성장인의 아성을 무너뜨리고 말았을 것이다. 그러나 상대가 없이 승부를 결할 수 없듯이, 사라진 장인들을 상대로 대결을 할 수는 없는 노릇이었다.

한성장인들은 여전히 백제 문화의 고향이었다. 그만큼 백제인들은 불타 사라진 한성백제를 그리워했다. 그래서 한성장인의 기술만 한 방짜도 없다고 여긴다.

한성장인. 어쩌면 백씨 일족이 싸우고 있는 건 태자가 아니라, 실체 없는 한성장인일지도 몰랐다.

백제 역사상 가장 강성했던 한성백제는 한성장인이 있기에 가능했다. 한성백제에 대한 향수가 한성장인이라는 존재들로 인해 기억될 수 있었기 때문이다.

마지막 한성장인이라는 자의 유일한 태생인 태자. 어라하는 물론 대성팔족들도 그를 쉬이 다루지 못하는 이유가 거기에 있었다.

십 여 년의 세월 동안 변변한 외가나 처가도 없는 태자가 고마성 최고의 귀족인 백씨 일족과 맞서 이제껏 버틸 수 있었던 건, 혹여 태자가 가지고 있을지도 모르는 국조모 팔찌 때문이었다.

대성팔족이 충성을 맹세한 국조모 팔찌. 그 맹약의 증거를 마지막 한성장인인 태자의 어미가 가지고 있었다 하니, 죽기 전 태자에게 그것을 남겼으리라는 추측은 누구라도 가능했다.

만약 국조모 팔찌를 들고 태자가 나타난다면?

당장에 어라하부터 보위를 넘겨줘야 할 판이었다.

국조모 팔찌의 맹세는 백제라는 나라의 근간인 것이다. 혹여 태자에게 정말 국조모 팔찌가 있다면? 백씨 일족은 종말을 맞고 만다.

일족이 끔찍한 멸족의 길로 들어서는 갈림길에 선 것 같아 문독은 아갈잡이라도 당한 듯 답답해졌다.

"고달 이놈은 대체 얼음을 가지러 간 것이야, 만들러 간 것이야? 느려 터진 놈 같으니!"

입속에 혀처럼 구는 고달은 수족으로 쓰기에 편했지만, 다만 꼽추라는 육체적인 약점이 아쉬웠다. 간혹 고달의 굽은 등과 걸음걸이를 볼 때면 가슴이 답답한 것을 넘어 통증마저 느끼기도 했던 것이다.

"그래도 머리 하난 비상하단 말이지! 온전치 못한 딸년도 장인이랍시고 태자한테 붙여놓고. 또 모르지, 개화 촌것에 반한 태자가 개화 장인 직함이라도 주게 될지!"

이미 개화 공방에 장인 따윈 사라진 지 오래였다. 고마성엔 그 정도 기술을 가진 견습공들이 차고 넘친다. 누가 그 촌것의 장신구를…… 가만! 장신구라고?

불현듯 문독의 머릿속을 스치는 것이 있었다.

한성장인이 가지고 있었다던 국조모 팔찌. 백제의 대성팔족이 복종을 맹세한 맹약의 상징.

고달의 딸년이 장신구를 만든다는 게 왜 이제야 생각난 것인지!

문독의 마음이 실로 다급해졌다. 태자는 개화 촌것에 빠져 개화에 머물고 있는 게 아니었다.

"어륙께 알려야 해! 태자가 국조모 팔찌로 뭔가를 꾸미려는 것이야! 여, 여봐……."

문독이 사람을 부르던 마지막 말은 끝내 소리로 나오지 못했다. 심장을 꿰뚫는 격통이 밀려왔기 때문이다.

자신이 느꼈던 격통이 일시적인 통증이 아니라 실제로 제 몸을 뚫고 들어와 돌이킬 수 없다는 걸 깨닫기도 전에 문독의 비대한 몸이 바닥으로 고꾸라졌다.

문독의 등에는 검이 꽂혀 있었다.

그 검을 차갑게 내려보고 있는 건 청루 앞에서 사라졌던 부염이었다.

부염은 익숙한 손길로 태수의 몸에서 검을 뽑아들었다.

꽤나 깊게 찔린 탓인지 상처에서 피가 금세 바닥으로 흘러들었다.

백제 태수가 다 나아 태자가 고마성으로 환궁할 때도 그 개화 계집을 데리고 가겠지?

새작들의 말처럼은 되지 않을 것이다. 백제 태수는 절대로 낫지 못할 테니까.

부염이 바닥에 쓰러진 태수가 숨이 끊긴 것을 확인하고 막 돌아서려던 참이었다. 그때 얼음을 담은 대야를 든 고달이 처소의 문을 열고 들어왔다.

"태수님! 얼음을…… 헉!"

얼음을 담은 대야가 고달의 발치에 쏟아졌다.

고달과 눈이 마주친 부염은 늘 그래왔듯이 제 정체를 본 사람은 죽여야 한다는 살수의 본능에 따라 성큼 다가섰다. 하지만 그 순간 달이의 얼굴이 떠올랐다.

고달을 죽인 저를 달이가 용서해줄까? 부염은 머뭇거렸다.

그 순간을 놓치지 않고 고달이 부염에게 득달같이 달려들었다.

"이 반푼이가! 여기가 어디라고! 어디라고!"

부염의 등짝을 내려치는 손은 평소보다 더 힘이 없었다.

때리는 고달의 손이 힘없이 몇 번을 공중으로 올라갔다 내려왔다. 칼을 들고 있는 부염은 아무런 반응을 하지 못하고 그저 매섭지도 아프지도 않은 그 매질을 견디고 있었다.

"네 놈이 사연 있는 건 알았지만, 이렇게 큰일을 저질러 싸부리면 어떻게 수습하냐!"

부염의 손에 들린 피 묻은 칼을 보고서도 물러서지 않는 고달이었다. 방금 사람을 죽인 부염인데 어째서 고달은 칼을 든 부염을 두렵다고 생각하지 못하는 걸까? 부염은 도무지 이해할 수가 없었다.

"태수! 들어가겠소!"

공중에서 내려오던 고달의 손이 딱 멈추었다.

끝이다!

부염 때문에 한 번 내려앉은 심장이 또 다른 목소리에 숫제 뛰는 것을 잊은 것만 같았다.

이윽고 처소의 문이 열렸다.

엉뚱한 객들만 차지한 태수의 처소. 그 문을 연 또 하나의 객은 사아군이었다.

바닥에 쓰러진 태수와 피 묻은 칼을 들고 있는 부염이 사아의 눈에 들어왔다.

당장이라도 넋이 나갈 것처럼 하얗게 질린 고달을 무표정으로 훑어보던 사아는 태연하게 처소의 문을 닫고 들어섰다.

"사아군! 보시는 것과는 다릅니다. 이놈은 우리 집 벌치긴데 토끼 한 마리 못 죽일 놈이고!"

말도 되지 않게 중언부언하는 고달을 지나 사아는 부염에게 곧장 다가갔다.

"그러니까 태수님 명으로 얼음을 구해 오는데 이놈을 만나서, 같이 왔는데…… 태수님께서 이렇게, 이렇게 되셨습니다."

그나마 자연스럽게 말을 둘러댔다고 생각한 것도 잠시였다.

뒤이어 들려오는 마찰음에 고달은 화들짝 놀랐다.

철썩.

부염의 손에서 칼을 빼앗아 든 사아가 갑자기 부염의 뺨을 후려친 것이다.

"쓸모없는 것!"

철썩.

또다시 부염의 뺨을 후려친 사아가 고달을 향해 돌아섰다.

"고달이라 했는가? 아니, 개화독립군의 수장이라 불러야 할까?"

의뭉스런 사아의 목소리에 고달이 움찔거렸다.

자신이 개화독립군의 수장이라는 것을 사아군이 어찌 알고 있는 것일까?

설마 하는 마음에 급히 부염을 쳐다보았지만, 부염은 시선을 피한 채 사체만 응시하고 있었다.

고달은 제 정체를 알려 준 이가 부염임을 단박에 깨달았다.

내 집에서 인두겁을 쓴 짐승을 키우고 있었구나!

고달은 분노를 넘어서 허탈한 마음으로 그들의 처분을 기다렸다.

자신이 죽어도 개화 사내들은 다짐 받아둔 대로 복수따윈 하지 않을 것이다. 다만 정신도 온전치 못한 제 딸년이 걱정이었다.

아비 잃은 어린 계집을 백제 태자가 거두어줄까? 아니, 태수가 죽었으니 백씨 일족이 태자를 가만히 둘 리 없었다.

이래저래 나 죽으면 달이는 어떻게 살까, 그런 걱정으로 당장 죽게 생긴 두려움보다 탄식이 먼저 흘러나왔다.

독 아래 묻어둔 금붙이들은 누가 알려주나, 삼시 세 끼 꼬박 챙기지 않으면 광폭해지는 제 딸년의 식탐은 누가 챙길 것이며, 장인의 혼인지 뭔지 그 접신 같은 것에 몸이나 축나는 건 아닌지, 서러운 마음에 눈물이 뚝하고 떨어지는데 머리 위에서 은밀한 목소리가 들려왔다.

"내 자네에게 선택지를 주려 하는데!"

선택지?

당장은 죽이지 않겠다는 말이렷다. 고달의 고개가 번쩍 들렸다.

그 절박한 얼굴을 보자 사아는 고개를 옆으로 살짝 기울이며 뭔가

를 생각하는 듯했다. 소 뒷걸음질에 쥐 잡는다고 일이 뜻밖의 방향
으로 해결될 것 같았다.

사아의 손에 든 피 묻은 칼이 요사스럽게 빛나고 있었다.

영은 무척이나 나른한 상태였다.

흡사 제 몸이 부유하고 있다는 착각이 들 정도였다.

"동장군 강짜 부려 추위 한창인데."

TV에서 나는 소리인지 낯선 남자의 목소리가 잠을 깨우고 있었다.

"내 마음은 어찌 임 만난 계집아이마냥 가살스러운가."

더듬더듬 리모컨을 찾아 손을 몽긋몽긋거렸지만 리모컨은 찾지
못했다. 손길에 닿는 이불의 느낌이 부드럽지는 않았지만 푸근해서
계속해서 몽그작거리고 있었다.

"아서라, 칼 같은 바람에 난도당할 이른 봄이여. 이른 꽃봉오리 터
트리면 열매 맺지 못하나니 이내 마음속에만 있어 주려무나."

한층 더 선명하게 굵은 남자의 목소리가 귓가에 닿았다.

가만, 내 방에 TV가 있었던가? 전기세도 못내는 판국에 무슨 TV?

"엄지!"

낯선 이름에 영은 번쩍 정신이 들었다.

화들짝 놀라 일어난 곳은 침상 위였다.

희미한 등잔불로 영은 자신이 누워 있는 곳이 화려한 청루의 그
어느 방도 아니라는 것을 깨달았다. 달콤한 향이 나던 술과 태자는

어디로 간 것일까?

대체 어떻게 된 것일까?

영은 두려움에 감히 주위를 둘러볼 수조차 없었다.

분명 자신은 혼자가 아니었다.

"또 꿈을 꾼 것이냐?"

중후한 목소리의 낯선 남자가 다가와 침상에 걸터앉았다. 훤칠한 중년 사내였다.

내가 다시 술을 마시면 서영이 아니라, 달이다 달이!

술 때문에 필름이 날아간 것이 틀림없다고 생각한 영은 어떻게 하면 이 난처한 상황에서 빠져나갈 수 있을까 그 생각뿐이었다. 중년 사내의 말을 듣기 전까지는.

"이번엔 길잡이가 어떤 장인의 삶으로 끌고 간 것이냐?"

길잡이?

영은 당혹스러워 제 손목을 내려다보았다.

없다! 순타가 제게 끼워주었던 옥팔찌가 없었다.

더구나 손이 어딘가 모르게 이상했다.

본래의 제 손도, 달이의 손도 아니었다. 더구나 오른손에 힘이 들어가지가 않았다.

꿈을 꾸는 걸까?

꿈속의 꿈이라니, 이게 무슨 네버엔딩 스토리도 아니고…… 설마!

영은 심장이 덜컥 내려앉는 것만 같아 절로 손을 가슴께로 가져갔다.

사내의 눈빛이 달라진 건 한순간이었다.

"아니면 내 여인의 몸에 혹 다른 장인이 들어 온 건가!"

지금까지의 다정한 어투가 아닌, 싸늘한 사내의 음성에 실내의 은 은하던 기운마저 냉기로 바뀌는 것 같은 착각이 들었다.

팔을 잡아챈 사내의 억센 손아귀에 영은 등잔 가까이 끌려나왔다.

"누구냐, 넌!"

영은 비로소 알아차렸다. 달이가 아닌 다른 장인의 삶으로 영이 들어와 있는 것이다.

남자의 팔찌가 눈에 띄었다. 그것은 청루에서 순타가 영에게 끼어 준 야명주로 옥팔찌였다.

때로는 장인의 보물이 장인의 혼을 부르기도 하니까.

달이의 그 선문답 같던 말이 아니고선 말이 되지 않는 일이 일어 난 것이다.

대체 짝퉁은 왜 그 팔찌를 채워선 이런 데로 보낸 거야!

모든 원망이 순타를 향하던 그 순간 사내가 영의 턱을 잡고 얼굴 을 들어올렸다.

불가항력이었다고 하면, 저를 죽이지는 않겠지!

일말의 기대를 가지고 사내의 눈을 본 순간, 영은 자신의 생각이 틀렸다는 것을 깨달았다.

이 사내라면 죽이고도 남는다.

영은 인간의 것 같지 않은 살기 어린 눈빛에 심장이 내려앉는 것 같았다.

"장인의 보물을 완성하려고 왔나?"

가늠하듯 저를 들여다보는 사내의 얼굴에서 영의 눈길을 끈 것은 유채색 눈이었다. 준이나 태자와 다르게 짙게 가라앉은 그 눈은 당장이라도 무슨 일을 벌일 것처럼 매섭게 보였다.

제가 아는 여인이 아니라는 것을 확신했는지, 사내는 곧 영의 얼굴을 놔주었다.

남자의 손아귀에서 풀려난 것만으로도 안도의 한숨을 내쉬는 영에게 아직 안심은 이르다는 듯 서릿발 같은 음성이 이어졌다.

"어림도 없다. 이 몸은 내 장인, 내 여인의 것이다."

단호한 음성이 튀어나오고 동시에 사내의 큰 손이 영의 손목을 그러잡더니 사정없이 꺾어버렸다.

***

어그러진 달빛은 사람의 마음을 흔드는 요기를 가졌다고 순타는 생각했다.

새하얗게 부서지는 달빛에 이불을 돌돌 말고 자리를 차지한 제 항아님은 침상을 차지한 것도 모자라 코골이까지 하고 있었다.

그런 영이 곱게 보이기까지 하는 순타의 입에선 탄식이 나왔다.

태자비라고? 저 갈까마귀를 어쩌자고 태자비로 삼겠다 했는지.

실언일 뿐이었건만 그의 말은 벌써 새가 되어 고마성으로 날아가는 중일 것이다.

순타의 입에서 넋두리 같은 한숨이 새어나왔다.

"요사스런 달빛 같으니!"

잠에 빠진 제 항아님을 보던 순타가 돌연 시선을 피했다.

또다시 다른 이의 얼굴이 어른거리다 사라진 까닭이다.

애꿎은 달을 탓해 보지만, 언감생심 월궁에 속한 이를 마음에 두는 것을 용납하지 않겠다는 미지의 경고 같아서 순타는 입맛이 썼다.

제 항아라 부른 이는 장인의 보물을 완성하고 사라질 장인의 혼이었다.

1500여 년 후의 세상이라는 월궁으로 돌아가야만 한다고 했다.

순타의 곁에 남을 수도 없는 이였다.

그가 아니었다. 그녀 곁에 있을 수 있는 이는…… 자신과 얼굴이 같다는 월궁의 사내일 것이다. 가끔씩 제 항아가 자신을 보면서 월궁의 사내를 찾는다는 것도 순타는 알고 있었다.

그때마다 가슴뼈 아래가 아릿해지곤 했다.

'가질 수 있어. 어떻게 하면 되는지 알잖아?'

어떤 용렬한 목소리가 마음 깊숙한 곳에서 울려나왔다.

제 안에는 장인이라는 숙명을 가진 자에 대한 깊은 연민과 또 그 숙명을 짓밟고 싶은 잔인한 욕구가 한데 잠들어 있는 것이 분명했다.

감히 가져서는 안 되는 것을 마음에 품는 것은 어리석은 짓이라고 순타는 제 마음을 돌리려 하지만, 어느새 눈은 제 항아를 담고 있는 것이다. 지금처럼.

"손……."

혹여 자리가 불편한가 싶어 영의 작은 소리에 놀란 순타가 침상으로 다가갔다.

"내 손!"

비명을 지르며 벌떡 일어나 앉은 영은 손을 감싸고 부들부들 떨었다.

"항아!"

"내 손을 부러트렸어! 내 손!"

순타는 눈앞에서 제 항아의 한 줌도 안 되는 손목이 움직이자, 쉽사리 눈을 떼지 못했다.

'단 한 번 힘을 주면 돼.'

용렬하다 못해 추악한 사내의 본심에 순타는 한순간 마음을 빼앗겨 제 항아의 손목을 잡아챘다.

이 손목을 움켜잡고 꺾어버리면 제 항아를 온전히 차지할 수 있다는 사실만이 온통 머릿속을 어지럽게 했다.

그때였다.

"팔찌! 이 팔찌 대체 뭐야! 이 팔찌 때문에 이상한 꿈을 꿨잖아."

꿈?

불지불식간 잠에서 깨어난 것처럼 화들짝 놀란 순타가 잡고 있던 항아의 손목을 놔주었다. 항아에게 순타 저는 꿈에나 등장해 기억조차 되지 않는 그런 존재란 말인가!

일순 제 얼굴을 한 월궁의 사내와 항아 안에 깃든 붉은 머리를 한 장인의 혼이 함께 있는 것이 머릿속에서 그려졌다. 상상임에도 불구하고 무척이나 다정해 보이는 모습이었다.

애초에 상대가 되지 않았다. 항아에게 월궁의 사내는 현실이고, 순타 자신은 꿈에 불과하니까. 하지만 분했다. 분한 마음에 온몸을 훑고 지나가는 미세한 경련을 느낄 정도였다.

"꿈이라고……?"

되뇌는 순타의 목소리가 떨리고 있음에도 불구하고 성마른 영이 진저리를 치며 팔찌를 빼냈다.

"그래, 나한텐 다 꿈이야. 짝퉁도 이 팔찌도 다 꿈이라구! 그러니 가져가란……."

말캉한 입술이 부딪혔다.

영은 제 입에 닿는 따뜻한 숨결에 놀라 더 이상 말을 잊지 못했다.

달각거리며 입술이 떨어지자, 한없이 처연한 자의 변명 같은 말이 들려왔다.

"이 모든 게 꿈이라면, 아무것도 느낄 리 없잖아!"

아직도 입술에 고스란히 남은 숨결에 영의 가슴이 방망이질을 당하듯 연신 두근거렸다.

"항아!"

야젓한 부름에 영의 시선이 순타에게 향했다.

일렁거리는 유채색 눈동자엔 당혹스런 표정의 달이가 영을 바라보고 있었다.

'그가 보는 건 내가 아니야.'

태자의 눈부처에 비친 달이의 모습을 확인하자, 영은 갑자기 찬물을 뒤집어쓴 것처럼 정신이 들었다. 그날 동굴에서 보았던 환각이 떠올랐다.

태자를 안고 오열하던 달이의 울음소리가 머릿속에서 울리는 것 같았다.

태자의 갈망어린 시선을 받아야 하는 건 자신이 아니라, 갈까마귀 달이어야 했다.

"항아!"

"손대지 마!"

영은 제게 뻗는 순타의 손을 뿌리치다가 그만 들고 있던 팔찌를 떨어트렸다.

옥팔찌가 빙그르 돌다가 순타의 발치에서 멈췄다.

던질 의도가 아니었다고 변명하려 했지만, 순타가 먼저 옥팔찌를 주워들며 말했다.

"이것은 내 모친의 목숨 값이다."

"그게…… 무슨?"

아연해진 영이 물었지만, 그는 말없이 팔찌를 주워들고 영에게 다가왔다.

태자의 차가운 손이 영의 손목을 움켜쥐었다.

"아! 아퍼!"

"또한 이 몸의 목숨 줄이기도 하지."

원망과 서운함을 담은 순타의 고백으로 영은 심장이 일순 아릿해져 왔다.

간헐적인 그 통증에 정신이 팔려 영은 제 손목에 옥팔찌가 채워지는 것조차 몰랐다.

한동안 저를 뚫어지게 바라보던 순타는 탁해진 숨을 뱉어내더니 아무 말 없이 돌아서버렸다.

그의 뒷모습에 영은 걷잡을 수 없이 마음이 심란해졌지만 들썩거리는 마음과 달리 그만 맥없이 주저앉고 말았다.

어차피 다른 사람인걸. 그가 준이라도 달라질 건 없어. 그의 주문에 따라 장인의 보물만 완성시키면…… 어차피 떠날 테니까.

삐그덕, 장지문이 열리고 다시 닫힐 때까지 영은 그를 부르고 싶은 입술을 앙다물고, 그를 붙잡고 싶은 두 손을 꼭 주먹 쥐었다.

영의 손목에 채워진 옥팔찌만이 어스름하게 빛을 냈다.

7장

나는 항아님의
몽중정인

"오라비의 억울함을 풀어주십시오, 어라하!"

"외숙의 억울함을 풀어주십시오, 어라하!"

백제 고마성 어라하의 침전 앞은 때 아닌 아우성으로 들썩였다.

침전 밖에서 읍소를 하는 이들은 어륙과 명농군이 분명했다.

허나 그들이 애타게 부르짖는 어라하는 장계를 볼 뿐 바깥의 소리에는 일절 반응이 없었다.

개화 태수인 백문독이 살해당했다는 장계가 올라오기도 전에 어라하는 물론 대성팔족들도 전서구를 받아 본 것이다.

삼 일 만에 도착한 장계에 맞춰서 읍소하는 어륙과 백씨 일족의 간사함을 미리 읽은 어라하는 몸이 좋지 않다는 이유로 침전에 칩거했다. 그렇게 다른 이들의 출입을 막았지만, 장계만은 예외였다.

각 지방 태수들이 보내온 장계더미는 하루라도 처리하지 않으면 목간이 쌓여 무덤이 될 만큼 그 양이 어마어마했다.

"오라비의 억울함을 풀어주십시오, 어라하!"

"외숙의 억울함을 풀어주십시오, 어라하!"

침전 밖의 소란에 마지못해 인우가 제 주인을 향해 입을 열었다.

"편전으로 자리를 옮기시지 그러십니까."

어라하의 무심한 눈이 그 즉시 인우에게 닿았다. 한때는 맹호라 불릴 만큼 괄괄한 성격을 자랑한 영웅이지만 지금은 인자한 어라하로 고마성 안팎의 백성들에게 추앙받는 존재……

"그리하면, 저 억지소리를 듣지 못하지 않나!"

실상은 고약하기 그지없는 성격의 소유자였다. 백제의 어라하는.

인우는 그제야 이 고약한 사내가 칭병하여 부러 침전에 틀어박혀 있는 것을 깨달았다.

어륙과 왕자라 하더라도 공무를 집행하는 편전에는 가까이 하지 못하는 게 관례다. 침전이라면 왕의 사적인 공간이니 어륙과 왕자의 읍소를 방해할 이는 없었던 것이다.

"명농군은 아직 어리십니다. 저러다 몸이라도 상하시면 어쩝니까?"

"외탁한 덕에 타고난 강골이다. 제 형을 치고 태자 자리를 달라는 용심마저 닮아 탈이지만!"

마침 태자가 머물고 있는 개화에서 태수 백문독이 살해당했다. 탐욕스런 백씨 일족이 이 좋은 기회를 놓칠 리 없었다. 아직 어린 명농군까지 끌어들여 태자의 목을 죄고 있는 것이다.

"그것은 백씨 일족의 주장이지, 명농군은 아무것도……."

탁, 목간을 내려놓는 어라하의 손에 힘이 들어갔다.

"대성팔족 네 놈들은 여전하구나!"

원망과 증오가 깃든 어라하의 눈과 마주할 때면, 인우는 아직도 간담이 서늘해지곤 했다.

"나라가 망해가도 네놈들은 그저 서로의 밥그릇만 차지하려고 눈이 뒤집혀 있지. 역겹구나! 연씨 일족의 인우야!"

어라하가 대성팔족, 특히 백씨 일족에 대한 증오심이 얼마나 큰지는 인우도 잘 알고 있는 바다. 어쩌면 이 좋은 기회를 놓치지 않으려는 건 어라하일지도 모른다는 생각이 인우의 머릿속에 불현듯 들었다. 불안한 속내를 숨기며 인우는 어심의 방향을 모색하기 위해 입을 열었다.

"개화는 어찌하실 겁니까? 백씨 일족은 이번에야말로 작정하고 태자전하를 제거하려 들 겁니다."

태자라는 말에 멈칫하던 것도 잠시, 어라하는 다른 목간을 들며 부러 덤덤히 대답했다.

"잘됐군. 그놈이 제 아비의 피를 이었다면 역천을 해서라도 왕위를 가져가겠지."

"어라하!"

"그놈도 몰리고 몰려야 이 보위에 오를 테니, 내버려 둬!"

살찬 음성에 기죽을 만하건만 인우의 질문은 받아치듯 이어졌다.

"허면 태자전하를 선택하신 겁니까?"

그의 물음에 바깥 문들에 붙은 귀들이 숨을 죽이고 어심을 듣기 위해 기다렸다.

정적이 흘렀다.

공기 중에 떠도는 긴장감이 피부로 느껴질 정도였지만, 어라하는 무표정한 얼굴로 목간을 들여다볼 뿐이었다.

그 시각, 개화 백제부 별채에는 묘한 침묵이 흘렀다.

태자와 사아군이 함께 있는데 이렇게 고요하다니, 요상한 날이었다. 평소에는 너무 다정한 사이를 연출해 남 말 좋아하는 가납사니들에게 좋은 먹잇감을 던져주던 두 사람이었다.

지금 그들은 아무런 말없이 서로를 가늠하듯 쳐다보고만 있었다. 아니, 먹잇감을 가둬놓고 이리저리 배회하며 경계하는 이는 태자였다. 사아군은 평소와 다름없었다. 온화한 미소만 지을 뿐이었다.

"앞뒤 없이 나서기는 다혈질 해씨 일족이요, 제 죽은 무덤까지 꾸밀 이는 사치스런 백씨 일족이요, 물길보다 깊은 속내를 가진 음험한 이는 진씨 일족이라 했던가?"

순타가 고마성 백성들이 팔성귀족들을 놀리며 부르는 노래로 물꼬를 텄다.

"대성팔족이 아무리 난다 긴다 한들 피도 눈물도 없는 왕족 부여씨의 비정함만 못하다지요."

어쩐지 평소의 대화가 아니었다. 바짝 날이 선 대화가 냉정하게 이어졌다.

"충직한 이는 연씨 일족이라 합니다."

한 발짝 뒤로 물러나 있던 증걸이 살벌한 분위기를 어떻게든 무마해보려고 끼어들었지만, 제 주인에게서 물색없다는 눈총만 받았다.

"참말로 재밌지 않은가! 그 특성대로라면 내 참모는 음험하다 못해 비정한 자이지 않나!"

"전하께서 유능한 참모를 두신 게지요. 자고로 유능한 참모란 좋은 인간이 될 수 없으니까요."

기다렸다는 듯이 받아치는 사아의 말은 가슴 한구석을 답답하게 만들었고 순타는 저도 모르게 헛웃음을 삼켰다.

사아는 흔들리지 않았다. 순타는 흔들리지 않는 사아를 상대하기 위해 단 한가지 방법 외에는 선택의 여지가 없다는 것을 깨달았다. 바로 정공법이었다.

"사아! 백제부 태수의 죽음에도 아는 것이 있는가!"

"검안이 아직 진행 중이지 않습니까!"

"허면 가야 사신의 사체가 사라진 일도 내 참모는 모르는 일이겠군?"

태연하게 대꾸하던 사아의 얼굴이 변하기 시작했다. 그에게서 미소가 사라지자 순타는 사아의 얼굴이 낯선 사람처럼 생소하게 느껴졌다.

"연합을 위태롭게 할 셈이냐?"

순타의 목소리는 낮고 느렸으나 서늘한 냉기가 풀풀 스며 나왔다.

그것은 흥분으로 터져나오는 고성보다 더 지독한 통증으로 폐부를 찔러왔다. 사아군은 마치 신음하듯 대답했다.

"……백씨 일족 하나 죽었다고 군대가 오겠습니까!"

"사아!"

"안심하세요, 전하! 어라하는 절대 개화에 군대를 보내지 않습니다. 지난날 선왕이 무리하게 개화를 징벌해 연합국의 불만을 사지 않았습니까. 그 틈을 노려 어라하가 되신 분이시니 절대 군대를 보내지 않으실 겁니다."

사아의 말이 틀리지 않다는 걸 순타도 모르는 바는 아니었다. 아니 그조차 사아의 말에 자신 있게 반박할 수가 없었다.

"모두 전하를 위한 일입니다. 때가 되시면 알게 되실 것입니다."

"나를…… 살인귀로 만들어주어 고맙다고 해야 되나!"

"제왕의 발밑에 흐르는 수많은 피가 모두 정당하기만 하겠습니까?"

순타는 고개를 저었다.

사람을 믿지 않기에 사아의 어두운 얼굴을 대면하면서도 충격에 빠지지는 않았다. 자신도 얼마나 많은 얼굴을 가지고 있으며, 필요할 때마다 그 잔인성을 드러내지 않았던가. 사아라고 자신과 다르다 믿지 않았지만 조금은 방심했다는 것을 깨닫고 놀랐을 뿐이다.

사촌이 왜 지금처럼 변한 것인가, 하는 물음은 우문이었다. 사아도 이렇게 충분히 변할 수 있을 만큼 험난한 세월을 겪었다.

"걱정하실 필요 없습니다. 전하께서는 연합국들의 지지를 받아 보위를 이으시면 될 것입니다."

"그 대가로 개화 땅을 나눠주고 말이지?"

"결코 손해 볼 거래는 아니지 않습니까."

"되었다!"

순타는 지금부터 사아가 작정하고 자신을 설득하려 든다는 걸 직감적으로 눈치 챘다. 그건 덫이나 마찬가지였다. 사아를 빠져나갈 수는 없을 것이다.

순타가 반사적으로 자리를 박차고 일어섰다.

"전하에겐 백씨 일족 같은 지지 세력이 없단 말입니다."

촘촘한 덫이 자신의 머리를 향해 던져지는 것처럼 사아의 말이 귓전에 붙었다. 사아의 말에는 다급함이 언뜻 비쳐졌다.

"하여 내 편을 만들자고 나라를 팔란 말이냐?"

"원래가 가야 땅이었습니다."

"이 땅은 선왕이신 그대의 부친이 만든 백제 영토다."

사아는 어느 순간부터 미소를 벗어던졌지만 적어도 감추어둔 표정을 꺼내지는 않았었다. 그러나 지금 그 일그러진 얼굴 하나가 저도 모르게 튀어나왔다.

순타는 못 볼 것을 본 것처럼 질끈 눈을 감았다.

"그만둬, 사아! 그들의 도움 없이도 보위를 이을 수 있어. 그리되면 그대의 귀국을 추진하겠어."

말이 왜 사신이지 왜로 보내진 인질이었다. 사아는. 왜와 백제의 왕조가 연합을 위해 선택한 살아있는 담보물이었던 셈이다.

영원한 적도 아군도 없는 것이 국제정세다. 백제와 왜의 연합이 와해되는 날, 사아의 목숨도 보장 받을 수 없었다.

"전하가 아니면 살 수 없는 목숨이었습니다. 전하께서 살리신 목숨은 그날 이후로 전하의 것입니다. 전하께서 제왕이 되시는 날! 이 목숨도 바칠 수 있습니다."

사아는 결연한 의지를 다시 한 번 확인시켜준 것이지만, 순타에겐 이보다 더한 협박이 없었다.

사아, 그는 원래대로라면 백씨와 어라하의 손에 죽을 목숨이었다. 그런 저를 살리기 위해 함께 죽겠다 한 이가 바로 태자였다.

"기껏 제 손으로 올린 제왕을 천하의 다시없는 폭군으로 만들 작정인 게냐!"

기가 차다는 표정을 보란 듯이 드러내며 순타가 툭 내뱉었다.

사아는 순타의 진심 같은 게 더 이상 보이지 않았다. 그에겐 목표가 있었고 그것의 완수만이 유일한 길이었다. 사아는 고통스러웠다. 사아의 길 가운데 늘 순타가 있었다. 그런데 순타가 지금 자신의 길 밖으로 벗어나려 한다는 걸 알면서도 길을 가지 않을 수 없었다.

"전하!"

"여기서 그만둬!"

단호한 의지를 담은 유채색 눈을 보며, 사아는 되뇌었다.

'……멈추기엔 늦었습니다, 전하. 이미 떠난 길이니까요.'

＊＊＊

"태풍이 오겠구먼!"

바람이 심상치 않았다.

바다에서 밀려오는 구름떼는 해도 먹어버리고, 달도 먹어버리고, 개화의 밝은 빛은 죄다 먹어버린 것만 같았다.

"어째 저리 심술궂다냐! 또 얼마나 잡아먹으려고!"

개화의 노인들이 몰려오는 먹구름을 보며 하나같이 혀를 찼다.

"이놈들아, 이런 날은 싸돌아 당기는 거 아녀! 어여 집에 들어가! 각시 품에 안겨 있으라고."

노인들은 한술 더 떠 개화의 분주한 사내들을 향해 고래고래 소리까지 질렀다.

"노친네들이 노망났나! 일 안하고 계집 끼고 있으면 누가 먹여살려준데? 제 장사 밑천은 지들이 지켜야지!"

저자의 상인들은 저마다 곧 들이닥칠 태풍을 대비해서 비막이를 손봤다.

개화 공방의 직공들도 비막이를 세우며 전시해놓은 물건들을 들여놓느라 다들 분주했다.

"뭐하는 거냐! 가장 먼저 활부터 챙겨야지. 물에 젖으면 안 된단 말이다!"

궁시장답게 우포가 제가 만든 활들과 화살부터 챙기라 명을 내릴 때였다.

"우포 있는가!"

누군가 공방을 찾아왔다. 익숙한 목소리였기에 우포의 인상이 저절로 일그러졌다.

공방을 찾아온 이는 막 내리기 시작한 비에 홀딱 젖은 고달이었다.

"어찌 이리 다 젖었소?"

못마땅한 얼굴로 우포가 물었다.

"집에 가는 길에 갑자기 쏟아져서 말여!"

'염병! 집에 가는 길이면 그냥 가면 될 것이지. 공방이 뭐 제 집 안방인 줄 아나?'

뚱한 표정을 읽은 것인지 고달이 변명조로 중얼거렸다.

"잠시 그칠 비는 아닌 것 같구만!"

밖에는 우레 소리마저 들렸다.

공방 처마 밑에서 떨어지는 빗방울을 피하던 우포는 저를 이리도 청승맞게 만든 고달을 가만 쳐다보았다.

우포는 고달을 공방으로 들일 수 없었다. 공방은 향료를 만드는 작업이 한창이었다. 향료의 정체에 대해서는 직공들도 몰랐다. 그저 암료라고 생각할 뿐, 그것이 무엇인지 확실히 알지 못했던 것이다.

고달에게 보인들 향료라고 잡아떼면 그만이지만, 어쨌든 그는 개화독립군의 수장이었다. 개화를 위태롭게 할 일을 허락할 리 없었다.

전임 수장이었던 제 스승은 우포가 아닌 고달을 개화독립군 수장으로 지명했다. 태어날 때부터 온전치 못한 외모 때문에 고달은 동년배인 우포의 상대가 되지 못했다. 그런 그가 우포를 제치고 수장이 된 연유는 우포가 제 스승과 감정의 골이 깊었기 때문이다.

　우포는 제 스승에게서 파문을 당했다. 해풍 맞고 자란 대나무로 더 이상 화살을 만들지 않는다는 이유 때문이었다.

　서리가 내린 후, 해풍 속에서 2, 3년 된 해양죽을 구해 석 달 동안 볕과 그늘에서 번갈아가며 건조시켜 불에 구워 오늬를 내고 깃을 달면 족히 백 번은 넘게 손이 가곤 했다.

　그런 고된 작업 속에서 만들어진 스승의 화살은 백제 병사들에게 가서 개화독립군의 가슴을 쏘았다. 스승 역시 자신이 만든 화살에 맞아 죽었으니 자업자득인 셈이었다.

　"염병! 하늘에 구멍이라도 났나! 진저리나게 퍼붓고 지랄이여!"

　추적추적 내리는 비에 떠오르는 옛 기억이 자꾸만 우포의 마음을 울적하게 만들었다.

　"할 말 없으면 이만 들어갈라우!"

　요란한 천둥소리가 울릴 때였다.

　"우포 자네 말여!"

　돌아서는 우포의 등 뒤로 고달의 굳게 닫힌 입술이 마침내 열렸다.

　"혹시라도 나한테 무슨 일이 생기면, 자네가 책임지고 개화독립군을 해산시키도록 해!"

뒤늦게 섬광이 비쳤다. 우포를 바라보는 고달의 얼굴이 무척이나 피곤해보였다.

＊＊＊

옥공예는 금속처럼 기계 가공이 가능하지 않았다.

사람 손을 타서 일일이 정성을 들여야 하는 작업으로, 영의 세계에서조차 대부분 수작업으로 진행되었다.

영은 손목에 찬 옥팔찌를 슬쩍 만져보았다.

영이 옥을 다뤄본 경험은 할아버지의 유품인 옥 조각의 세팅이 전부였다. 그런 상황에서 연마작업을 해야 하는 것도 문제지만 짝퉁의 주문도 버거웠다.

하늘장인이 바친 국조모의 팔찌를 복제하라니. 보는 것만으로도 서약을 떠올릴 수 있는 조각을 새기라니…….

어떻게 새겨야 할지 전혀 감이 오지 않았다.

가끔 이럴 때가 있었다. 아무리 카탈로그를 봐도 머릿속에 마땅히 떠오르지 않았을 땐 현물을 보는 방법 외엔 없었다.

그럴 때는 후줄근한 작업복을 벗어던지고 변신을 하듯 셀럽의 가면을 쓰고 백화점으로 향했다. 대기 줄을 서서 기다리다가 마침내 실물을 보게 됐을 때의 그 느낌은…… 의외로 허망했다. 아무것도 느껴지지 않았기 때문이다.

그건 삿된 것이었다.

사람들의 눈을 홀리지만, 마음을 움직이진 못한다는 할아버지의 말씀 그대로였다.

영은 창밖으로 시선을 돌렸다.

하늘을 뒤덮은 구름이 심상치 않았다.

비라도 오려는 걸까?

영은 비명을 참아가며 굳은 제 몸을 일으켰다.

"아이고, 삭신아! 이러니 옛날 사람들이 오래 못살았지! 순전히 수작업이니. 아이고, 고개야!"

작업은커녕 옥팔찌만 들여다보던 영이 연신 제 몸을 토닥거리며 앓는 소리를 낼 때였다.

쿵!

영의 뒤에서 둔탁한 소리와 함께 피 냄새가 진동했다.

작업장으로 다친 짐승이라도 들어온 걸까? 그녀는 나무봉을 들고 돌아섰다.

혹시나 모를 위험 때문이었지만, 그녀의 작업장에 들어온 것은 짐승이 아니었다.

"부염!"

피투성이의 부염이 작업장 바닥에 쓰러져 있었다.

아무 짝에도 쓸모 없는 것!

날카로운 칼보다 더 매서운 형님의 눈초리에 부염의 등은 스스로가 든 채찍으로 또다시 난도질당했다.

부염은 언제나 쓸모없는 것에 불과했다.

그는 백제 선왕이 신라와 동맹의 증표로 맺은 정략혼 사이에서 태어났다. 부염은 나면서부터 제 아비로부터 철저하게 외면당했다. 원하지 않는 자식이었기에 자라면서 제 어미에게는 끊임없이 학대를 당했다.

고구려와 백제를 넘나드는 신라의 동맹외교는 인질이나 다름없는 왕족들의 교환을 서슴지 않았다. 한 번 볼모로 떠나게 되면 그들의 운명은 한치 앞을 내다볼 수 없었다.

언제 그 살얼음판 같은 동맹이 간단히, 무참히 깨질지 알지 못했고, 연루된 왕족들은 언제라도 얼음이 깨진 깊은 물속으로 가라앉을 각오를 하며 살아야 했다. 자진을 해서라도.

어른이나 여자나 갓 태어난 아기에게나 어떠한 아량도 허용하지 않았다. 그래서 그들은 애초부터 살아 있으되 살아날 목숨이기는 진작에 포기당할 수밖에 없었다. 백제 왕자이자, 신라 이찬 비지공의 외손주인 부염의 존재 역시 그렇게 철저한 무관심과 학대 속에서 생을 지탱해야 했다.

결국 그가 여덟 살 되는 해 선왕이 백가에게 살해당하면서 부염은 그의 어미에게 비참하게 버림받았다.

일찍 출가한 사아군을 제외한 선왕의 왕자들이 비명횡사를 한 것을 보면, 부염 역시 죽을 목숨이었을 것이다. 사아군이 거두어주지 않았다면 말이다.

비록 그것이 혈육의 정이 아니라 살인귀를 키우려는 목적이었다 해도 부염에게는 사아가 유일한 주인이었다. 제 주인의 명 없이 태수를 죽였으니, 마땅히 벌을 받아야 했다.

주인이 주지 않는 벌을 부염은 스스로 줬던 것이다.

으윽, 다시 느껴지는 통증에 부염은 절로 낮은 신음을 뱉었다.

"아프긴 한가 보네!"

싸늘하게 들리는 영의 목소리가 부염의 정신을 단박에 깨웠다.

"뭐냐, 어린놈이! 거북 등짝도 모자라서 아주 너덜너덜 살점을 죄다 뜯어냈네!"

찢어 즙이 드러난 약초가 등에 닿자 부염도 별수없이 신음을 삼키며 움찔거렸다. 부염의 등은 영의 표현대로 엉망이었다.

"나는 자기 몸 학대하는 사람을 보면 아주 진절머리가 나!"

툭 내뱉는 말엔 혐오감이 짙게 배어났다.

"자기 자신을 그렇게 몰아세워야 하는 이유가 뭔데?"

솟구치는 짜증과 불쾌한 감각이 마음속에서부터 흘러나왔다.

한때 할아버지에게 묻고 싶었다. 자신의 몸을 해치면서까지 장인의 보물이 중요했냐고 말이다.

"그렇게…… 그렇게까지 해서 뭘 얻고 싶은데?"

떨리는 목소리에 부염이 무거운 허리를 들어 영을 바라보았다.

영이 울고 있었다.

부염은 서럽게 우는 영의 모습을 보면서 가슴이 저려왔다.

천천히 부염의 손가락이 영의 눈물에 닿아갈 때였다.

영이 한숨과 함께 푸념을 늘어놓았다.

"모르겠어, 부염! 거꾸로 된 세상도 20일만 지나면 제대로 보이게 된다는데, 난 벌써 백오십 일이잖아. 가끔 내가 달이고 2016년의 서영이 꿈은 아니었을까 생각할 때도 있어. 근데 내가 알고 있는 게 너무 생생해. 내가 영이라는 게 잊혀지지 않는단 말이야!"

또다시 달아가 아니란 말에 부염은 고개를 갸웃거렸다.

제 눈에는 달이인데 달이가 아니라 하니!

생각이란 것이 이리 어려운 줄 알았다면 해보겠다고 하지 않았을 텐데…….

"방법은 하나야. 내가 태자의 주문을 만들어서 하루빨리 돌아가는 것, 그것뿐이야."

'떠나? 태수를 죽였는데도 달이가 떠나?'

부염은 이해가 되지 않았다. 자신이 형님의 뜻을 따르지 않고 태수까지 죽였는데, 떠난다니!

당장이라도 달이가 떠날 것 같아서 부염은 다급해졌다.

크흑! 신음소리가 절로 나왔다. 일어나려던 부염은 등에 불이라도 붙은 것 같은 통증에 멈칫거렸다.

"움직이지 마! 상처가 터진단 말이야!"

일어나지도 다시 눕지도 못한 채 웅크린 부염을 영이 부축했다. 부축이라 해봤자 다시 눕히는 것에 불과했지만.

영의 눈에는 아직도 눈물이 고여 있었다.

"다시는 이런 짓 하지 마! 왜 널 스스로 학대하는 거야?"

들려줄 수 없는 대답대신, 부염은 영의 손을 움켜잡았다.

"지금 안 가! 아니, 못 가! 태자의 주문을 완성해야만 갈 수 있단 말이야. 그러니까 쉬어!"

제 더벅머리를 쓰다듬어주는 손길에 부염은 점점 아득해졌다.

'달이 떠날 수 없게 만들면 돼. 분명, 형님이라면…… 방법을 알 거야!'

어륙의 처소는 고마성 내에서 가장 화려했다.

어륙은 자신의 처소를 모란궁이라고 대놓고 불렀는데, 향기 없는 모란을 비유해 어라하가 찾지 않는 스스로를 조롱하는 뜻이었다.

펄럭!

비단 한 필이 공중에 날리더니 곧 바닥으로 떨어졌다.

"저런 조잡한 것이 대륙 비단이라고 이 고마성에 들어온단 말이냐? 당장 치워라!"

어륙의 서슬 퍼런 말에 시녀들이 비단 꾸러미를 들고 물러나는데 마침 백씨 일족의 수장이 들어섰다.

백씨 일족인 어륙의 안목은 한성장인의 후예라는 순타 태자의 감식안과 우열을 가리기 힘들 만큼 까다롭기로 유명했다. 고마성의 모든 물품들은 어륙의 허가 없이는 반입조차 불가했다.

지금도 고마성으로 들이려던 비단을 어륙이 퇴짜 놓은 것이었다.

"눈들도 형편없지. 그저 대륙이라면 좋은 건 줄 알고 사들이는 귀족들이 문젭니다. 그들이 사들이니 상단들이 대륙 물건이라면 확인도 하지 않고 저런 굴퉁이를 들여오는 것이 아닙니까!"

여전히 분이 풀리지 않아 씩씩거리는 어륙을 보며 백씨 일족의 수장이자 어륙의 아비인 내법좌평은 한숨을 내쉬었다.

"침전 앞에서 문전박대를 당하셨다면서요?"

여장부인 제 딸의 성정을 잘 알았기에 내법좌평은 비난으로 들리지 않게 애를 썼다.

"예, 그리하였지요."

"어륙!"

"어라하 몸이 좋지 않으셨대요. 때를 잘못 정한 거지요."

아직 순진한 건지, 어라하가 저희를 부러 멀리하고 있는 걸 모르고 어륙은 그저 나이 많은 지아비 편이었다.

"마침 기력을 더하는 향료가 왔더이다. 어라하께 도움이 되실 것 같아 침전에 넣었지요."

내법좌평은 나지막한 한숨을 내쉬며 말을 이었다.

"어륙! 우리 일족이 토사구팽 당하면 명농군과 어륙도 무사하지 못하십니다."

"아바님!"

날카로운 어륙의 목소리는 마치 비명과도 같았다.

"어라하를 믿지 마세요. 간교한 분이십니다."

아비가 돼서 제 서방을 믿지 말라 하니 이제 답답해지는 건 어륙이었다.

"제왕이란 자리를 믿을 수 없는 것이지요. 어라하는 저와 명농을 버리시지 않을 겁니다."

"허면 어라하가 태자를 버리시겠습니까? 그토록 은애하던 여인이 남긴 하나뿐인 끈을요?"

아비의 말에 어륙은 까마득한 어둠속에 갇힌 것만 같았다.

"잊지 마십시오, 어륙! 어륙껜 백씨 일족만이 유일합니다."

어륙의 숨이 가빠졌다. 동요하는 얼굴은 여인의 그것이었다.

"그이가 밉습니다. 온전한 은애가 아니라면 필요 없다고 그리 모질게 가버려서 평생 어라하의 가슴에 남은 그이가 정녕 밉습니다."

끝내 울음을 터트리는 어륙을 향해 내법좌평은 어라하와의 거래를 알려주었다.

그것은 태수 문독의 죽음을 더 이상 거론하지 않는다는 조건으로 어라하가 저희 일족에게 내민 달달한 약과였다.

"어라하께서 개화에 파발을 보내셨답니다."

눈물이 그렁그렁하게 찬 어륙의 얼굴을 어느새 환희로 바꿀 정도로 유익한 거래였다.

"엄청나게도 퍼붓는다!"

영은 빗물을 받는 중이었다.

작업장에 지혈제로 쓰이는 약재를 상비해둔 것이 다행이었다.

손에 익지 않은 공구들 때문에 그녀도 수시로 다치다 보니 일부러 구비해둔 것인데 이렇게 요긴하게 쓰이게 될 줄은 몰랐다.

등껍질 마냥 갈라진 부염의 상처는 지혈제로 도배를 하듯 붙여놨지만 열이 계속 오르는 건 찬물로 수시로 닦아줄 수밖에 없었다. 고달이라도 찾아보고 싶었지만 이 빗속에 길거리를 헤매는 건 영 자신이 없었다.

"이 시대는 119 비슷한 일 하는 그런 데 없나?"

아쉬운 마음을 접고 영은 빗물이 채워진 두레박을 힘껏 들었다.

"쓰러지려면 의원 앞에서 쓰러질 것이지, 왜 내 앞에서 쓰러져 가지구! 이건 또 왜 이렇게 무거운……."

영은 갑자기 두레박의 무게가 가벼워진 것을 느끼고 깜짝 놀랐다. 누군가 두레박을 잡고 있었던 것이다. 돌아보니 태자가 서 있었다.

"사내 두 놈도 한 번에 끌고 가는 여장사가 이게 무거운 게냐?"

밉살스럽게 한소리 내뱉더니 순타가 두레박을 영의 손에서 뺏어들었다.

작업장 곳곳에는 말리기 위해 벗어둔 옷들이 춤을 추듯 널려 있었다. 작업장이 졸지에 세탁실과 병실을 겸하게 된 탓에 영도 분주했다. 곧 부염의 상처를 닦는 천이 부족해졌다.

"물 끓을 때 안 됐나?"

"택도 없다."

퉁명스런 순타의 목소리가 화덕 쪽에서 들렸다.

그러면서도 영의 급한 마음에 반응한 것인지 순타는 장작을 좀더 집어넣었다. 화덕의 불이 더 거세졌다.

드디어 물이 끓기 시작했다. 그러나 그보다 일찌감치 부글부글 끓기 시작한 건 순타의 가슴과 피였다. 험한 빗속을 뚫고 작업장을 찾아왔더니 제 항아님이 대뜸 손에 쥐어준 것이 부지깽이였다.

이걸 가지고 뭘하라는 건지 몰라 할 때 영이 손가락으로 가리킨 곳이 화덕이었다.

뭐라고 한마디 할 틈도 없이 떠밀려 앉아 이렇게 장작만 집어넣고 있는 신세로 전락했다. 게다가 증걸이 들어야 할 핀잔까지 주인이 고스란히 뒤집어쓰고 있었다.

"의원을 데리러 간 건 맞아? 왜 이렇게 안 온대?"

증걸은 장인을 찾아내라는 순타의 명을 받은 직후 빗속을 뚫고 영을 찾아다녔다. 그리고 태자를 공방으로 안내했다.

더 이상 비는 안 맞겠구나 싶었는데 부염 때문에 증걸은 의원을 데리러 다시 이 빗속을 헤치고 마을로 내려갔다. 벌써 한 시진이 거의 다 되었는데도 그가 돌아오지 않는 것이다. 그러니 영이 순타에게 닦달을 하고 있는 것이다.

"내려간 지 한시진도 안 됐…… 대체 그 놈은 무어냐?"

"달이네 벌치기 부염이야."

"자해하는 취미를 가진 벌치기라?"

부염이든 부스럼이든 벌치기 같은 종자의 이름을 알아서 무엇하

랴. 제 항아의 입에서 다른 사내의 이름이 나오자 순타는 무심코 이죽거렸다.

"뭐, 사람마다 별난 취향 하나쯤은 가지고 있잖아!"

대수롭지 않게 대꾸하는 것이었지만, 순타는 그런 말조차 영이 부염의 편을 드는 것 같아 불쾌해졌다.

꺼림칙한 감각이 슬금슬금 기어 나오고 있었다.

"근데 짝퉁은 이 빗속에 여기까지 왜 온 거야?"

저를 보는 제 항아의 말간 눈앞에서 순타는 문득 할 말을 잃었다.

참모가 자기도 모르는 사이에 일을 많이 저질렀다. 태수를 죽이고 영토를 팔아서 저를 제왕으로 올리려 하기 때문에 국조모 팔찌를 빨리 완성해야 한다. 이 말을 차마 할 수는 없었다. 그것은 제 손으로 항아를 월궁으로 보내기 위해 밀어내는 것이나 마찬가지였다.

끙!

부염의 앓는 소리가 들려왔다. 펄펄 끓어오르던 몸이 이제는 차갑게 식어가고 있었다.

"이젠 몸까지 떠네!"

영이 더 이상 추궁하지 않고 관심을 부염에게 돌려 그나마 다행이었다. 잠시 후, 순타는 그 앓는 소리조차 못 내게 부염을 기절이라도 시키고 싶은 마음이 들었지만 말이다.

"뭐라? 이 몸더러 저 천한 것을 안으라고?"

순타가 펄쩍뛰며 영을 노려봤다.

"떨고 있잖아! 저체온증은 위험하다구!"

부지깽이 취급도 모자라 이제는 숫제 화로 역까지 하라는 것이다.

"그리 걱정되면 항아가 하면 될 것 아니냐?"

"……달이 년 미자거든!"

"미자? 혹 저놈도 네 사내를 닮았나? 그래서 살리고자 애를 쓰는 건가? 대체 항아는 월궁에 사내를 몇이나 둔 게야! 월궁에 아방궁이라도 지은 것이냐!"

순타의 말도 안 되는 추궁에 어이가 없어진 영은 대꾸도 않고, 제 저고리의 고름을 잡아당겼다.

그 순간 순타가 꽥 소리를 질렀다.

"뭐하는 짓이냐!"

"나보고 하라며!"

"하여 저것을 이 몸 앞에서 안겠다고?"

"뭐?"

순타의 연이은 추궁에 어안이 벙벙한 영이다.

"짝퉁, 어디 아파? 꼭 질투하는 사람 같아! 왜 그래? 날궂이 하는 거면 그만해! 비가 이렇게 쏟아지는데 홍수 나겠어."

영은 붉어지는 얼굴을 감추며 더 퉁명스럽게 내뱉었다.

청루부터였나?

영이라면 태자비로 들이겠다는 순타의 말에 설레던 스스로를 인정할 수가 없었다. 인정하고 싶지 않았다. 지금처럼 태자의 말 한마디에 무슨 의미인지 생각하게 되는 것이 영 마뜩찮았다. 그래서였다. 비를 긋듯이 멈춰 설 필요가 있었다. 어쩌면 스스로에게 보내는 경고일지도 몰랐다. 허나 그녀를 위한 경고는 전혀 엉뚱한 방향으로 영향력을 끼치고 있었다.

'질투? 이 몸이 저 천한 벌치기를 질투해?'

순간 전율이 온몸에 흘렀다. 정말 벌치기를 질투했던 걸까?

영의 통박으로 제 감정의 정체를 알게 된 순타는 당황스러웠다.

'국조모 팔찌보다 먼저 장인과 떨어져야 해!'

순타에게 간신히 남아 있는 이성도 그렇게 경고했다.

"짝퉁?"

"아니! 되었다. 항아 곁에 있으니 정신이 온통 산만해서……."

"지금 그 말이 뭐야? 나랑 있어서 짝퉁 정신이 오락가락한다는 거야?"

"내 말은 그런 뜻이……."

"대단한 태자님이 미친년 상대하다 보니 자기까지 돌겠다는 거네? 아주 황송하게 됐네요!"

비아냥거리는 소리를 들으니 순타의 얼굴에도 노기가 떠올랐다.

"감히 뉘 앞에서 망발이냐!"

"미친년 말을 마음에 담아둬서 뭐하게? 고매하신 태자님이 못 들은 척하라구!"

울컥해진 영이 순타를 지나치려는데 순타가 그녀의 손목을 잡아챘다.

"감히! 너 따위가!"

"나 따위가 뭐!"

표독스럽게 바라보는 영. 뭔가 말하려던 순타의 입은 끝내 열리지 않았다.

진작 이성의 경고를 들었어야 했다.

'월궁의 네 사내가 밉다. 내 항아님이 아는 사내를 모다 치워버리고 싶은 게 정상이냐?'

차마 제 심중의 말을 입 밖으로 꺼내지 못하고 순타는 영의 머리에 꽂혀 있는 애먼 얼레빗만 빼냈다.

"뭐하는 거야!"

영이 쏟아져 내리는 머리카락을 정돈하는 사이, 순타가 제 장의를 벗으며 부염에게 다가갔다. 감히 이 몸에게 사내를 안으라 하다니, 고약한 월궁항아였다.

타닥.

타울거리는 불 앞에 부염을 안고 있는 순타의 얼굴은 그 어느 때보다 침울했다.

"그러니까! 이 팔찌가 짝퉁네 엄…… 그 한성장인이시라던 분의 유품이라는 거지?"

영이 옥팔찌를 가늠하듯 들여다보며 거의 혼잣말 하듯 중얼거렸다.

"그럼 그 사내는 누구지?"

"그 사내라니?"

대번에 날이 선 목소리가 따라왔다.

영의 입에서 다른 사내만 나와도 저도 모르게 날카로워지는 순타였다.

"옥팔찌를 끼워준 날! 그때 분명 이걸 다른 사내가 끼고 있었다고. 처음엔 길잡이가 또 어떤 장인의 삶으로 데려갔냐고 다정히 묻더니만, 제 여인이 아닌 걸 알고는…… 나보고 장인의 보물을 완성하러 왔냐면서 내 손목을 확 분질렀다니까!"

"손목을…… 분질러?"

순타의 몸이 긴장으로 일순 굳어졌다.

"그렇다니까! 내가 얼마나 놀랬는데. 지금 뭐하는 거야?"

화덕 앞에다 부염을 눕혀놓고 순타가 저에게 다가오고 있었다.

"체온이 많이 올랐으니 혼자서도 괜찮을 거다!"

본의 아니게 반나체를 한 채로 순타가 다가오자, 영은 시선을 어디에 둬야 할지 몰랐다.

다행히 순타는 제가 벗어놓은 자주색 장의를 걸치며 무심하게 영 앞에 앉았다.

당황해하는 영과 다르게 순타의 얼굴은 점점 굳어갔다.

"정녕…… 월궁에서 온 항아님인가?"

또 다른 장인이라니! 다른 장인의 몸에 들어갔다 왔다니, 덜컥 두려움이 치솟았다.

이 두려움의 근원이 무엇인지 순타는 알 수 있었다. 월궁항아는 절대로 그의 곁에 머물 수 없다는 것!

서운함이 두려움을 밀어내고 들어섰다.

서운함과 두려움이 교차되는 낯선 감각. 가슴속에서부터 치받는 뜨거움이 생각을 마비시킬 것만 같았다.

"내 생각엔…… 꿈속에서 내 손목을 꺾은 사내 말이야. 짝퉁의 부친이 아닐까 싶어!"

영이 옥팔찌를 매만지며 조심스레 말을 이었다.

"어라하 말이냐?"

"응! 짝퉁과 많이 닮았던데?"

닮아? 어라하를? 순타는 골격부터가 어라하와 달랐다.

닮은 곳이라고는 단 한 군데.

"눈! 눈 색깔이 똑같았는걸! 짝퉁처럼 아주 옅은 갈색 눈동자였어. 어쨌든 이 눈동자가 흔하진 않을 것 아냐!"

손목을 분질렀다는 말이 나올 때부터 누구를 만나고 왔는지 그는 짐작할 수 있었다.

"망할 어라하!"

순타가 잇새 사이로 욕지거리를 내뱉었다.

"만약 그 사내가 어라하가 맞다면, 이 국조모 팔찌는 만들 필요가 없다."

"뭐? 왜?"

집으로 돌아갈 수 있다는 희망을 짓밟아버리는 말이었다. 가슴이 철렁 내려앉는 것만 같아 영이 버럭 소리를 질렀다.

"국조모 팔찌를 만들어 보위에 오르려 한 것이다."

"보위?"

국조모 팔찌를 만들라 주문할 때부터 어렴풋이 짐작은 했다. 그런데 태자의 입으로 직접 그 말을 들으니 괜스레 실망스럽기까지 했다. 순타도 별 수 없는 권력의 한 귀퉁이였구나 싶었던 것이다.

"허나 그것이 가짜라는 걸 어라하가 안다면……."

"안다면?"

"반역죄를 물어 이 몸을 살려둘 리 없지!"

"반역죄?"

순타의 얼굴에 체념의 빛이 떠올랐다.

"어라하는 왕이 될 수 없는 자였어. 내 조부 역시 왕의 동생이었을 뿐 왕이 될 수 없었지. 왜에 인질로 보내졌던 조부는 한성을 잃은 왕조를 도우려 고마성에 도착했지. 허나 왕좌를 향해 용심을 부리다 대성팔족에게 무참히 살해되었다. 더 어린 조카를 죽이고 왕이 된 선왕도, 그 선왕을 죽이고 왕이 된 내 아비도 모두 나라를 부흥시킨다는 명목으로 반역을 일으켰던 거야. 혼란 그 자체였던 시절엔 힘이 곧 제왕이었으니 상관없어. 그러나 지금은 국조모 팔찌 같은 정통성이 아니고서는 백씨 집안을 제치고 보위에 오를 수 없게 되었다."

순타는 푸념을 늘어놓는 상대가 이 말을 듣기에 적당한 사람이 아니라는 걸 알면서도 멈추지 않았다. 제 진심이 어디 있는지 여태껏 그도 몰랐기 때문이다.

살기 위해 보위가 필요한지, 보위를 위해 사는 건지. 순타 스스로도 몰라 사아를 설득할 자신이 없었는지도 모른다. 그러니 제 사촌이 저를 위해 그런 무서운 계획을 세운 것은 자신의 방조 탓일 것이다.

"……짝퉁은 태자잖아. 언젠간 왕이 될 텐데 국조모 팔찌가 왜 필요한 거야?"

"백제는 대성팔족과 부여씨가 연합해 세운 국가다. 그들의 동의 없이는 왕이 될 수 없어."

"왕이 될 수 없다면?"

"죽거나, 죽기 위해 보내지거나. 그것이 제왕이 되지 못한 왕자들의 운명이다!"

순타의 처연한 목소리가 작업장을 스산하게 울렸다.

그 처연함에 영은 모골이 송연해졌다.

"그걸 알기에 왕자였던 어라하도 국조모 팔찌를 만들려고 했던 거다."

"만들어?"

"항아의 짐작대로 장인의 손목을 꺾은 이는 바로 어라하다. 장인의 혼에 한성장인이라는 허울을 씌우고 은애한다는 연유로 곁에 두려 한 거야. 원래의 세상으로 돌아갈 수 없게 장인의 보물을 완성하지 못하도록 모친의 손목을 꺾은 것이지."

원치 않게 알게 된 순타의 가족사에 영은 당혹감을 감출 수가 없었다.

* * *

딸각.

결을 그대로 살린 유창목을 가지고 만든 투박한 모양의 향갑이 열렸다.

자줏빛 결정형의 향료를 들어 올린 이는 다름 아닌 사아군이었다.

"이번 것은 색도 좋군! 가야와 왜 사신에게 지난번과 같은 양을 넣어주게! 그리고 고마성은 이번을 마지막으로 정리해야 할 걸세."

익숙하게 발주를 하는 사아. 그의 말을 듣는 우포의 얼굴은 시종 어두웠다.

"개화의 앞날이 걱정이 되시는가?"

개화 백성들의 사정 같은 건 제 알 바 아니라는 사신들과 달리 사아군은 처음부터 개화의 중립을 지지했다. 전쟁 걱정 없는 상업 중심지로 말이다.

"이런 사건이 계속된다면, 연합국들의 사신들이 뒤를 봐주지 않으니 상단들이 모두 철수할지도 모른다네."

개화가 무역항으로서 그 역할을 수행하지 못한다면 지금 같은 자치권을 보장받지 못할 건 불 보듯 뻔한 일이었다.

"범인이야 언제나처럼 잡히지 않겠습니까! 혹…… 필요하시다면, 사람을 찾아보겠습니다."

우포의 말에 절박함이 묻어났지만 사아는 슬며시 고개를 젓더니 의뭉스레 대답했다.

"걱정 말게. 개화에 더는 피바람 따윈 불지 않을 테니!"

우포는 확신에 찬 사아의 말에서 어찌된 일인지 낮에 본 고달의 얼굴이 떠올랐다. 반푼이 주제에 수장이랍시고 개화를 위해 뭔가를 결심한 그 얼굴이 사아의 확신과 관계가 있을 것만 같았다.

빗줄기가 잦아든 건 달이 지배하는 밤이 되어서다.

"내 항아님의 세계는 어떻지?"

증걸을 기다리다 지친 두 사람은 어느새 영의 세계인 월궁에 대한 이야기를 나누고 있었다.

"내 세계는 복잡해! 다양한 사람들이 다양한 곳에서 살고 있지. 때로는 비릿한 날것 그대로의 세상 같고, 때로는 경직된 삶만 있는 세상. 가진 것 없는 사람들은 어느 세계든 사는 게 다 똑같아!"

토하듯 내뱉는 말은 탄식과도 같아서 순타는 월궁에서의 삶도 녹록치 않다는 것을 짐작했다. 그런 월궁의 삶이라면…….

꼭 돌아갈 필요가 있을까?

낯짝 두꺼운 용심이 머리를 들었다.

"그곳에서도 장인으로 산다 하였지?"

영은 짝퉁업자인 자신을 장인으로 불러주는 순타의 말에 민망한 웃음을 지었다.

"혹 월궁으로 돌아가지 못한다면, 항아는 어찌할 거지?"

순타가 조심스럽게 물었지만 영의 대답은 단호했다.

"장인의 보물을 만들려고 노력하면서 살아가겠지. 지금처럼 살아갈 거야!"

살아. 내 보물 순타야!

제 항아의 대답은 기억 속 모친의 유언을 갑작스레 떠올리게 했다.

살아남으라는 그 말의 무게가 또다시 순타의 가슴을 묵직하게 짓눌러 왔다.

결국 제 항아님은 장인의 보물을 완성하고 월궁으로 가겠다는 말이다.

그 역시도 살아남아야 했다. 그것이 모친의 유일한 유언이기에 순타는 거부할 수조차 없었다.

영은 저를 좇는 음울한 시선을 애써 피하며 말했다.

"그래도 말이야, 어라하는 한성장인을 정말 사랑 아니, 은애하신 것 같아. 국조모 팔찌를 완성시켰으면 선왕을 죽이지 않고도 정당하게 보위를 차지할 수 있었을 텐데 말이야."

"은애했다면 끝까지 지켰어야 했어."

순타의 대답에서 모친을 지키지 못한 부친에 대한 원망과 모친을 잃은 슬픔이 동시에 느껴졌다.

영은 불현듯 할아버지의 마지막 작품인 수탉이 된 나무꾼 청동상이 떠올랐다.

"어쩌면 너무 은애한 나머지 그랬을지도 몰라! 선녀와 나무꾼 알지? 날개 옷을 훔친 나무꾼 말이야. 이 세계에도 있어?"

"어리석은 사내 말이군."

"어리석다니?"

영은 제가 아는 그 나무꾼인지 혼돈스러웠다.

착하고 효자인 나무꾼이 결국 수탉이 돼버린 슬픈 전설이 맞는 걸까?

"자신을 떠날 빌미를 줘선 안 됐어. 날개 옷은 감추는 게 아니라 태웠어야 하는 거다. 선계에 대한 미련을 가질 수 없게 말이다!"

헉!

영은 너무 놀라 사레마저 들렸다.

"그게 사랑한다고 손목을 부러트린 거랑 뭐가 달라? 어라하랑 어쩜 그리 똑같이 생각해?"

영의 타박을 무심하게 듣는 것 같았지만 순타의 얼굴에는 쓸쓸한 그림자가 깃들었다.

그토록 증오하는 사내와 내가 똑같다고?

"어라하도 후회하셨을 거라고 생각해. 장인을 그렇게 다뤄선 안 된다구! 그들에게 손은 모든 것이니까! 하지만…… 국조모 팔찌가 태자에게 없다는 것을 알면서도 태자의 깐죽을 참아준 걸 보면 알 만해."

"깐죽?"

"태자의 방자한 태도? 뭐, 하나만 봐도 알 수 있으니까!"

매서운 눈초리가 느껴졌지만 영은 씨익 웃으며 말을 이어나갔다.

"어라하는 태자에게 보위를 잇게 하실 생각인 거야! 그러니 국조모 팔찌에 대해서 진위여부를 따지지 않으실 거고!"

"자신의 사기 행각이 발각 될 테니 할 수 없겠지!"

어라하를 대놓고 비아냥대던 순타가 문득 영에게 물었다.

"월궁의 제왕들은 어떤 자들이지?"

"이곳과 다르지 않아. 죄다 사기꾼들이지! 하지만 모두가 다 그런 것은 아니야. 월궁의 훌륭한 제왕은 백성의 소리를 듣고 그 소리를 현실에서 이뤄주려고 노력하거든."

"백성의 소리?"

제왕에게 백성이란 부양해야만 하는 존재여서 순타는 딱히 생각을 해본 적이 없었다. 그들은 누가 어라하가 되든 별 관심이 없고 그저 자신들을 안전하게 해주는 보호자만을 요구했기 때문이다.

"대체 백성의 소리란 게 뭐지?"

어느새 수마가 찾아온 듯 영의 눈빛이 몽롱해지는 것을 보며 순타가 재촉하듯 물었다.

"현실에 쫓겨서 쳇바퀴처럼 사는 것 말고, 누구나 마음 놓고 꿈꿀 수 있게 하는 삶! 누군가는 장인으로 살게 해주고 누군가는 부자로 살게 해주고 또 누군가는…… 원 없이 사랑……."

영의 말이 느려지더니, 급기야 잠이 들어버린 영이 순타에게 스르륵 머리를 기대왔다.

"꿈꿀 수 있는 삶이라!"

순타는 제 어깨에 기대 잠든 영을 물끄러미 바라보았다.

"허면 내 항아님은 어떤 꿈을 꾸기 위해 이렇게 헤매는 거지? 장인이 되는 것인가, 은애하는 사내의 정인이 되고픈 것인가!"

야릇한 목소리가 바람 소리마냥 공방을 휘감았다.

정인. 제가 내뱉은 말임에도 불구하고 순타의 얼굴에는 자조적인 착잡함이 어렸다. 저와 같은 얼굴을 한 이가 월궁항아의 곁에 서는 모습이 떠올랐기 때문이다.

"내 항아님은 이곳을 꿈이라 했으니, 이 몸은 몽중정인이 되는 것 인가!"

왠지 비밀스런 존재가 된 기분이었다.

꿈속의 사내라…….

속으로 되뇔수록 야릇한 감정이 샘솟듯 올라와서 순타는 제 항아 님을 마주 볼 수가 없는 지경에 이르렀다.

결국 애꿎은 달을 향해 시선을 돌리는 순타다.

허나 얼마 지나지 않아 달도 구름 속으로 사라졌다.

애욕의 시선은 달빛도 감당하기 어려웠기 때문이다.

8장

태자의
진짜 연인

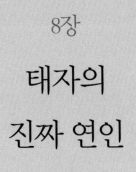

"안 일어나냐!"

고달은 화덕 옆에서 자고 있는 영의 등짝을 손바닥으로 사정없이 내려쳤다.

"해가 중천인데 여적 안 일어나고 뭐하는 겨?"

멀쩡한 고막을 찢어놓으려고 작정을 했는지 고달은 연신 고함을 질러댔다. 영은 겨우 눈을 떴다.

익숙한 전경이 눈에 들어왔다. 작업장이었다.

헌데 작업장에는 끊임없이 투덜대는 고달과 그녀밖에 없었다.

간밤에 저를 찾아왔던 순타는 사라지고, 순타의 자줏빛 장의만이 영의 어깨에 둘러져 있었다.

"꿈은 아닌데!"

내 항아님은 이곳을 꿈이라 했으니, 이 몸은 몽중정인이 되는 것인가!

잠결에 들은 순타의 야젓한 목소리가 생각났다.

몽중정인. 꿈속의 연인이라니!

은밀한 무엇을 연상시키는 말이라 영의 얼굴이 갑자기 붉어졌다.

"정신 들었으면 이것 좀 봐라."

잠에서 덜 깨 도리질 치는 그녀를 한심스럽게 바라보던 고달이 제가 가져온 소쿠리를 가리키며 말했다.

"이게 뭐야?"

고달이 가져온 소쿠리에는 새 연장들로 가득했다.

나무 지환봉이나, 집게와 망치는 그 모양새가 투박했지만 영의 세계에서 쓰는 공구와 별 차이가 없었다. 수공예라는 작업은 천오백 년이 지나도 장인의 손이 연장인 셈이다.

"저자의 대장장이도 왜 사신 따라가 버린다고 이제 더는 작업 안 한다더라!"

영의 눈이 순식간에 빛을 발했다. 그러니까 이 연장들이 백제시대 한정판이란 말이렷다.

가야인이라고 했던가? 대장장이로 개화에 소문이 난 솜씨인데 더는 볼 수 없다니, 아쉽기도 했다.

헌데 백제 자린고비 고달이 선물이라니?

스크루지처럼 꿈속에서 유령이라도 봤나? 그러고 보니, 정말 이상했다. 평소라면 장사 나가라고 닦달을 할 텐데 오늘은 영을 보며,

그저 땅이 꺼져라 간간히 한숨만 내쉬고 있으니 말이다.

"왜 이래요? 죽을 날 받아놓은 사람처럼?"

"염병! 하늘장인한테 재주 말고 신내림이라도 받았나?"

볼멘소리와 함께 영을 흘겨보던 고달이 이내 자리에서 일어났다.

"참, 부염은? 부염은 못 봤어요?"

고달의 행동이 평소와 다른 것에 눈이 팔려 정작 부염이 보이지 않는다는 걸 뒤늦게 알아차렸다. 그 몸으로 대체 어디를 간 것일까?

"그 반푼이 놈은 왜 찾어?"

어지간히 못마땅한 눈치로 고달이 물었다.

"벌써 일어날 리가 없을 텐데……."

거북 등짝처럼 쩍쩍 갈라진 부염의 등이 다시 떠올라서 영은 미간을 찌푸렸다.

"일어날 만하니 일어났겠지!"

고달이 시큰둥하게 대답했다.

'그 반푼이 놈 어찌나 쌩쌩한지 백제 태자도 죽일 기세더만!'

고달은 새벽녘에 돌아와 작업장에 함께 있던 부염과 순타를 목격했다. 그 일이 생생하게 떠올라 몸을 부르르 떨었다.

고달은 얼마 전 왜로 떠날 준비에 더는 주문을 받지 않는다는 가야 대장장이를 어르고 달래고 탁주까지 사 먹었다. 연장들을 주문하기 위해서였다. 그렇게 간신히 만들게 한 연장들은 당연히 제 딸년 줄 것이었다.

주문한 연장을 찾아가지고 돌아오면서 고달은 빌고 또 빌었다.

제가 없더라도 정신 나간 딸년이 굶어죽지는 않게 해달라고. 이 연장으로 입에 풀칠이라도 하며 살게 해달라고.

작업장 앞에 도착한 고달은 염원을 담아 소쿠리에 든 연장을 다시 한 번 훑어보았다. 그리고 막 들어서려는 데 익숙한 목소리가 안에서 튀어나왔다. 낮았지만 무거운 목소리였다.

"천한 것이 어지간히 죽고 싶은 모양이구나!"

작업장 밖에서 들리는 섬뜩한 말소리. 고달은 덜컥 가슴이 내려앉았다. 마치 안에서는 칼부림이라도 일어나고 있는 게 아닐까 싶었다. 노기에 휩싸인 백제 태자의 목소리가 분명했다.

제 딸년이 무슨 실수라도 한 것일까.

고달은 후들거리는 다리를 진정시키느라 허벅지를 세게 움켜쥐고 나서 작업장으로 조심스럽게 들어섰다.

작업장 화덕은 달아오른 가마처럼 후끈한 열기를 뿜어냈다.

고달은 안으로 들어서서 또 한 번 놀랐다. 태자가 죽일 듯이 노려보는 이는 달이가 아니라 부염이었기 때문이다.

백제 태자와 부염이 뿜어내는 뜨거운 기운이 더해져 고달의 이마에는 금세 진땀이 흘렀다.

약초가 덕지덕지 붙은 부염의 등짝이 먼저 보였다. 벌어진 상처 곳곳에 핏자국이 얼룩져 있었다. 도대체 무슨 일이 있었길래 몸이 이 모양일까 생각하기도 전에 그 너머 태자가 보였다.

태자는 작업장 벽면에 기댄 채 부염을 노려보고 있었다. 그렇다면 마찬가지로 부염의 기세 역시 살기를 머금고 있을 것이다. 당장 칼부림이 벌어져도 이상하지 않을 분위기 속에서 달이는 세상모르고 잠이 들어 있었다. 그것도 태자의 어깨에 기댄 채.

기가 찰 노릇이었다. 어째 딸년이 태자와 함께 있기만 하면 그 자리가 위태위태해지는 것일까?

태수가 화상을 입었을 때를 떠올리자 또 무슨 심각한 일이 벌어질까 싶어 가슴이 조마조마해졌다.

그때였다. 이상한 목소리를 들은 것은.

"……다, 달이!"

쇠로 쇳덩어리를 그어댈 때처럼 듣기 거북한 목소리였다.

그런데 그 목소리는 태자의 것도, 자신의 것도 아니었다.

말을 못하는 게 아니었어?

고달은 처음 들어보는 부염의 목소리에 적잖이 놀랐다.

염병, 인두껍을 쓴 놈이 말을 하든 말든 그게 뭐 놀랠 일이간!

고달은 속으로 툴툴대면서도 두 사람에게서 눈을 떼지 못했다.

"감히 너 따위가 손댈 사람이 아니다."

제 어깨에 기댄 영을 품으로 끌어당기는 순타를 보자 부염이 본능적으로 한 발짝 더 가까이 다가갔다.

그는 몸이 곧 무기였다. 마음만 먹으면 달려들어 무방비 상태인 태자를 가볍게 해치울 수도 있었다. 그만큼 부염의 몸짓 하나하나가 위압적이고 위협적이었다.

그런데도 순타는 태연하게 굴었다. 보란 듯이 영을 품으로 끌어당겨 안았다.

"이 몸이 양보한 이는 월궁의 사내뿐이다. 네 놈처럼 금수만도 못한 살수 따위가 아니라!"

순타는 영을 깨우지 않으려는 듯 낮고 무거운 목소리로 일갈했다.

그 말의 의미를 알아차린 듯 멈칫한 부염의 눈에는 살기가 등등했다. 눈빛만으로도 사람을 죽일 수 있다 했던가.

부염은 당장이라도 순타에게 달려들 것처럼 온몸이 꿈틀거리고 있었다.

지난밤 원치 않게 안은 부염의 몸에서 순타는 많은 것을 읽어낼 수 있었다. 어제의 상처 말고도 그의 몸에는 얼마나 오래된 것인지 모를 상흔들이 있었다. 대부분 칼이나 흉기에 당한 자상들이 분명했다.

그리고 손바닥의 굳은살은 분명하게 말하고 있었다. 이자가 검을 쓰는 자이며, 그것도 아주 능숙한 자라고.

'그래, 네 놈이었구나.'

그때 순타는 확신했다. 빙고에서 제 항아가 잡은 칼을 놓았던 그 살수가 바로 이자라고!

만약 제 항아가 아니었다면 이자의 칼이 거두어졌을 리는 없다고.

그럼에도 순타의 입가에 조소가 그려졌다.

자칫 목숨이 위태로운 지경이었지만 벌치기로 위장한 살수를 노려보는 눈빛은 더욱 강렬해졌다.

백제 태수도 죽인 놈이 태자는 못 죽일까!

고달은 숨이 헉 막힐 지경이었다. 부염이 발을 성큼 떼는 순간 작업장은 가축 도축장처럼 피가 난무해질 것이라는 확신이 들었고 더 이상 지켜볼 수만은 없다는 걸 직감했다. 두 사내 사이로 무작정 끼어들었다.

"내 딸년이 무슨 물건이요? 금수 같은 살수에게도, 백제 태자에게도 내 딸년은 못 주니 당장 꺼지소!"

고달이 두 사람을 말릴 수 있었던 명분은 그가 아버지라는 사실이었다.

달이의 아버지. 딸 가진 아비의 눈에는 태자건 살수건 매한가지였다. 제 딸년 훔쳐갈 도둑놈으로밖에 보이지 않았던 것이다.

아버지로서의 고달의 등장은 이 위급한 상황에 도무지 어울릴 것 같지 않았지만 날 선 기운들을 무마시키는 데는 효과적이기도 했다.

"부염, 못 봤냐구요."

새벽녘 일을 떠올리며 고개를 세차게 젓던 고달에게 영이 자꾸 채근해왔다.

"제 발로 멀쩡히 내려갔다니께."

자신의 말을 대수롭지 않게 흘리는 듯해 영이 도끼눈을 떴다.

"사람이 왜 그래요? 아픈 애 걱정도 안 돼요?"

걱정은 무슨! 니 애비 걱정이나 해라, 이것아!

빽 소리를 질러버리고 싶었지만 고달은 애써 참고 있는 중이었다.

"이참에 좀 쉬게 내버려두지! 자세히 보면 자린고비가 아니라 놀부 심보라니까!"

놀부라면, 제비 다리 분질러놓고 국밥장사로 떼돈 벌었다던 그 욕심 많은 놈?

하도 지 애비를 자린고비다, 놀부다 알아듣지도 못할 놈들 이름으로 부르길래, 어떤 놈들인가 작정하고 물어봤다. 뭐, 얘기 듣고 보니 다들 열심히 산 죄밖에 없었다.

"애 등이 그 모양인데 일을 시켜야겠냐구요. 하여튼 악덕업주야! 그 몸으로 움직이면 상처가 다시 벌어질 텐데……."

새벽녘에 제 아비가 얼마나 위험한 상황에서 저를 구해놓은지 모르고 아비보다 부염을 더 걱정하는 딸년이라니. 고달이 참다못해 툭하니 내뱉었다.

"사아군 옆에서 호의호식할 놈을 뭐한다고 쓸데없이 걱정해!"

"사아군?"

영이 고개를 갸웃거리며 되물었다.

아뿔싸! 이놈의 입이 방정이지. 고달은 제 입을 때리며 황급히 돌아섰다.

"부염이 왜 사아군 옆에 있는데요?"

"뭐, 뭔소리여?"

"아까 그리 말했잖아요!"

"마, 말이 헛나온 거지!"

고달은 모르쇠로 버텼지만 느닷없이 튀어나온 사아군이라는 말을 분명히 들었으니 영이 쉽게 넘어가지는 않을 것 같았다.

역시나 고달이 부염의 비밀을 털어놓기까지는 하루도 걸리지 않았다.

그 시각 순타는 백제부 별채에서 난감한 상황에 직면해 있었다.

"고마성에서 파발이 왔다고?"

지난밤 의원을 데리러 가다 증걸은 백제부로 향하는 파발을 우연히 목격했다. 의원이 중한 게 아니다 싶어 다시 영의 작업장으로 향하다가 그만 빗속에서 방향을 잃고 말았다. 급한 마음에 질러간다고 지름길을 골랐다가 엉뚱한 데서 헤매기만 한 것이다.

밤새 산을 헤매던 증걸은 새벽녘 고달에게 쫓겨 산길을 내려오는 순타와 만나서야 겨우 하산할 수 있었다.

증걸의 보고를 듣고 서둘러 백제부에 도착했지만, 이미 파발은 사아가 먼저 본 후였다.

개화 태수인 백문독이 죽은 뒤 내려온 파발은 어심이 어느 쪽으로 기울고 있는지 공표하는 것과 다름없었다.

"보시지 않아도 됩니다."

사아가 순타에게 귀띔했다.

어명을 보지말라니. 굳이 파발을 보지 않아도 그 내용이 짐작이 가고도 남았다.

"태자 자리를 내놓으라 하던가? 내놓으라 하시면 내놓을 수밖에!"

태자의 초연한 자세에 사아의 얼굴이 대번에 굳어졌다.

사아는 이마가 깨질 듯이 내내 지끈거렸다. 지금 제 사촌은 상황이 얼마나 좋지 않은지 모르고 있는 것이 분명했다.

"백제부 태수 자리를 제게 맡기신다 하십니다. 저 대신 전하를 왜로 보내신다는 명이십니다."

사아는 작금의 상황을 다시 한 번 짚어주며 제 사촌을 달래기 시작했다.

"가시면 안 됩니다. 지금 왜로 가는 것은 자살행위나 같습니다. 왜는 지금 한창 귀족들이 정권을 잡기 위해 다투는 와중이라 혼란한 시기입니다. 백제 태자가 지금 그곳에 간다는 것은 귀족들의 표적이 되라는 것과 같습니다."

"……여전히 비정한 어라하군!"

순타의 표정이 무심하게 보이는 듯했으나 사아는 알고 있었다. 그 무심한 표정 안에는 초탈과 회한과 격동이 소용돌이치고 있음을.

뒤틀림이 깨지면 그것이 무엇으로 언제 터져 나올지 모른다는 것도.

그런 순타를 보는 사아의 얼굴에 초조함이 더해졌다.

"우선 태수를 죽인 범인을 세우고, 시간을 벌어야 합니다. 그리고 하루 빨리 국조모 팔찌를 완성시켜야 합니다, 전하!"

지금 상황은 언제라도 최악으로 치달을 수 있는 위급한 상황이었다. 일촉즉발의 상황으로 돌변한 이상 그동안 구상하고 하나씩 전개해오던 계획을 실현하기엔 시간이 터무니없이 부족했다. 단숨에 어명을 뒤집을 수 있는 것!

국조모 팔찌라면 팔성귀족들의 충성을 끌어낼 수 있을 것이다.

그렇게 되면 순타가 스스로 왜로 가지 않는 이상, 어라하 뜻대로 되지는 않을 것이란 얘기였다.

"장인을 재촉해야 합니다."

사아의 말이 맞다는 것을 알면서도 순타는 곧바로 수긍할 수 없었다. 국조모 팔찌를 완성한다는 것은 제 항아님이 월궁으로 돌아간다는 것이므로.

순타의 눈이 저절로 흔들렸다.

"전하!"

채근하는 사아의 목소리에 순타는 돌연, 연무장을 가리키며 말했다.

"오랜만에 상대해주겠나?"

＊

탁! 탁!

백제부 연무장에 목검이 서로 부딪치는 소리가 들려왔다.

별 뜻 없이 청한 것과 달리, 태자는 시작부터 거세게 사아를 몰아세웠다.

황급히 막아내기만 급급하던 사아의 목검도 어느새 진검대결 못지않게 날카로워졌다.

이러다 누군가 피라도 보는 것이 아닌가, 지켜보던 증걸이 슬슬 걱정할 때쯤, 태자와 사아군은 현란한 몸짓으로 검을 겨누다가 서로의 목을 향해 검을 찌르는 데서 정확하게 동작이 멈췄다. 하지만 두 사람의 목검이 위치한 곳은 서로 달랐다. 순타의 목검은 사아의 목 앞에서 멈추었고, 사아의 목검은 순타의 어깨 위에 떠 있었다.

순타가 자신의 어깨 위에서 멈춘 사아의 목검을 불쾌하게 바라봤다.

"목검이라도 태자께 함부로 칼을 겨눌 순 없지요."

입이야 공경스러웠지만 태자라 진심으로 상대하지 않았다는 그 방만한 태도에 사내로서 자존심이 상하는 건 어쩔 수가 없었다.

"갸륵한 충성이군!"

빈정거리는 말에도 사아는 가면 같은 미소를 지으며 말했다.

"제 충성은 변치 않습니다. ……전하를 꼭 보위에 오르시게 할 겁니다!"

과연, 그 충심이 순타가 원하는 것인지 생각해본 적은 있는 걸까?

눈먼 충심으로 제가 저지른 일이 무엇인지 사아는 아직도 깨닫지 못했다. 그 충심을 더 이상 원하지 않는다는 것을 순타는 사아에게 말해줄 때가 바로 지금이라고 생각했다.

순타가 사아의 목을 겨눈 목검을 내리며 말했다.

"사아! 왕유 박사를 찾았다."

목검을 천천히 거두던 사아의 얼굴에 당황스러움이 깃들었다.

"귀 막고 눈 가린 가야 사신도 왕유 박사의 말이라면 알아듣겠지."

사체가 사라졌어도 신선의 숨결에 대한 진실을 밝히겠다는 의지였다.

"허니, 그대도 여기서 멈춰라!"

"그럴 수 없습니다."

왕유 박사라면 능히 가야 부리 사신의 죽음에 대해서 그들을 설득할 것이 분명했다.

그리된다면 그동안 왜에서는 물론 백제에서 사아가 오석산으로 쌓아온 신뢰가 모조리 흔들리고 만다. 태자는 모르는 걸까? 지금 태자가 명하는 것이 사아의 목줄을 죄는 것이란 걸 말이다.

"어라하의 치세는 태평스러워. 이 평안을 깨뜨리는 건 백성에게 아무 도움이 되지 않아!"

순타의 말에 사아가 즉각 반문했다.

"태평? 백성이 태평한 것이 전하와 저와 무슨 상관입니까?"

월궁의 제왕은 백성의 소리에 귀를 기울여야 하는 자라고 말해주던 항아와 달리 제 참모는 백성의 평안이 무슨 상관이냐고 되레 묻고 있었다.

함께 원했던 보위가 겨우 사아와 순타의 한풀이였을 뿐이라는 것이 드러나는 순간이었다.

순타는 못내 부끄러워졌다. 저가 보위를 차지해도 세상이 바뀌는 것도, 백성의 삶이 좋아지는 것도 아니었다. 그저 자신들의 자리만 바뀔 뿐.

그것이 손에 피를 묻히면서까지 보위를 얻으려는 이유가 될까?

이런 순타의 마음도 모르고 사아의 채근은 더 심해졌다.

"제가 왜 사신이 되어 떠나던 밤 맹세하신 전하의 약속은요? 제왕이 되어 저를 귀국시켜 주시기로 하지 않았습니까!"

"그대는 이미 개화 태수야."

"허면, 전하께서 왜 사신으로 가시겠다고요?"

사아의 목소리가 갑자기 싸늘해졌다.

"……."

순타의 침묵이 어명을 따르겠다는 뜻임을 알게 된 사아는 제 모든 희망이 물거품처럼 사라지는 것만 같았다.

그의 사촌이 변했다는 것이 명백해졌다.

보위를 얻기 위해 백제의 모든 이를 속이려고까지 한 야심 많은 사내인데…….

대체 누가 자신의 사촌을 이리 바꿔놓은 것일까? 사아의 눈썹이 뭉그러졌다.

"장인의 짓입니까? 정녕 장인이 전하의 눈을 가리고 보위의 뜻마저 꺾게 한 겁니까?"

"항아와는 상관없는 일이야."

"……허면 부전자전인 겁니까?"

"사아!"

비아냥대는 사아의 말에 대번에 노성이 터졌다. 하지만 예상이라도 한 듯 사아는 아집을 꺾지 않았다.

"부자가 똑같이 장인에게 빠졌다는 소문이 고마성에 돌아보십시오. 어찌될 것 같습니까?"

겨우 계집 따위로 저와의 신의를 저버리려는 태자를 향한 불만이 걷잡을 수 없이 터져 나왔다.

"장인이라 하여 다 같은 자들인 줄 아십니까? 한성장인은 한성백제의 정신인 자들이었습니다. 한성을 잃은 백제인들에게 한성백제 그 자체였다고요. 어라하는 그 모든 걸 계산하고 한성장인과 혼인하신 것입니다. 제왕의 자리가 사심에 흔들리는 자리인 줄 아십니까!"

"사심에 흔들리면 아니 되는 자리이기에…… 아니 가련다."

제가 모신다는 주인의 아픔을 건드리면서까지 길을 인도하려는 참모에게 순타의 인내심도 바닥을 드러냈다. 사아가 원하는 제왕이란 그의 생각대로 움직이는 꼭두각시일 뿐이었다.

미련없이 훌훌 털어버리는 태도를 대하자 사아의 얼굴이 일그러졌다.

"정녕 보위도 포기하고 그 천한 개화 계집과 왜로 가시기라도 하겠단 겁니까?"

"못할 것도 없지."

담담한 어조로 순타가 제 목검을 사아의 발치에 던지자, 놀란 것은 사아뿐만이 아니었다.

"보위라면…… 사아, 그대도 백제의 왕위에 오를 자격이 있다."

그리 보위를 원한다면, 사아 스스로가 보위를 얻으라는 말을 끝으로 순타가 사아의 곁을 스쳐 지나갔다.

사아는 순타의 기척이 완전히 사라질 때까지 얼어붙은 듯 마냥 서 있었다.

제 사촌은 이해를 하지 못했다. 사아 그가 순타를 제왕으로 만들기 위해 어떤 일까지 했는지.

어라하와 백씨 일족을 속이기 위해 동궁에서 태자의 습격을 감행했고, 사신들을 오석산에 중독시킨 것도 그들의 중독을 빌미삼아 태자를 지지하도록 압력을 넣으려고 한 것이다.

이렇게까지 해왔는데 갑자기 태자가 변해버렸다. 정녕 태자는 모르고 있었다. 제가 태자를 보위에 올리기 위해 무슨 짓까지 할 수 있는지 말이다.

사아의 시선이 미처 태자의 뒤를 따르지 못하고 상기된 얼굴이 된 증걸에게 닿았다.

화덕의 불이 오늘따라 이상했다. 불이 자꾸만 꺼질 듯이 쉭쉭거렸다.

영은 연신 입 바람을 불며 불씨를 겨우 소생시켰다.

고달 몰래 채취한 벌집을 불에 녹여 몇 번의 정제 끝에 밀랍을 얻어낼 수 있었다. 일단 밀랍이 완성되면 무른 밀랍을 깎아 제가 원하는 모양을 새기고 다시 그 위에 진흙을 덮어 화덕에 굽는다.

높은 온도에 밀랍은 녹고 진흙만이 주조틀로 완성되는데 그 주조틀에 녹인 청동이나 은을 부으면 영이 밀랍으로 조각했던 문양 그대로의 장신구가 하나 완성되는 것이다.

밤이면 화덕의 불을 지폈고, 낮에는 밀랍에 조각을 해서 청루 기녀들의 주문을 며칠 만에 완성했지만, 영은 집중하지 못한 채로 기계적인 손놀림으로만 물건을 완성한 것이 전혀 기쁘지 않았다. 지금 영의 머릿속엔 부염과 사아에 대한 의문으로만 가득했기 때문이다.

이 좁은 개화 땅에 사연 하나 없는 사람이 어디 있겠냐만 사아군이 뒤에 떡하니 버티고 있는 놈이 뭐가 아쉬워서 벌치기를 하고 있었겠냐?

애초에 사아군이 시키지 않았다면 우리 곁에 있을 놈이 아니란 말이여.

고달을 윽박지르고 졸라서 부염이 사아군의 사람이라는 걸 알게 된 영은 그것이 무엇을 뜻하는지는 알 수 없었다.

대체 왜 부염이 고달과 달이의 곁에 있었던 건지. 단순히 개화에 잠입하기 위해 숨어든 것인지 아니면, 사아군의 다른 명이 있어서인지 영은 알 수 없었다. 고달이 개화독립군의 수장이라는 사실을 몰랐기에 부염이 고달을 염탐하기 위해 보낸 사아군의 밀정이란 것 역시 알 수 없었던 것이다.

또 그보다 먼저 부염과 달이가 만난 적이 있었다는 사실도 영은 알 수 없는 일이었다.

"자해공갈단도 아니고⋯⋯."

처음부터 작정하고 우리 부녀를 속인 것이라고 열변을 토하던 고달과 다르게 영은 부염의 등이 계속 걱정됐다.

영은 부염의 상처가 자해라는 것을 한눈에 알 수 있었다. 타인이 낸 상처와 스스로 낸 상처의 흔적은 다르기 때문이다. 대체 부염은 왜 그런 상처를 낸 걸까?

지혈제만으로는 상처에 도움이 되지 않을 텐데, 그날 이후로는 볼 수 없으니 걱정이 쌓여가는 것도 당연했다.

쾅!

그 순간 밖에서 둔탁한 소음이 들려왔다. 영은 하마터면 다 완성한 뒤꽂이를 떨어트릴 뻔했다.

'부염!'

피투성이가 된 채 쓰러졌던 부염이 떠올라 영이 후다닥 작업장을 뛰쳐나갔다.

다행인지 불행인지 그 어디에도 부염은 보이지 않았다. 대신 고달의 벌통 수십 개가 하나같이 바닥에 쓰러져 있었다.

망연자실 벌통 주위를 훑던 눈앞에 무언가가 스쳐지나갔다.

"이…… 이게 뭐야?"

믿기지 않는 눈으로 다시 확인해봐도 벌들이었다. 고달의 벌떼였다.

집을 잃은 수백 마리의 벌이 떼를 지어서 망가진 벌집 근처를 군무라도 하듯 천천히 날고 있었다.

우리 봉군들이 얼마나 충성스러운데! 주인한테 일이 생기면 머리에 흰 띠를 둘러서 상장을 치른다고!

고달의 말대로 벌들의 머리에는 거짓말처럼 흰 띠가 둘러 있었다. 정말로 상장(喪章)을 단 것만 같았다.

그 놀라운 모습에 영은 주춤주춤 뒤로 물러섰다.

그들의 주인이 고달인지, 아니면 그들을 돌보던 부염인지. 정말로 벌이 상장을 둘렀다면, 영에게는 불길한 현상이 아닐 수 없었다.

계속 뒷걸음질치던 영이 누군가와 부딪쳤다.

"부염?"

반사적으로 부염을 부르며 돌아봤지만, 영이 부딪친 사람은 예상 밖의 인물이었다.

"사아군께서 보내신 물레입니다."

순타의 호위로 보았던 증걸이 물레를 작업장에다 내려놓으며 말했다.

물레는 옥을 깎는 데 필요한 도구였다.

저걸 사아군이 보냈다고?

영이 의아한 얼굴로 증걸을 올려다보았다.

"전하께서는…… 빠른 시일 내에 팔찌가 필요하십니다. 그러니, 장인께서 힘을 써달라는 사아군의 전언입니다."

볼멘소리를 내는 증걸은 뭔가 할 말이 더 있는 듯 한참을 미적대다가 돌아섰다.

"잠깐만! 사아군이 내게 전하라는 말이 그게 다인가요?"

"……장인을 직접 만나길 원하시더군요."

증걸이 또다시 한참을 미적대다가 그렇게 말을 전했다.

그는 의뭉스런 작자여. 사아군이 대체 무슨 생각으로 일을 꾸몄는지는 모르지만, 그것이 이 개화 땅 하나를 손에 넣고자 하는 것이 아니란 건 니 애비 목숨을 걸고 장담할 수 있어. 그러니, 사아군과는 절대로 얽히지 않는 게 좋아.

영에게 부염을 찾고자 사아와 얽히려는 일은 하지 말라며 신신당부하던 고달의 말이 떠올랐지만, 영은 겁 없이 증걸을 따라 나섰다.

해질 무렵 벌써 홍등 아래는 그 어느 때보다 불야성을 이루고 있었다.

"어디 보자, 혼인선이……."

기녀에게 혼인이라니. 땡중도 이런 땡중이 없었다.

청루 옥교는 제 손을 지분거리는 흰 눈썹의 땡중을 향해 거짓 미소를 지으며 물었다.

"고승께서 참 박학다식하십니다. 관상에 손금까지 보십니까?"

청루 기녀들에게 관상을 봐주고 복채로 수입을 벌어들이고 있는 이 땡중을 청루에서 쫓아내라는 기루 주인의 엄명이 없었다면, 청루 제일의 미인인 옥교가 지금 이자를 상대할 리 없었다.

혼이 쏙 빠지게 유혹해서 속곳까지 벗겨먹을 심산에 옥교는 향갑마저 차고 나왔다.

청루 옥교 가랑이로 못 녹이는 사내가 없다는 말은 모두 옥교의 특별한 향갑 덕이었다. 수 일 전, 광년이로 인해 놓친 태자를 빼고는 죄다 옥교의 향에 빠져 헤어 나오지 못했다.

다 잡을 뻔했던 태자의 꽃같은 미색과 대조해 더더욱 땡중의 하찮은 얼굴은 옥교를 착잡하게 만들었다.

"관상과 손금뿐일까? 수밀도의 모양으로 자녀가 몇 명인지도 알 수 있지."

힐끗, 옥교를 보던 땡중이 대담하게 옥교의 가슴을 움켜쥐었다.

이쯤에서 야릇한 신음을 흘려주어야 한다는 걸 옥교는 본능적으로 알고 있었다.

하윽, 옥교가 지루한 얼굴로 신음을 흘릴 때였다.

"왕유 박사가 안내하는 선계가 지루한가 본데!"

선인이라면 저이의 얼굴일까?

옥교는 지난번 놓쳤던 태자와의 재회를 이런 볼썽사나운 모습으로 겪게 한 땡중을 냉큼 밀어냈다.

"전하!"

그리웠다고 그 품에 안겨 마음껏 아양을 늘어놓으려던 옥교는 태자의 곁에 다가가기도 전에 땡중의 손에 낚여 복도로 밀려 나갔다.

"선계는 나중에 보여주마!"

누가 그따위 품에 안기고 싶은 줄 아냐고 따지려 했지만, 그보다 먼저 장지문이 후다닥 닫혀졌다. 딱 옥교의 면전 앞에서 말이다.

"허허! 못 뵌 사이에 태자 전하께서 취미가 고상해지셨습니다."

옷매무새를 다듬으며 능청을 부리는 흰 눈썹의 노인은 박사 왕유였다.

"박사는 그새 노망이 든 모양이군. 왕족을 보고서도 이리 뻣뻣해 가지고 허리를 굽힐 줄 모르니 말이야."

서로를 향한 대거리가 심상치 않았다. 오랜만에 만난 사제지간이 건만 서로를 향한 시선에는 정 따윈 없었다.

"이 늙은이의 허리가 돌처럼 딱딱하게 굳은 모양입니다. 박사 왕유! 백제 태자님을 뵙습니다."

엎드려 절 받기라도 할 것 같더니 정작 인사는 무시하고 의자에 앉는 순타. 싫어하는 걸 억지로 할 때의 고집 센 어린아이의 모습과 도 같았다.

"개화는 언제 온 건가?"

"음력 정월 그믐쯤 됩니다."

왕유가 태연하게 대꾸하자 순타의 얼굴이 대번에 험상궂어졌다.

"허면, 이 몸의 소식을 듣고도 숨어 있었다?"

굳이 태자를 찾아뵙고 인사를 해야 할 정도로 서로 화기애애한 사이도 아니건만, 괜한 트집을 잡는 순타를 향해 왕유는 가볍게 웃어넘겼다.

"목숨 걸고 배를 타고 온 김에 신국에 들러 고승들의 술법을 들었지요."

"팔자 좋군!"

태자의 노골적인 비아냥.

"전하만 하겠습니까?"

지지 않고 왕유가 되받아쳤다.

"박사 왕유! 그대가 망령이 난 건가? 감히 백제 왕족 앞에서 그따위로 지껄이다니! 이 몸이 아직도 열두 살 어린아해로 보이나!"

묻겠습니다. 태자 전하! 국조모의 팔찌는 어디 있습니까!

모친을 잃은 제게 국조모 팔찌의 행방을 제일 처음 물었던 늙은이였다.

태자가 된 순타의 스승으로 다시 만났을 때는 더 가관이었다.

전하께는 제왕의 덕이 없으시니, 자고로 기예라도 능통하셔야 될 것 아닙니까!

백씨 일족의 사주를 받았는지 저에게 오경보다는 잡기를 가르친 이가 왕유였다. 결국 방종한 태도를 참지 못한 태자가 왕유 박사를 내치기까지는 한 해가 걸리지 않았다.

아직도 저 가슴 밑바닥에 앙금이 남아 있어 그런지 왕유의 하얀 눈썹마저 눈에 거슬렸다.

'망할 늙은이! 저 눈썹부터 밀어버릴 테다.'

순타가 제 눈썹을 노리고 있는 걸 아는지 모르는지, 왕유가 눈썹을 쓸어 넘기면서 말했다.

"백제부 병사까지 동원하여 그리 열심히 노부를 찾으신 연유가 무엇입니까?"

며칠 전 신라에서 돌아온 왕유는 방술가와 승려를 찾는 백제부 병사들의 움직임을 포착했고, 그들이 찾는 것이 자신인 줄 대번에 알았던 것이다.

"사아가 개화 태수가 되었다."

"지난밤 북극오성의 태자성과 서자성이 그 자리를 바꾸었다 싶더니, 저하께서 사아군 대신 왜의 사신으로 가신다는 의미였군요."

평소에도 자신의 신이한 재주를 자랑하는 것이 이 고승의 말버릇이었다.

고마성을 떠나온 지 다섯 달이 된지라, 어라하 주변에 무슨 일이 있었는지 이 고승은 알 수 없었다. 그런 그가 북극오성이라는 별자리를 통해 백제 왕실의 일들을 예견했다는 것이 아닌가!

고승이라고 알려진 그가 사실은 방술에 능한 방사였기 때문에 가능한 일이었다.

"전하께서 원하시는 것이 이 길로 노승이 고마성으로 가 어라하께 왜 사신을 바꿔달라 청을 드리라는 것입니까?"

왕유가 순타의 마음을 떠보듯 물었다. 태자가 정말로 제 한 목숨을 구하기 위해 자신을 청하러 온 것이라면 미련 없이 자리를 뜰 생각이었다.

그랬던 왕유가 태자를 따라 백제부로 간 것은 그로부터 한 시진 뒤였다.

***

"사아군, 경하드립니다!"

개화 신임 태수를 위한 야연이 베풀어진다는 소식을 듣고 관사에 머물던 사신들이 백제부를 찾은 것은 오경 중 초경 때였다.

초저녁에 가까운 시각이었지만, 밤하늘에 솟아오른 것이 하필 갈고리달이라 사위는 금세 어둠에 싸인 뒤였다. 하지만 횃불로 밝힌 백제부 관청은 사람들로 들썩거렸다.

가야 아불 사신과 작달만한 왜 사신, 좀처럼 연합국 사신들과는 어울리지 않으려드는 신라의 사신은 물론 개화를 이용하는 상단의 행수들까지 즉위를 축하하기 위해 죄다 몰려온 것이다.

"개화도 이제 안정을 되찾을 겁니다."

"그럼요! 사아군이라면 믿을 수 있지요."

아불 사신의 말에 왜 사신이 맞장구를 쳐댔다.

그들이 사아를 칭찬하는 내용은 전임 태수였던 문독에게 했던 것과 크게 다르지 않았다. 다른 것이 있다면 출신과 성과였다.

백제 왕자로 태어나 왜에 인질로 보내졌지만 왜와 백제의 긴밀한 공조를 이뤄낸 사신으로 사아군은 이름을 높였다. 그가 이제는 어엿한 개화의 태수까지 된 것이다.

그가 당장 해결해야 할 막중한 업무가 한두 가지가 아니었다. 무엇보다도 가야 사신과 전임 태수의 피살사건을 해결하는 것이 급선무였다. 이렇게 사신들이 한걸음에 백제부를 찾아와 인사치레를 하는 것은 백제 태자인 순타보다 사아군에게 더 신뢰를 가지고 있다는 반증이었다.

"저야 태자 전하의 뜻을 따를 뿐이지요."

읊조리는 듯한 사아의 입가로 선웃음이 피었다.

사아의 표정을 살피던 사신들의 눈이 서로 마주쳤다. 신중한 발언과 묘한 표정 사이에서 그들이 읽어낸 것은 동일했다. 사아도 결국 변한다는 것이다.

그럼 그렇지, 태자의 충성스런 참모 역할 같은 건 인질로 있을 때나 어쩔 수 없이 감당했던 것이다. 이제 처지가 확 바뀌었으니 사아군도 독단적인 힘이 생긴 것이다. 그러면 태자를 끝까지 지지할 리는 만무했다.

"사아군도 참 겸손하십니다. 태자께서 이 개화에 와서 하신 게 무엇이 있습니까? 가야 사신을 살해한 범인도 찾지 못한 주제에 계집 뒤나 쫓아다닌다 합니다. 한 나라의 태자라는 자가 어찌 그리도 부끄러움이 없는지. 요새는 아주 밤이슬을 밟고 다닌다더군요."

미소를 짓던 사아의 입매가 대놓고 비아냥거리는 아불 사신의 말에 딱딱하게 굳어지는 건 순간이었다.

쟁그랑.

다른 누구의 것도 아닌 태수 사아의 술잔이 바닥으로 떨어지자, 소란스럽던 장내가 일시에 조용해졌다.

아불 사신은 아차, 너무 나갔다는 것을 알아차렸다. 백제 태자는 허울이라도 현재의 태자이므로 조심해야 했고, 사아는 실세이므로 더 조심해야 했다. 왜의 인질에 불과한 왕족과 개화 태수로서 권력의 중심에 서 있는 위치는 하늘과 땅 끝 차이였다.

그동안 사신들이 사아와 허물없이 지냈던 것은 그가 권력의 외곽에 떠도는 수준이었기에 가능했다. 그러나 이제 통치권을 발휘하게 된 사아는 자신들과의 위치도 완연히 달라지고 만 것이다. 소위 눈치를 볼 수밖에 없는 간극이 생긴 것이다.

숨 막힐 것 같은 정적이 깨진 건 사아의 고저없는 목소리였다.

"과분한 대우를 받으니, 긴장을 하여 흥을 깬 듯합니다. 너그러이 용서해주시지요."

사아의 말을 멀찍이서 들은 일부는 화색이 돌았지만, 그의 냉랭한 얼굴을 가까이에서 본 사신들은 하나같이 긴장한 표정이 역력했다.

"옷을 갈아입고 오겠습니다."

매몰차 보이는 태도로 신임 태수가 일어나자 여러 사신들이 엉거주춤 따라 일어섰다.

인사도 받지 않고 급하게 나가는 신임 태수를 보며 아불은 혀를 찼다.

"자고로 자리가 바뀌면 소인배는 목소리와 걸음걸이가 바뀐다더니. 사아군이 그 짝 아닌가!"

아불 사신의 얼굴이 모멸감으로 잔뜩 찌푸려졌다.

"명하신 대로 고마성으로 납품하는 상인과의 연결고리는 없앴습니다. 저희 쪽과의 거래를 알 수 있는 흔적은 이제 없습니다."

옷을 갈아입기 위해 관청을 나서는 사아 옆으로 은밀히 다가온 개화 장인 우포는 기다렸다는 듯이 말을 건넸다.

"그리고 이것은 태수가 되신 것을 기념해 만든 해풍 맞은 대나무로 만든 화살입니다."

사실은 우포가 아닌 스승이 만든 해양죽이었지만, 지금은 개화에서도 보기 힘든 물건이었다. 그리 귀한 해양죽을 바쳤건만, 사아는 감사치레도 없이 화살을 가져갈 뿐이었다.

다분히 무신경한 반응이라 우포는 순간 당황했다.

분명 자신은 그의 최측근이 아니던가, 설마 사아군의 자리가 바뀌어 그들의 계획이 달라진 것일까?

이러다 토사구팽 당하는 것은 아닐까, 불안한 마음마저 드는 우포였다.

"사아군!"

사아의 이렇다 할 반응이 없자, 우포가 닦달하듯 그를 불러 세웠다.

그 부름을 들었다는 듯 발걸음이 멈추었다. 그러나 사아의 시선이 향한 곳은 우포가 아닌 별채로 향하는 길목에 만들어진 못이었다.

누군가 그 못에 서 있었다.

약속이나 한 것처럼 사아의 발걸음이 연못으로 향했다.

자신의 처우에 대한 확답을 듣고자 했던 우포는 더 이상 사아를 따라갈 수가 없었다.

어디서 나타난 것인지 태자 옆을 지키는 호위가 그를 막아선 것이다.

전임 태수가 만든 그 못 한가운데 솟은 인공 섬에는 금송 한 그루가 세워져 있었다. 드리워진 금송 가지에 손을 뻗고 있는 누군가를 노려보는 사아의 얼굴이 심상치 않았다.

조금 전 가야 사신이 전한 태자의 방탕한 소문은 처음 듣는 것도 아니어서 놀랄 일도 아니었다. 다만 그가 그렇게나 놀란 것은 자신의 반응 때문이었다. 선왕의 왕자 출신인 자신이 왜의 인질이었을 때와 개화의 태수가 되었을 때는 전혀 입장이 다르다는 것을 몸소 깨달은 것이다.

가슴이 두근거렸다.

이제껏 그조차 모르고 있었던 야망이 스리슬쩍 그의 마음을 연사질치고 있었다.

사아, 그대도 백제의 왕위에 오를 자격이 있다.

그 달콤하고 위험한 속삭임에 그만 술잔을 떨어트렸다. 자신은 오직 태자 하나 만을 보며 살아온 것이 아니었던가?

차가운 바람이 불어와 사아의 뺨을 날카롭게 스쳤다. 덕분에 취기 오른 얼굴이 순식간에 식는 듯했다. 사아는 머리를 흔들었다. 아니다, 자신은 손바닥 뒤집듯 마음을 바꾸는 소인배가 아니다. 나의 손으로 반드시 태자를 어라하로 세운 뒤, 명예롭게 귀국해 부여씨가 아닌 진씨 일족으로 살아갈 것이다.

그렇게 태자 앞에서 스스로 맹세하지 않았던가!

"며칠 만에 태수가 되셨네요."

이제야 사아를 발견한 모양인지 아는 체를 해오는 서영의 목소리가 상념을 깨트렸다.

태자께서 이 개화에 와서 하신 게 무엇이 있습니까? 가야 사신을 살해한 범인도 찾지 못한 주제에 계집 뒤나 쫓아다닌다 합니다. 한 나라의 태자라는 자가 어찌 그리도 부끄러움이 없는지. 요새는 아주 밤이슬을 밟고 다닌다더군요.

태자의 추문을 몰고 다니는 갈까마귀 개화 계집. 사아는 더 이상 영을 장인이라고도 지칭하지 않았다.

장인이라는 허울로 태자의 눈을 가리고 있는 무도한 계집일 뿐이었다.

사아는 자신의 용심을 감추기 위해 그 어느 때보다 분을 내고 있음을 알지 못했다.

"물레는 잘 받았어요."

그랬다. 죽는 길인 걸 알면서도 왜로 떠나려는 태자를 이해하지 못해 난감해하는 연호위를 꾀어 갈까마귀 계집에게 물레를 보냈던 것이다.

내 항아님이라고? 태자는 눈앞의 갈까마귀를 그렇게 불렀다.

남다른 재주가 있다 해도 전혀 태자에게 어울릴 만한 용모를 갖춘 계집은 아니었다. 대체 어디를 보고 그리 푹 빠진 것인지 사아는 제 사촌을 이해할 수 없었다.

절세미인에 빠져 왕좌를 등한시하는 것도 아니고, 대체 저 갈까마귀의 무엇이 태자의 마음을 그렇게도 흔든다는 말인가.

시앗을 보는 여인마냥 탐탁찮게 영을 바라보던 사아에게 그녀가 의뭉스런 얼굴로 다가왔다.

"아직 태자는 당신과 부염의 사이를 모를 테죠?"

되바라진 것. 영의 입에서 부염의 이름이 나오는 순간, 사아의 눈에 영은 제 사촌도 모자라 제 수족까지 조종하려는 간악한 계집으로밖에 보이지 않았다.

"……시종은 입이 무거운 줄 알았건만, 제 딸에게는 무르긴 매한가지로군요."

"부염을 봐야겠어요."

사아의 시선이 설핏 저만치 우포 장인을 막아서고 있는 증걸에게 향했다.

"장인은 보기보다 욕심이 많군요."

"부염이 무사한지 보겠다는 것이 욕심이라고요? 부염이 다친 건

아세요? 그쪽이 어떤 약점을 잡고 부염을 부리고 있는 줄 모르겠지만 상처라도 나은 뒤에 애를 부려먹어야 할 거 아니에요?"

어처구니없는 표정으로 직박구리마냥 시끄럽게 떠들어대는 걸 무시한 채 사아는 넌지시 물었다.

"장인은 전하의 상황을 아십니까?"

"지금 짝퉁 얘기가……."

"전하가 왜로 가시게 됐습니다."

순진하게도 놀란 표정이 고스란히 드러나자 사아가 쐐기를 박았다.

"전하께서 왜로 가시면, 그들 왕위 다툼에 휩쓸려 죽고 말 겁니다."

일본서기에 무령왕의 장자에 대해서 한 줄 기록이 있어요.

513년, 무령왕의 장자 순타 태자가 8월에 죽었다는 한 줄이요.

불현듯 소가노 준의 목소리가 기억 속에서 들려왔다. 송산리 고분 6호분에서 준은 분명 그렇게 말했다.

짝퉁이 죽는다고? 그가…… 죽어?

영은 명치를 맞은 듯 한순간 숨을 쉴 수가 없었다.

"놀라셨습니까? 아직 장인에게 전할 말이 있는데도요?"

가면을 쓴 듯 온화한 미소로 감추고 있었지만, 사아의 성정은 원래 그 반대였다.

사아가 영의 얼굴 가까이 자신의 얼굴을 들이밀었다.

"전임 태수를 죽인 자가 자수를 해왔더군요. 그를 모시던 시종이었는데…… 장인도 아는 자일 겁니다."

온몸이 경악으로 물드는 영에게 사아가 다시 속삭였다.

"이제 아시겠습니까? 장인의 손에 두 사람의 목숨이 달려 있다는 것을요."

아!

무너지듯 휘청거리는 영을 보며 잔인하게 미소 짓는 사아였다.

그 순간, 억센 손 하나가 사아의 어깨를 잡아챘다. 반사적으로 돌아본 그의 몸이 충격에 곧 휘청거렸다.

야연을 베풀던 백제부 관청은 기묘한 정적에 휩싸였다. 상석을 차지하고 앉아 있는 백제 태자와 거적을 뒤집어쓴 걸인 같은 모양새의 파계승 때문이었다.

"이런 재미없는 잔치를 보았나! 대체 세상 천지에 이런 잔치가 어디 있나? 악공과 무희는 뭣하러 불렀누? 뭣하느냐? 와서 제 할 일들을 하지 않구!"

양손에 술과 고깃덩어리를 들고 번갈아 입에 넣기 바쁜 왕유가 주인이라도 된 듯 소리치자 꿔다놓은 보릿자루마냥 구석에서 눈치를 보던 악공과 무희들이 관청 중앙으로 나섰다.

막 음률이 시작되고 춤이 시작되려는데 살벌한 노성이 찬물 끼얹듯 뿌려졌다.

"되었으니, 물러가라."

사아군이 개화 태수가 된 것을 축하하는 자리였으나, 야연의 주인공은 사라진 채 감감무소식이었다. 오라는 사아군 대신 왜 사신으로 가게 된 순타 태자가 나타나 상석을 차지하고 있으니, 잔칫날이 아니라 졸지에 초상날 분위기가 되어 저마다 울상이었다.

대놓고 몽니를 부리러 온 것이라 생각한 사신들의 얼굴에 그럼 그렇지, 하는 빈정 어린 표정이 떠올랐다. 아무리 친혈육보다 우애가 좋다 한들 서로의 처지가 변했으니, 태자 저도 온전히 축하해줄 수는 없는 모양이라고 여긴 것이다.

비릿한 웃음을 교환하던 그 순간, 일순 관청이 소란해졌다.

"무슨 일이냐!"

순타의 일갈이 터져나오자 하얗게 질린 병사 하나가 뛰어왔다.

"아룁니다. 전하! 태수께서 피습을 당하셨습니다."

사아가 피습을 당해?

순타가 벌떡 일어났다.

"계가 어디냐!"

한치의 망설임도 없이 순타가 사아의 행방을 물었다.

"지금은 태수님 처소에서 치료를 받고 계십니다."

막 발걸음을 옮기려는데 순타를 가로막는 이가 있었다. 왕유였다.

"아니 됩니다, 전하! 자객이 아직 백제부에 숨어 있을지도 모르는데 어딜 가시겠다는 겁니까?"

"박사!"

"백제 병사는 무엇을 하느냐? 백제 태자께서 여 계시지 않느냐. 어서 전하를 지키지 않고!"

벼락같은 호통이 떨어지자 우르르 몰려온 백제 병사들은 태자의 신변을 지킨다는 이유로 순식간에 방어 대형을 갖추었다. 이러한 광경은 관청에 모인 자들에게 위압감을 주고도 남았다.

"관청에 모인 귀빈들께서도 그 자리에 계셔주십시오. 사태가 사태인 만큼 수상한 움직임을 보이시는 분은 백제부 옥사로 안내될 겁니다."

허허실실 웃고 까불던 파계승일 때와는 완연히 다른 면모를 드러낸 백제 대박사 왕유의 엄포였다.

***

"백제 태수를 왜 공격했느냐?"

개화인들에게 악랄한 고신술로 악명을 떨치고 있는 백제부 부관은 제가 모시는 태수가 또다시 피습을 당하자 대놓고 탄식하고 말았다. 이제 고마성으로의 입성은 사실상 포기해야 한다는 암담한 현실을 인정해야 했다.

남들은 개화 부관을 고마성 입성의 교두보라 부르며, 줄만 잘 서면 출세가 보장되는 자리라고 부러워했지만 실상은 그렇지 않았다. 백씨 일족의 전임 태수는 부임 첫날부터 삽질을 시켜 인공 못과 인공 섬을 만들라고 해서 하릴없이 고생을 시켰다. 후임 태수는 비밀이 많아 부관의 소임을 제 수족에게 맡기고 무시하기 일쑤더니, 결국 피습까지 당해버렸다. 이래저래 상사 복 없는 부관이라며 가슴을 쳐댔다.

"누가 시킨 짓이냐?"

불행 중 다행이라면 태수를 피습한 범인을 현장에서 검거한 것인데, 범인은 완강히 부인하는 중이었다.

"내가 한 짓이 아니라니까!"

"네가 정녕 단매에 고꾸라져야 이실직고를 하겠느냐?"

펄쩍 뛰며 부인하는 것이 초장에 기를 꺾어놓아야 제 죄를 고할 것이 분명했다.

"찰자를 가져오너라."

여인의 경우, 양쪽 끝을 새끼줄로 묶은 다섯 개의 가는 나무인 찰자로 고신하는 찰지형이 효과가 좋았다. 다른 고신 도구보다 몸이 덜 상하는 데다가, 제 눈으로 뼈가 부러지고 퉁퉁 부어 변색된 손을 보면 아무리 강단 있는 여인이라도 공포에 질려 부인하던 죄를 다 고하게 마련이었다.

"자, 잠깐만! 나 진짜 아니라니까!"

증인인 저를 다짜고짜 범인으로 모는 것도 억울한데 제 말은 들어보지도 않고 숫제 고문형틀까지 가져오는 것을 보고 영은 기가 질렸다. 자연스럽게 신경질적인 음성이 터져 나왔다.

"네 이년!"

부관의 윽박에 강심장이라 자부해왔던 영도 심장이 벌렁벌렁, 입속의 침이 다 마를 정도로 긴장해 온몸이 뻣뻣하게 굳어갔다.

아무리 아니라 말해도 부관에게 자신은 지금 태수를 시해하려 한 범인에 지나지 않았다. 억울하기도 하고 이해되지도 않았지만 영은 제가 태수의 시해범으로 몰리게 되기까지를 곱씹었다.

***

"자, 자객이다!"

겁에 질린 목소리 하나가 누군가의 입에서 터져 나왔다.

태수 사아군의 협박을 받고 있던 영은 그때까지도 무슨 일이 일어나고 있는지 전혀 눈치를 챌 수 없었다. 갑자기 돌아선 사아의 몸이 바닥으로 허물어지듯 쓰러지고 난 뒤에야 영은 칼을 든 자객을 볼 수 있었다.

자객의 손에는 사아를 베었음을 증명이라도 하듯 새빨간 피로 물든 칼이 들려 있었다.

영은 주술이라도 걸린 것처럼 그자리에서 꼼짝할 수가 없었다. 그 순간 꿈속을 거니는 것처럼 주위의 모든 것이 느리게만 움직이고 있었다. 자객이 들고 있는 칼끝에 매달린 핏방울이 자객의 움직이는 발을 따라 점점이 떨어졌다.

어둠을 걷고 제게 다가오는 자객의 얼굴을 확인하자 영의 눈은 경악으로 크게 떠졌다. 부염이었다. 부염은 영의 발치에 가만히 칼을 내려놓고선 이내 자리를 떠났다.

멀지 않은 곳에 있던 증걸이 날듯이 뛰어오는 것이 보였지만, 달아나는 부염이 한 발 더 빨랐다.

사아군을 벤 칼이 자신의 발치에 내려놓인 순간 알았다. 이 또한 사아군의 함정이라는 것을.

영은 그제야 주술이 풀린 듯 그 자리에 주저앉았다.

백제부의 모든 이가 우왕좌왕 정신이 없었다. 더구나 연회에 참석하기 위해 백제부를 찾은 사신과 상단 행수들은 착석을 강요당한 것에 점점 불만을 느끼고 있었다.

"생각해보십시오, 전하! 오늘 이 자리에 가장 수상한 자가 누구겠습니까? 평소 사신들과 다른 행보를 해왔던 신라의 사신이 충분히 의심스러운 상황 아닙니까!"

"가야 사신은 말을 가려 하시오. 더 이상 신국의 사신을 욕보인다면, 신국의 화랑들이 용서하지 않을 것이오."

"결투라면 제가 직접할 것이지. 어린 화동들을 방패막으로 두르는 건 뭐요? 참으로 어진 신국의 도를 가지셨소이다."

가야의 아불 사신이 주장하는 피습사건의 신라 배후설은 이경이 훨씬 지난 야심한 시각에도 이어졌고, 그로 인해 태자의 미간은 펴질 줄 몰랐다.

"가야 사신은 지칠 줄 모르는군."

사신들의 말싸움을 더 듣고 있을 수 없던 순타가 아불 사신에게 적당히 하라고 입막음을 지시했건만, 이 마당에 아불 사신이 그의 말을 들을 리 없었다.

"백제 태수께서 피습을 당하였는데 어찌 관사로 돌아가 제 안위를 돌보겠습니까. 또한 억울하게 죽은 동료의 한을 풀어주지 못했는데 어찌 잠이 쉬이 오겠습니까!"

순타의 볼멘 목소리에 가야 사신의 날카로운 대꾸가 이어졌다.

"애초에 전하께서 부리 사신의 시해범을 잡으시는 데 집중하셨다면, 태수께서 오늘같이 화를 당하셨겠습니까?"

"지금 태수가 누워 있는 게 내 탓이라는 건가!"

가야 사신의 죽음에 대한 진실을 밝히려고 왕유 박사를 데려왔는데, 공교롭게도 사아가 피습을 당한 것이다. 공교롭다는 말이 딱 들어맞는 피습사건이었다.

하지만 그 의심의 출처가 순타 자신의 예감일 뿐이기에 차마 말은 하지 못하고 벙어리 냉가슴 앓듯 끙끙거릴 뿐이었다. 그 와중에 불난 데 기름 붓겠다는 심산인지 가야 사신 아불이 시비를 걸어온 것이다.

어느새 순타의 눈에 몽니가 가득했다. 왜 사신이 그런 순타의 상태를 재빠르게 읽은 것인지 수습하듯 말을 꺼냈다.

"태자전하! 저희는 사신들의 안전을 책임지는 백제의 성의에 대해 말하고 있는 것일 뿐, 전하를 지칭한 것은 아닙니다."

백제의 성의가 무엇이라고 저들이 왈가왈부할 수 있단 말인가! 백제부 문턱이 닳도록 드나들며 수사를 종용하고 간섭하고 그것도 모자라 취조하듯 따지기를 숱하게 했으면서 그도 모자라 성의를 보이라고? 백제를 저희 아래로 보는 듯한 행동이 아닌가!

모멸감에 순타의 인내심도 바닥을 드러냈다.

"그대들이 바라는 백제 왕실의 성의가 무엇인가? 이몸이 그대들의 인질이라도 되라는 건가?"

"전하!"

"아니면 백제 태자가 그대 사신들의 범인이라도 된다는 것인가!"

순타가 돌변해 분을 내자, 제 주제넘은 행동에 뜨끔해진 아불 사신이 말머리를 돌려 다시 신라 배후설을 들고 나왔다.

"사신의 사체마저 훔쳐갔습니다. 이는 신라가 지레 겁을 먹고 행한 일이 분명합니다."

"아불! 네 정녕 죽고 싶으냐!"

"죽일 실력이나 되고?"

가야와 신라 사신이 저리 앙숙이니, 상단의 행수마저 서로를 향해 이를 드러냈다. 웅성거리는 와중에 욕지거리도 심심치 않게 터져나왔다.

"그대들이 정녕 일국을 대표하는 사신들이 맞는가!"

순타의 말 한마디에 열띤 양국의 사신들은 물론 상인들까지도 일제히 입을 다물었다.

"가야 사신은 이후로 신라를 모함치 말라. 연합을 깨는 행위는 그 어느 누구도 용서치 않을 것이야."

순타가 이 문제에 다시금 단호하게 선을 그었지만 아불 사신도 기세를 꺾지 않았다.

"전하! 전하께서 가야보다 신라를 더 우위에 두고 정세를 보고 있는 것입니까? 가야보다 신라가 더 가깝다고 여기시는 겁니까? 지난 날, 신라는 고구려와 연합해서 가야는 물론 백제까지 괴롭혀 왔습니다. 그런 이들이 고구려가 조금 강성해지자 대번에 자세를 바꾸고 우리에게 비굴하게 손을 내밀었습니다. 이 박쥐 같은 자들을 어찌 신뢰하십니까! 그런 자들과 함께 관사에 있는 사신들의 안전을 생각하셔야 하는 것 아닙니까!"

자객 취급도 모자라 박쥐와 동급이 된 신라의 사신들이 작정하고 달려들려는데, 그보다 순타가 더 빨랐다.

"신뢰? 이 연합 어디에 신뢰가 있단 말이냐! 대적에 붙지 않았던 연합국이 있더냐? 선왕 때 왜의 장수와 가야 너희들이 결탁해서 고구려를 끌어들여 이 땅에 백제군을 몰아내려 했던 것을 잊었느냐!"

순타의 일갈에 아불 사신은 대꾸할 말을 찾지 못했다. 좀 더 따지고 들어가면 할 말이 많았지만 이 자리에서 일일이 해명해줄 수는 없는 노릇이었다.

그때, 사아의 상태를 돌보라 보냈던 왕유가 관청으로 들어왔다.

"사아는?"

태자가 단도직입적으로 물었다.

"태수께서는 출혈이 심했지만 다행히 목숨이 위험할 정도는 아닙니다. 허나……."

사아가 무사하다는 소식에 한시름 놓았지만, 왕유의 뜸 들이는 모양새가 어쩐지 불안했다.

"태수의 말로는 자신을 공격한 이가 자객이 아니라…… 함께 있던 개화 장사치였다 합니다."

"개화 장사치? 허면 개화독립군이라도 된단 말인가?"

"고신의 달인인 부관이 심문하고 있으니, 없던 죄도 곧 시인하겠지요."

아불이 그새를 못 참고 딴죽을 걸어왔다.

"아불 사신은 지금 백제부의 직권을 모욕하고 있소."

"개화의 골치 아픈 일이 있을 때마다 백제부에서 개화독립군을 이용하여 연합국의 불만을 잠재우는 것을 모르는 자가 있더이까!"

태자도 이번에는 대꾸할 말이 없었다.

백제 태자의 입을 막아버렸다는 도취감에 아불 사신의 얼굴에는 그동안 쌓인 체증이 뻥하고 뚫린 듯한 표정이 떠올랐다.

그렇게나 앙숙이었던 신라 사신마저 아불을 향해 제법이라는 표정으로 치하하는 것이 순타의 눈에 아니꼽게 비춰질 때였다.

"전하! 연합국 사신들과 상단 행수들을 안심시켜주시고 더더욱 연합과 충성을 견고히 하시기 위해 친히 심문하시는 것이 어떠시겠습니까?"

돌연 왜 사신이 친국을 주장하며 나섰다.

"맞습니다. 그리하면 신라 사신에 대한 오해도 풀리고 백제부의 누명도 벗겨지지 않겠습니까?"

손바닥을 마주치듯 자연스럽게 동조가 이어졌다. 분위기가 순식간에 만들어진 것이다.

결국 가야와 왜 사신의 쿵짝에 못 이겨 순타는 석연찮은 심정으로 친국을 하기로 결정했다.

잠시 후, 부관의 손에 포박당해 끌려 온 이를 확인한 순타는 저도 모르게 의자에서 벌떡 일어섰다.

참을 수 없는 노기가 온몸에서 끓어올랐다.

"이 무슨 짓이냐?"

성마른 노성은 관청에 있지 않은 이들에게 향하고 있었다.

"태수께서 이자를 자객으로 지적하셨기에……."

"허면, 저가 죽였다더냐?"

다그치자 부관이 어쩔 줄 몰라 하는 것이 느껴졌다. 사신들과 상단의 행수가 보는 앞에서 백제부 태수가 피습을 당했으니 부관으로서는 무엇보다 빠른 수습이 필요했던 것이다. 그 모든 것이 사아의 계획이라는 사실이 순타의 마음을 더 무겁게 만들었다.

조금이라도 수상한 흔적이 발견되면 물고 뜯어 백제부의 명예를 짓밟아주리라 다짐하던 사신들은 고개를 갸웃거렸다. 순타의 행동이 퍽이나 수상해 보였기 때문이다.

대체 저이가 누구길래 저리 편을 든단 말인가?

자객치고는 왜소한 몸집에 척 보아도 나이 어린 계집에 불과했다. 저 계집이 자객이 아니라는 것은 들어오는 순간 관청에 모인 모두가 짐작하는 바였다. 그저 운이 없는 어린 개화 장사치라고 동정을 보내는 것이 다였다. 그럼에도 불구하고 아불 사신의 눈에 이채가 띠었다.

가만, 저 개화 장사치는…….

태자가 정인이랍시고 옆에 끼고 산다는 갈까마귀 계집이 아니던가! 설마, 태자가 제 계집을 이용해 태수를 피습했던 것인가? 이것이야말로 제대로 된 몽니 아니던가!

어느덧 아불처럼 개화 장사치의 정체를 눈치 챈 다른 사신들의 웅성거림도 점점 커져갔다.

"분명 태수께서 자신을 공격한 이가 함께 있던 개화 장사치였다고 하셨습니다."

억울함을 호소하듯 원망 어린 눈빛으로 태자를 바라보는 부관만이 용의자가 태자의 정인임을 눈치 채지 못하고 있었다.

"헛소리!"

순타가 부관의 항변에 가당치도 않다는 듯이 노성을 질렀다.

"자객의 공격이 한순간이니 보지 못한 것이겠지."

입을 잘못 놀려 괜한 분란거리를 만들지 말라는 경고를 보내며 순타는 이를 갈았다.

하지만 관청 안에는 그의 편을 들어줄 이가 없었다.

"저 역시, 태수를 해친 자객을 본 적이 없습니다."

기다렸다는 듯이 개화 장인 우포가 방해꾼으로 나서자 순타는 이를 악물며 또 한 명의 증인을 찾았다.

"증걸은?"

"자객을 쫓아간 것인지는 모르오나, 아직 돌아오지 않았습니다."

쐐기를 박듯이 부관이 대답했다.

관청의 술렁거림이 더 커졌다.

'거긴 왜 또 가 있었던 것이냐.'

영을 향한 순타의 시선에 힐난이 깃든 것도 잠시였다. 답답한 심정에서 우러나오는 안타까움이 저도 모르게 얼핏 비치고 있었다.

그러나 영은 순타의 눈길을 고집스레 외면하고 있었다.

'그리 외면하지 마라! 차라리 구해달라 소리라도 치란 말이다.'

제 항아의 굳게 다문 입술을 보며 순타가 이를 악물었다.

"허면 친국을 시작하시지요."

이태껏 입을 다물고 있던 왕유 박사가 친국으로 모두의 관심을 돌렸다.

과연 태자가 제 정인을 친국할 수 있을 것인가! 호기심 어린 시선들이 태자와 영을 번갈아보았다.

"무엇을 보았느냐."

"……."

"자객을 보았느냐?"

"……."

"허면, 네가 죽였느냐?"

"……."

심문에 순순히 응하면서 자객을 보았다는 말 한마디만 꺼내면 풀려날 것인데, 고집스러운 건지 아둔한 건지 태자의 정인은 침묵을 고수했다.

'대체 왜 말을 하지 않는 것이냐? 내가 항아 너 하나를 구하지 못할 거라 생각하는 것이냐?'

답답한 노릇이었다. 제 정인에게서 인정받지 못한다는 사실이 사내의 자존심을 마구 구겨놓았다.

개화를 다스리는 백제의 태자가 연합국 사신들과 상단 행수들 앞에서 톡톡히 망신을 당하는 순간이었다.

"굳이 자백이 필요합니까? 증인이 여럿이니, 전하께서 즉결로 처분하시지요."

왕유가 재촉하자 순타의 얼굴이 잔뜩 일그러졌다. 분명 태자와 영의 관계를 짐작하고선 하는 말이었다.

"어려운 일은 아니지 않습니까! 태자전하께서 사신과 태수를 살해하고 연합을 위협한 살수를 직접 처분하시라는 겁니다. 그래야 이 연합이 유지될 것이 아닙니까?"

왕유가 보내는 잔인한 경고였다. 백제의 태자로서 더 이상 연합을 위태롭게 하지도, 우스운 꼴이 되지도 말라는 경고.

"부관! 전하께 도검을 올리시게!"

왕유의 말을 저지할 틈도 없었다. 부관이 절도를 갖추면서도 재빠르게 순타에게 검을 내밀었다.

정적이 흘렀다.

순타는 돌연 눈앞이 캄캄해지는 것을 느꼈다.

'사아, 네가 나를 이리 몰아세우는 것이냐!'

사아는 태수의 방에 누워 순타를 항아와 연합, 그 둘을 놓고 선택할 수밖에 없는 상황으로 몰아넣고 있었다.

순타는 부관이 건넨 검을 마지못해 집어들었다.

이제껏 미동도 없이 버티던 영도 순타가 칼을 집어들자, 움찔거리는 것이 보였다.

검을 든 채 순타가 영을 향해 걸어갔다.

검술은 부왕에게 배웠다.

검을 들 때는 신중하게 들되 내릴 때는 신속하게 내려쳐야 한다.

많은 사람들이 그 단순한 법칙을 지키지 못해 스스로를 다치게 한다 했다.

질끈 눈을 감는 영의 얼굴이 보였다.

순타가 영을 향해 망설임 없이 검을 내리쳤다.

"태자전하!"

비명과 경악이 동시에 관청을 메우더니, 곧 항의로 가득한 사신들의 목소리가 관청을 울렸다.

거침없이 칼을 들었던 순타가 잘라낸 건, 영이 아닌 영을 묶고 있던 밧줄이었다.

밧줄이 끊어지면서 조여 있던 몸이 휘청거리며 풀려났다. 영도 순타를 올려다보면서 역시 믿기지 않는다는 얼굴을 했다.

"이 여인은 범인이 아니오. 곧 진범을 찾을 것이니 귀빈들은 이만 돌아들 가시오."

순타는 제 항아를 괘씸하다는 눈빛으로 쏘아보면서도 저들을 향해서는 단호하게 말했다. 더구나 영을 제 뒤로 감추며 보호의 의지를 분명하게 드러내는 모습은 믿음직스럽기 그지없었다.

"태자전하, 어찌 이러실 수가 있습니까?"

"이것은 연합에 아무 도움이 되지 않습니다, 태자 전하!"

"사신의 죽음을 이리 욕보이는 것은 백제가 가야를 우롱하는 것이외다!"

때를 놓칠세라 사신들이 연달아 불만을 터트렸다.

"사신들은 백제 태수도 피살되었다는 것을 잊었는가!"

화를 억누르느라 입가가 일그러지고, 매서운 시선으로 좌중을 둘러보는 순타의 모습은 가히 위압적이었다. 모두들 태자의 상태를 짐작한 것인지 일순 침묵에 휩싸였다.

"허면 이대로 사신들의 안전에 책임을 지시지 않으실 작정입니까?"

정적을 깨고 다시 아불이 채근해왔다. 태수가 피습을 당해 몸져누워 있는 지금 개화의 모든 사태에 대해서 백제부의 최고 신분인 태자라면 충분히 결정할 수 있었기 때문이다.

결정권자는 무언가를 결심하였는지 천천히 사람들의 얼굴을 훑더니 이윽고 입을 열었다.

"……이 시간 이후로 포구를 폐쇄한다."

"전하!"

"태자전하?"

화들짝 놀라는 왕유와 사신들을 외면하며 순타는 강경하게 말을 이었다.

"가야 사신은 물론 백제부 태수가 두 번이나 백제부에서 피습을 당했다. 이는 개화를 다스리는 우리 백제에 대한 선전포고. 결코 묵과 할 수 없는 일이야! 진범을 찾을 때까지 포구를 폐쇄할 것이다."

상단 행수 사이에서 놀람과 두려움, 원망 가득한 시선이 태자를 향하다가 화살은 다시 가야 아불 사신에게로 가서 꽂혔다.

국제적인 상단이 모이는 포구다 보니 각국에 끼치는 영향력 역시 큰 곳이 개화 땅이다. 그런 무역항을 폐쇄한다는 것은 각국으로 돌아갈 이익을 포기하라는 말과 같았다.

결국 제 나라뿐만 아니라 각국의 상인들까지 곤란하게 만든 아불 사신이 이 사태를 뒤집어쓰는 형국이었다.

"그렇게까지 극단적인……."

아불이 즉각 말을 바꾸려 했지만 순타의 말이 더 빨랐다.

"연합을 깨트리려는 시도는 용서할 수 없음이야. 포구는 사건이 마무리된 뒤 개방한다. 사신 한 명과 백제부 태수가 두 명이나 피습된 이 상황에 포구를 계속 열어뒀다가는 사신의 말대로 연합국 사신들이 언제 위험에 처할지도 모르는 것이 아닌가!"

반대는 용납하지 않겠다는 단호한 순타의 목소리가 백제부에 울렸다.

***

"완연한 여름이군."

훅, 태자가 탁자 위에 올려진 등불을 끄고 자리에 앉자, 어슴푸레한 미명이 백제부 별채를 대신 비추었다.

백제부 관청을 나서는 영의 등 뒤로 쏠린 의혹과 혐오 어린 시선을 온전히 막아준 건 순타였다. 별채부에 들어서는 즉시 추궁을 받을 거라는 생각과 달리 순타는 지친 하루였다면서 탁자 앞으로 가서 맥없이 앉는 것이 전부였다. 순타가 별 말 없이 침상까지 내주자 영은 그야말로 가시방석이었다.

할아버지의 죽음과 연관된 신선의 숨결을 입 밖으로 꺼내지 않고 고집스럽게 구는 영과 고달을 인질로 잡고 있어서 태수를 공격한 범인을 지목하지 못하는 달이.

그녀는 순타에게 아무것도 말해줄 수 없는 제 처지가 참으로 얄궂게 느껴졌다.

그녀가 스스로 말할 때까지 기다리고 있는 태자의 느긋한 태도가 오히려 답답할 지경이었다.

"짝퉁은 왜 묻질 않아?"

"……."

순타의 침묵이 오래 가자 영은 속에서 불이 날 것만 같았다.

"태수는 내가 범인이라고 주장한다며?"

"자객의 움직임이 빨라 못 본 것이다."

답답한 사내였다. 제 사람이라 불린 자들이 모두 그에게서 등을 돌리고 있는데 그는 어째서 잠자코 있는 건지, 영은 이해할 수 없었다.

"아무도 자객을 본적이 없다 하고 당신의 호위도 돌아오지 않고 있다며?"

따지듯이 묻는데도 순타의 유채색 눈동자는 영을 무심하게 바라보기만 했다.

"항아와는 상관이 없어. 이 일은 사아와 나 사이의 일이다."

다소 퉁명스럽게 말이 나갔다. 기분이 상했다는 투가 역력했다. 저에게 기대지 않는 제 항아가 못내 서운했던 탓이다.

영이 누명을 쓰고도 아무 말도 할 수 없었던 이유가 있을 것이다. 그것을 사아가 꾸민 일이라는 것쯤은 충분히 짐작할 수 있었다.

순타라는 바둑알을 제가 생각해놓은 바둑판에 올려놓기 위해서 활로 하나쯤은 일부러 내줄 수 있는 사아다. 영을 이용해 순타로 하여금 포구 폐쇄를 하도록 만든 것은 사아가 제 피를 봐서라도 저가 원하는 것을 이루기 전까지 멈추지 않겠다는 선전포고였던 것이다.

"왜로…… 간다며?"

왜로 간다…….

제 항아의 물음을 듣고서야 순타는 비로소 왜 사신이 되었다는 것이 실감이 되었다. 왜 사신으로 간다면, 항아와도 이별이었다.

"가지 마!"

툭, 조그만 조약돌을 던지듯 나온 말을 듣자 순타는 가슴속으로 어떤 슬픔이 환하게 번지는 기분이었다. 그토록 원하던 제 항아의 간절한 청을 막상 듣게 되었는데도 순타는 환청인가 싶었다.

항아가 주문이 아닌 걸로 자신에게 청을 하다니, 꿈은 아닐까. 슬 그머니 제 넓적다리를 꼬집기도 하였다.

"절대 왜는 가지 마!"

"어명은 지엄한 것이다."

순타는 짐짓 곤란하다는 듯이 얼굴을 굳혔다. 널뛰기라도 하는 듯 심장이 뛰었다. 기뻐하고 있는 속내를 보이기 부끄러웠기 때문이다.

혹 항아에게 같이 떠나자고 한다면…… 제 항아는 저를 따라와 줄까?

순타는 은근히 기대하는 사내의 용심을 느꼈다.

"그러면 다른 곳으로 보내달라고 해! 왜만 아니면 된단 말이야!"

왜의 혼란한 정세가 위험한 거야 하루 이틀 일이 아니었다. 권력 암투는 어느 나라나 똑같은 것! 순타는 굳이 항아가 저에게 왜를 피하라 고집하는 것을 쉬이 이해할 수 없었다.

대체 그가 왜로 가는 것이 그리 피해야 할 일인지, 그는 의아하기만 했다.

그러다 자신의 항아가 온 월궁이 이곳보다 1500년 후의 세계라는 사실이 순타의 머릿속을 스쳐지나갔다. 어쩌면 제 항아는 아는 것인지도 모른다. 자신이 왜로 가면 안 될 만큼 어떤 위험이 기다리고 있다는 것을.

한순간 피가 거꾸로 솟는 것 같은 느낌이 들었다.

"······죽는 게로구나. 이 몸이, 왜로 가면 죽는 게야."

한탄 어린 묘한 중얼거림이 순타 그의 운명을 정확하게 꿰뚫고 있어서 영은 마냥 도리질을 치며 순타에게 떼를 썼다.

"가지 마! 왜로는 가지 마! 안 간다고 해. 그래야 짝퉁이 살아! 그래야 산단 말이야!"

그 순간, 차가운 손이 영의 얼굴을 감쌌다.

"누구나 죽는다."

체념이라도 한 것처럼 대수롭지 않게 자신의 죽음을 예견하는 것 같아 영은 고통스러울 정도로 가슴이 죄어왔다. 자신의 말을 믿지 않는 걸까, 아니면 정말 죽음에 대한 공포가 없는 걸까.

아니, 그럴리 없다.

'죽음을 두려워하지 않는 사람은 없어.'

영은 할아버지 서환이 죽음의 순간에 이를 데까지 모두 지켜봤다. 그 공포에 물든 얼굴이, 두려움에 휩싸인 그 표정이 악몽처럼 영의 기억 속에서 되살아났다.

차라리 말하지 말 걸 그랬다. 죽는 순간까지 불안할 그를 생각하니, 자책감으로 온몸이 떨려왔다.

'내가 그를 사지로 몰아세우고 있어. 내가!'

"항아!"

순타의 부름에 고개를 들자, 유채색 눈동자에 다시 달이의 얼굴이 비춰졌다.

"항아의 잘못이 아니다. 사아의 일도, 내 죽음도…… 그대의 잘못이 아니다."

마음의 고통을 덜어주려는 말임을 너무도 잘 알았기에 영은 더는 달이의 얼굴을 하고 천연덕스럽게 태자를 바라볼 수가 없었다. 자신이 그의 애정과 용서를 받아도 되는 것인지, 그녀의 마음이 죄책감으로 흔들렸기 때문이다.

"……당신의 정인은 내가 아니야."

자신이 아닌 달이와 순타가 연인이었다. 그 사실을 알게 된 이후, 영은 놀랍게도 달이에게 적개심마저 들었다.

'달이가 당신의 정인이었어. 내가 아니라, 달이야. 그걸 알면서도 나는…… 당신한테 아무것도 말해주지 않았어.'

질투였다. 그가 가진 모든 것을 동원해서 지키려는 달이가 마냥 부러웠다. 그 애정을 받고 있으면서도 자신의 것이 아니라는 질투에 눈이 멀었다.

그가 잘해줄수록 그것이 자신에게 향한 애정이 아니라는 것을 알면서도 영은 확인하고 싶은 마음이 간절해졌다. 몽중정인이라고 지칭할 정도로 항아에게 연심을 고백하는 순타가 사랑하는 여인이 누구인지. 갈까마귀 달이인 건지, 그 안에 있는 서영인 건지.

그 순간 차가운 손길이 영의 고개를 들어올렸다.

하염없이 발치만 응시하고 있는 영의 가녀린 고개를 들어 눈을 맞추는 순타였다. 유채색 눈동자가 보기 좋게 휘어지며 그가 속삭였다.

"모습이 달라도 하늘에 떠 있는 달은 하나인 것을……."

갈까마귀 달이든, 장인의 혼인 영이든 그에게는 언제나 항아일 뿐이라는 것이다.

기시감이 느껴지는 그의 말은 울림이 컸다. 영의 가슴을 짓누르고 있는 묵직한 자책의 돌덩이로부터 그녀를 해방시켜줄 정도로.

더는 고민하지 않으리.

영은 자신 있게 팔을 뻗어 순타의 목을 안고 그의 숨을 삼켰다. 지난번 청루에서의 그것처럼 급작스럽고 격한 입맞춤이었으나, 순타는 꽃잎을 베어 물듯 가볍게 영의 입술을 훔치고 그녀의 흐느낌 같은 숨결을 받아마셨다. 대신 그녀에게 애달프고 아련한 숨결만을 불어넣어주었다.

달무리가 낀 달빛이 오늘따라 더 어스름해서 월궁항아의 모습도, 갈까마귀 달이의 모습도 그저 하나로만 보이는 밤이었다. 서로를 향한 보드라운 손길이 서로의 뺨을 쓰다듬고 수줍은 목덜미를 매만지며 진정되지 않는 가슴으로 향했다. 떨리는 손길만큼 두근대는 가슴이 어느새 하나가 되었을 즈음, 영의 불안감도 달과 함께 사위어갔다.

그리고…… 새하얀 빛이 쏟아졌다.

***

영은 자신이 꿈속에 들어와 있다는 것을 한순간 깨달았다.

그렇지 않고서야 분명 백제부 별채에 있었는데 지금 이렇게 달이의 작업장에 와 있을 리가 없었다.

하지만 얼마 전 작업장에 들여놓았던 물레를 보자, 이것이 현실인지 꿈속인지 다시 헷갈리기 시작했다.

"언제 장인의 보물을 완성할 거야?"

등 뒤에서 들려오는 새침한 말소리! 소스라치게 놀라며 영이 돌아섰다. 길잡이 달이가 저를 바라보고 있었다.

달이의 모습으로 살아온 영이 달이를 마주하자, 예전과는 다른 이상한 기분에 사로잡혔다. 마침 영은 달이에게 꼭 물어봐야 할 것이 생긴 터였다.

"장인의 보물을 완성한 후에도 원래의 세계로 돌아가지 않은 장인이 있어?"

겉으로는 돌아가지 못할까 봐 묻는 것 같았지만, 실은 정반대의 의미였다. 국조모 팔찌를 완성한 뒤에도 순타의 곁에 머물 수 있는 방법을 알고 싶었던 것이다.

그런 속내를 들킬까 싶어 영은 마주한 달이의 시선을 부러 피했다. 어쨌든 그녀의 연인을 차지한 영이었으니.

정작 길잡이 달이는 물레가 신기한 듯 물레 손잡이를 돌리면서 시큰둥하게 대답했다.

"장인의 보물을 완성하고 원래의 세계로 돌아가지 않는 장인은 없어."

귀환을 자연의 섭리와 같은 것쯤으로 대답하는 달이를 보자 영은 말문이 막혔다.

돌아가지 않는 장인은 없다!

그녀 역시 장인의 보물을 완성하면 원래의 세계로 돌아갈 수밖에 없다는 말에 대번에 영은 가슴이 답답해졌다. 헌데 그 순간, 달이가 영에게 되물어왔다.

"이번에도 그와 함께 있겠다는 결정을 한 거야?"

영은 자신의 심장이 주체할 수 없을 만큼 빨리 뛰고 있다는 것을 느꼈다.

"……이번에도?"

영문을 알 수 없는 물음이었다. 이번에도라니!

영이 얼마나 당혹스러워하는지 알 텐데도 달이는 그저 아무렇지도 않게 물레만 돌릴 뿐이었다.

그때서야 떠올랐다. 영은 자신이 장인의 보물을 구한 적이 있다고 말해오던 이들을 기억해냈다.

"내가, 내가 이전에 개화에 온 적이 있지. 그렇지?"

달이가 돌리던 물레가 뚝 멈추었다.

"길잡이 너도 그렇고 할아버지도 그렇고, 내가 장인의 보물을 구한 적이 있다 했어. 그렇지? 그렇게 똑같은 말들을 하는 거 보면, 내가 이 개화 땅에 온 적이 있었던 거잖아."

달이는 확인해줄 생각이 없다는 듯 그저 영을 무심히 바라볼 뿐이었다. 그 눈에는 이상하리만치 어떤 감정도 들어 있지 않았다. 태자의 죽음에 슬퍼하던 환각 속의 그 달이의 눈빛이 아니었다. 그때와 지금의 달이는 전혀 다른 사람 같았다.

"나였어. ……태자와 연인이었던 건 나였어. 내 말이 맞지?"

"맞아. 그때 네가 장인의 보물을 완성하지 못해서 다시 오게 된 거지."

가슴이 벅차다는 말로는 부족했다. 머리끝에서 발끝까지 평소엔 좀처럼 반응하지 않는 미세한 감각들마저 일제히 깨어나는 것 같았다.

달이의 모습을 한 영이 개화에 처음 왔을 때도 영은 순타의 정인이었던 것이다. 영은 자신도 모르게 한숨을 내뱉었다. 비록 달이의 모습을 하고 있더라도 태자의 온전한 애정을 받은 그 여인이 바로 자신이었다는 것에 영은 어떤 안도감마저 느낀 것이다.

"죽어가는 내 몸에 부유하는 장인의 혼이 들어온 건, 장인의 보물을 완성하라는 하늘장인의 은혜야. 헌데 너와 태자는 장인의 보물을 완성시키지 않았어. 태자와 정분을 나누라고 부른 혼이 아니었는데 말이지."

혀를 차며 얄궂은 눈매를 한 달이는 분명 질책하고 있었다. 그럼에도 불구하고 영은 또 묻지 않을 수 없었다.

"그럼 처음 내가 와서 장인의 보물을 완성시키지 않았을 때, 태자와 나는 어찌됐어?"

달이가 대답대신 말간 눈으로 영을 한동안 바라보았다. 그 눈에는 책망도 질투도 아닌 연민의 눈빛이 가득했다.

"왜? 왜 그런 눈으로 바라보는 건데?"

그 순간 영은 달이와 자신이 조금씩 멀어지고 있는 것을 알아차렸
다.

아직 답을 듣지 못했는데, 이대로 달이를 보낼 순 없었다. 절박함
에서 뻗어나온 손끝이 달이의 옷깃이라도 잡아보려 했지만 그것도
여의치 않았다.

알고 보니 달이가 멀어지는 게 아니었다. 자신이 현기증이 날 정
도로 아득히 깊고 먼 곳으로 정신없이 빨려 들어가고 있었다.

*　*　*

"무슨 생각을 하길래 그리 불러도 대답이 없는 것이냐?"

어느새 영은 다시 백제부 별채로 돌아와 있었다.

순타의 다정한 손길이 영의 뺨에 닿는 것이 그 증거였다. 손끝의
체온이 가슴까지 닿는 듯했다.

　태자와 정분을 나누라고 부른 혼이 아니었는데 말이지.

타박하는 달이의 목소리가 환청처럼 귓가를 맴돌았다. 그러나 태
자의 애정이 온전히 제 것임을 알게 된 영은 거리낄 것 없이 그의 따
뜻한 손길에 화답하듯 환히 웃어보였다.

그 웃음을 보고 참지 못한 순타가 영을 으스러질 정도로 꽉 끌어

안았다.

순타의 체취와 체온이 생생하게 느껴졌다. 처음으로 느낀 현실감에 영이 그의 등을 팔로 안았다.

영이 보여준 반응에 용기가 난 것일까. 순타가 그녀의 귓가에 떨리는 목소리로 속삭였다.

"진범이 잡히고 나면, 왜가 아닌 곳으로 가자. 대륙으로 가도 좋아. 대륙 장인들도 구경하고, 그들의 작품을 본 다음에 다시 백제로 돌아오면…… 그때, 월궁으로 돌아가도 되지 않느냐?"

선녀에게 애 셋을 내리 낳아달라고 졸랐던 나무꾼만큼 뻔뻔하지는 못했는지 순타는 차마 영영 가지 말란 말은 대놓고 못하고, 대륙 장인이 만든 작품을 미끼로 던졌다.

순타는 영을 더욱 깊숙이 고쳐 안으며 제 항아의 대답을 기다렸다.

그러나 더 꼭 껴안을수록 그만큼 제 항아가 저를 밀어냈다. 미약하지만 저를 밀어내는 영의 힘을 느끼자 순타는 그녀를 안았던 팔을 풀 수밖에 없었다.

어느새 자신을 향해 환히 웃어주던 미소도 말끔히 사라졌다. 무정하리만큼 담담한 표정이 된 항아가 입을 열었다.

"우리한텐 국조모 팔찌가 필요해!"

그가 원하던 대답이 아니었다.

서로의 마음이 통한 것이 아니었던가? 순타의 표정에 의아함이 가득했다.

"그만 내 세계로 돌아가고 싶어."

단호하게 한 마디씩 뱉어내는 영의 말이 순타의 뇌리에 날카롭게 박혔다. 이해하기 싫은 말들이 머릿속을 파고들었다.

항아의 세계인 월궁. 결국 월궁의 사내 곁으로 돌아가고 싶다는 말이다.

결국 저가 아닌 월궁의 사내를 선택한 것이다. 항아의 선택을 따를 수밖에 없다는 것을 알기에 그는 말없이 돌아섰다.

'정말 이대로 괜찮나?'

마음속 깊이 어떤 목소리가 순타를 책망하듯 들려왔다.

'사내로 태어나 아무것도 갖지 못하는구나. 보위도, 항아도.'

머릿속을 헤집는 목소리가 용렬스레 꿈틀댔다.

'천하가 비웃을 것이다. 결국 아무것도 얻지 못한 어리석은 사내를 동정할 것이다.'

아무 대꾸도 못한 순타의 무거운 발걸음이 별채 문으로 이어졌다.

문이 열렸다. 이 문을 나서는 순간, 제 항아는 월궁으로 사라질 것만 같은 착각이 들었다. 깊은 한숨이 잇새 사이로 새어나왔다.

그리고 순타의 입에서 별채를 지키고 선 병사들에게 뜻밖의 명이 내려졌다.

"이 시각 이후로 나 외에, 다른 이의 별채 출입을 금한다. 별채에 있는 자가 밖에 나올 수도, 밖에 있는 자가 별채로 들어올 수도 없어야 할 것이야."

저 밖에서 들려오는 소리는 영의 귀를 의심케했다. 무슨 말이지?

그러니까…… 가둬놓겠다는 말이 아닌가! 갑자기 왜?

그러고 보니 문을 열고 나가기 전 잠시 멈춰 섰던 태자는 그 짧은 순간에 무언가를 생각하는 듯했다. 돌아보지 않고 나가는 서늘한 태자의 뒷모습이 왠지 불안했는데, 그는 무서운 결심을 했던 것이다.

영은 제가 잘못 들은 것인지도 모른다고 생각했다. 지금 들으라는 듯이 금족령을 내리는 태자가 자신이 알던 그가 맞는 걸까. 고개를 흔들었다.

일순 공기가 무거워지고 몸이 천근만근 내려앉는 것만 같았다. 장인의 손목을 꺾고 제 곁에 두었던 무시무시한 사내의 피가 그에게도 흐르고 있음을 망각하고 있었다.

여하튼 그녀는 별채에 갇혀 있을 수 없었다. 그녀의 손에 두 사람의 목숨이 달려 있기 때문이었다.

물먹은 종이처럼 영의 다리가 끝내 버티지 못하고 그만 휘청거렸다. 하지만 차가운 바닥에 쓰러지기 전에 어느새 문을 열고 들어온 순타가 영을 안아 들었다.

조금 전, 그녀를 안고 함께 대륙으로 가자 말하던 그 사내의 품이 맞았다.

"화, 화가 나서 한번 해본 소리인 거지? 짝퉁은 태자니까! 거절당하는 게 익숙하지 않아서, 그러한 거지?"

순타의 눈치를 살피며 묻는 말에 그는 대답하지 않았다. 대답할 필요도 느끼지 못하는 듯했다. 쉬라는 말과 함께 그녀를 침상 위에 가만 내려줄 뿐이었다.

영은 돌아서려는 순타의 소매를 잡고 매달렸다.

"나, 나는…… 장인의 보물을 완성해야 돼!"

유채색 눈동자에 다급한 달이의 얼굴이 비춰졌다.

"그만…… 되었다."

"뭐?"

"어차피 떠날 것이니, 우리에겐 필요 없는 물건이야."

태자는 그 어느 때보다 단호한 표정으로 영의 손목에 걸려 있던 옥팔찌를 걷어갔다.

그는 다시 매달리는 영을 간단히 떼어내고 방을 나섰다.

문이 닫힌 후에도 그는 다시 한 번 영의 거취를 단호히 명했다.

"잘 지키거라!"

영은 갑자기 변해버린 순타의 태도에 애가 탔다. 한성장인을 그리 매정하고 잔인하게 다룬 부왕을 그토록 원망하던 태자였다. 부왕과 같은 선택을 하면, 가장 괴로워할 이가 그란 걸 알기 때문이었다.

영은 그를 밀어내기에 급급했던 순간들을 후회했다.

그가 사랑한 여인이 자신인 걸 더 빨리 알았다면, 그렇게 밀어내지만은 않았을 텐데…….

저를 향한 연정인 줄 진작에 알았더라면, 그리 타박하지 않았을 텐데…….

어느새 뜨거워진 눈시울에 영은 그가 듣지 못할 말들을 눈물과 함께 쏟아내었다.

"짝퉁이 죽어! 장인의 보물을 완성하지 못하면 짝퉁이 또다시 죽는단 말이야."

길잡이 달이의 대답을 듣지 않아도 알 수 있었다.

국조모 팔찌를 완성하길 포기한 그들의 마지막이 어땠는지 영은 이미 보았던 것이다.

9장

이 밤까지만
항아와 함께

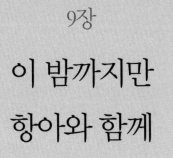

사신단을 싣고 왜로 갈 예정이었던 배가 보름이나 늦게 도착했다. 그 배를 마지막으로 개화포구는 순타의 명대로 곧장 폐쇄됐다. 개화포구를 나가는 배도 들어오는 배도 없게 된 것이다.

또한 백제 병사들이 동원되어 포구와 저자거리에 나와 있던 상단들도 모두 해산시켰다. 한산한 거리에서는 이제 이채로운 서역 상단을 쫓아 놀려대는 아이들도 더 이상 볼 수 없었다.

"갑자기 포구가 닫히다니. 이게 뭔 일이래?"

"전쟁 나는 거 아니야?"

"전쟁 나기 전에 배는 띄워야 하는디!"

백제부 앞은 불안에 떨고 불만에 가득 찬 사람들로 넘쳐났다. 언제 포구를 개방해줄 건지 호소하는 상단들과 상인들 그리고 개화를 떠나야 하는 외국인들까지 북새통을 이루었다.

연합국 사신들의 안전을 위한 조치라고 둘러댔지만, 누구도 그 말을 곧이곧대로 듣는 이는 없었다. 포구가 폐쇄된 이상, 군대가 아니고서야 개화에 입성할 수 있는 무리는 아무도 없었기 때문이다.

"포구 폐쇄?"

침전에서 집무를 보던 어라하의 음성이 미미하지만 평소와 달랐다.

목간을 움켜쥔 어라하의 손이 떨리고 있는 걸 인우는 엿보았다.

내신좌평이 올린 장계를 보던 어라하의 낯빛이 어두워진 것은 개화포구를 임의로 폐쇄시킨 태자의 결정을 두고 가야에서 보낸 장황한 항의문을 들었을 때였다.

어라하의 음성에 노기가 잔뜩 묻어 있었다.

"순타가 개화 포구를 폐쇄했다는군."

이미 인우는 장계의 내용을 파악하고 있었다.

인우뿐만 아니라, 이미 대성팔족들은 다 알고 있는 사실이었다.

"태자전하께서 어라하의 수를 미리 읽으신 게지요."

백제부 태수와 가야 사신의 죽음을 빌미로 개화에 군대를 보내 연합국을 압박하려던 어라하의 계획을 은연중에 눈치 챈 인우가 제 주인의 생각을 떠보듯 말했다.

"늙은 너구리가 눈치만 늘었군."

통박에 가까운 표현이었지만 어쨌든 인우의 추측을 인정하는 말이었다. 다시 말하면 태자를 인정하고 만 것이기도 했다. 인우는 이내 쓴웃음을 지었다.

자식이 아비를 넘어선 일에 어느 아비가 기쁘지 않겠냐만, 제왕은 달랐다. 제왕에게 자식들이란, 제왕의 자리를 걸고 다투는 정적에 지나지 않았다.

그러니 태자의 반 보 앞선 행동에 어라하가 역정을 내는 것은 당연한 일이었다.

개화독립군으로 범인을 만든 뒤에 어라하에게 선택권을 내줬어야 했다. 그렇게 하도록 팔성귀족들이 어라하에게 준 권력이다. 헌데 태자는 선택권을 행사하도록 하는 대신 어라하가 나서겠다는 길을 아예 정면으로 막아선 것이다.

열두 해를 잘 버틴 태자가 굳이 악수를 둔 연유도 궁금했지만, 어라하의 대응이 더 궁금해지는 인우다. 태자를 버릴 것인지, 다듬어 쓸 것인지!

지금 와서 태자를 버리기엔 너무 늦었다는 확신이 있었기에 아낌없이 제 아들을 태자에게 붙여놓은 것일 수도 있었다.

"해명을 불러라!"

역시나 어라하가 병권을 쥔 병관좌평 해명을 불렀다!

선왕을 죽인 백가를 처단할 때 든든한 지원군이었던 해명은 어라하의 신임 아래 병관좌평이 되었지만, 다른 팔성귀족들은 물론이거니와 같은 해씨 일족과도 접촉을 않기로 유명했다.

어라하의 명에 의해서만 움직이는 해명의 얼굴을 마주할 수 있는 곳은 오직 전쟁터뿐.

그 외에는 은둔에 가까운 생활을 하는지라 사적 공간에서는 찾으려 해도 찾을 수 없는 자였다. 어라하가 필요할 때만 등장하고, 그래서 언제 등장할지 알 수 없기에 가장 두려운 인물 가운데 하나였다.

그런 해명을 불렀다는 것은 어라하가 전쟁을 하겠다는 말과 같은 것이다.

"이 핑계로 고구려를 치실 생각이십니까?"

고구려한테 뺏겼던 땅을 탈환하는 것이 삶의 유일한 것인 양 살았던 적도 있는 어라하다.

물론 지금은 그 젊은 날의 패기를 찾아볼 수 없지만, 뼛속부터 무관인 인우는 어라하가 불러일으킨 열정에 가슴이 벅차올랐다.

하지만 노련한 범은 달랐다.

"곧 추수할 시기다. 이런 시기에 무슨 전쟁이냐? 부역을 하려면 겨울 중에 해야지! 위사좌평이란 지위가 아깝다!"

또다시 통박이 날아왔지만 인우는 민망한 듯 웃을 뿐이다.

"연합국을 적으로 돌릴 생각이 아니고서야 포구를 폐쇄해?"

"태자께서 그만큼 궁지에 몰리신 거겠지요."

당당히 태자의 편을 들고 있는 인우다.

"……지금 내게 어륙과 명농군을 버리라 종용하는 것이냐?"

"태자 전하를 불쌍히 여기시라는 충언입니다."

한껏 올라간 눈썹을 기묘하게 일그러뜨린 어라하가 손에 든 목간을 집어던지며 일어섰다.

어라하가 자리에서 일어서기만 했는데도 장지문 너머로 어수선한 발걸음 소리가 들려왔다.

드디어 움직인 어심에, 고마성에 있는 모든 팔성귀족들의 눈과 귀가 바삐 움직이는 소리다.

"이놈이나 저놈이나 오지랖만 넓어서는!"

혐오감 어린 어라하의 시선이 경박할 정도로 바쁜 몸짓들이 느껴지는 장지문 밖에 닿았다.

"지긋지긋한…… 허억!"

갑자기 가슴을 움켜잡은 어라하가 외마디 비명을 지르더니, 태산 같던 몸이 고꾸라졌다.

"어라하!"

휘청거리는 제 주인의 몸을 부축하기 위해 뛰어온 인우의 발에 향로가 넘어졌다.

넘어진 향로에서 보라색 결정들이 침전 바닥으로 무수히 흩어졌다.

***

고마성에는 평소보다 몇 배나 많은 병사들이 보초를 서고 있었다. 보초병들이 불어난 만큼 영문 모를 긴장감 역시 팽배해졌다.

거기다 팔성귀족들의 눈과 귀를 자처하던 궁인들이 쫓겨나는 것을 보고서야 어라하의 신변에 무슨 일이 생긴 거라고 수군거렸다.

정확한 내막이 퍼지지 않은 데는 위사좌평이 발 빠르게 처신한 덕분이었다. 모든 궁인들을 일제히 신속하게 물리고 근위병사들로 하여금 침전을 겹겹이 에워싸도록 해 철저하게 공간을 통제했다. 누구도 접근할 수 없도록 방어막을 만들어놓았으니 소문만 무성할 뿐이었다.

위사좌평 인우는 한숨을 돌렸다. 어라하가 쓰러진 직후부터 최대한 짧은 시간 안에 침전을 봉쇄하는 데 성공했다고 판단한 것이다. 그것이 지금으로서는 불시에 벌어질 수도 있는 불충한 일에 대한 최선의 예방책이었다.

"어라하의 병세는 어떠신가!"

"좌평께서 보여주신 것은 오석산이 맞습니다."

어라하를 진찰하고 난 어의가 좌평으로부터 건네받아 살핀 보라색 향료의 정체를 밝혔다.

"오석산이라면 약이 아닌가. 그것이 어찌 향로에 들어가 있어?"

"도교의 도사들은 오석산을 복용하여 장수한다는 말이 있는데 오석산을 복용하기에 무리가 있는 자들을 위해 향으로 즐기도록 제조한다 들었습니다. 허나 어라하는 음허화왕이라…… 조양약인 오석산은 몸에 맞지 않으신데……. 어찌 이것이 향로에 있었는지는 모르겠습니다."

어의의 보고에 위사좌평은 눈앞이 캄캄해지는 것을 견뎌내고 재차 물었다.

"시해의 목적이더냐."

"향로에 넣은 자만이 알겠지요."

말끝을 흐리며 침소를 나가는 어의를 보며 인우는 이 일이 어디와 연결된 건지 직감했다.

인우의 시선이 침상에 누운 채 깨어나지 못하는 어라하의 파리한 얼굴에 닿았다.

이른 아침부터 나비 한 쌍이 분주히 날아다녔다.

못 한가운데 만들어놓은 자그마한 섬에는 바람이 심어놓은 씨앗이 곳곳에 여름 꽃을 피운 덕에 화사하기 그지없었다. 나비들도 정원의 향기로운 내음에 취한 듯 나풀거리는가 하면 이리저리 옮겨가며 정신없이 꿀을 빨아댔다.

"비라도 오는 것이냐, 왜 그리 급히 날갯짓이냐?"

별채 후원에 서서 어지러이 날아다니는 나비의 운행을 지켜보던 순타의 입에서 타박이 튀어나왔다.

나비의 날갯짓에서 이유 모를 다급함이 느껴지는 건 순타의 마음이 조급하기 때문이었다.

순타가 포구를 폐쇄한 지 벌써 사흘째가 되는 날이었다.

포구를 폐쇄한 개화는 불안한 나날을 이어가고 있었다. 피습을 당한 개화 신임 태수는 처소에서 부상을 핑계로 두문불출하고 있었고, 관청은 사신들의 시위 장소로 변한 지 오래였다.

더구나 백제부 앞은 포구 폐쇄로 직접적인 타격을 입은 상인들이 종일 오가며 소식을 물어오는 통에 병사들과 수시로 실랑이가 이어지곤 했다.

또한 영을 별채에 감금한 것도 사흘째 되는 날이었다.

영은 그동안 여러 차례 방문한 순타와 철저하게 눈도 마주치지 않았고 말도 나눈 적이 없었다. 시위 아닌 시위를 벌이고 있는 셈이었다. 그래도 다행인 것은 자해를 하거나 곡기를 끊지는 않는다는 것이었다.

순타는 안도하면서도 괴로웠다. 언제든 장인의 보물을 완성할 만반의 준비를 하고 있는 것 같아 그 투지에 오히려 순타가 끼니를 거를 때가 많았다.

"전하?"

왕유의 부름을 듣지 못한 건지, 순타는 꽃밭을 벗어난 나비들이 금송까지 날아가 기웃거리는 모습을 하염없이 바라볼 뿐이었다.

"과연 제 무덤까지도 온갖 장신구를 동원해 현란하게 치장한다는 백씨 일족입니다."

왕유가 순타 곁으로 다가와 나란히 서서 금송을 가리키며 말을 이었다.

"저 나무 모양이 소나무를 닮아 있지만, 소나무는 아니지요. 왜인들이 이름을 잘못 붙여 금송이라 부르게 된 저 나무가 가장 많이 사용되는 곳이 어딘지 아십니까? 습기에 강하여 관으로 쓰기에 적합하다 합니다."

전임 태수가 개화 땅에 와서 제일 먼저 한 일이 연못을 만들어 저 나무를 심었다 하니, 무의식간에 제 죽음을 예비하는 태도가 아니었 겠냐는 소리다.

세상에 우연이란 없다고 주장하는 방사 출신의 왕유가 좋아할 만 한 이야깃거리였다.

"백제부에 들어와 재밌는 이야기를 들었습니다. 전하께서 월궁에 서 내려온 항아님을 만나셨다구요? 소승이 한번 만나 뵐 수 있겠습 니까? 전하께서 항아님과 왜로 떠나시기 전에 말입니다."

태자가 정인으로 삼은 여인이 장인의 혼이라는 것을 알게 된 왕유 는 영에게 직접 묻고 싶은 것이 산더미였다. 한성장인 이후로 장인 의 혼이라 주장하는 자는 태자의 항아가 처음이었기 때문이다.

"불가하다."

장난감을 눈앞에서 뺏긴 어린아이처럼 기대에 부풀었던 왕유의 얼굴이 대번에 찌푸려졌다.

한성장인이 있었던 당시에도 그때 왕자 신분이었던 어라하의 반 대에 부딪쳐 왕유는 장인들이 시공간을 넘나드는 과정에 대해서 좀 더 자세히 알아낼 기회를 놓쳤다. 다시 한 번 갈구하는 눈빛으로 태 자를 바라보았으나, 싸늘한 거절의 눈빛만이 되돌아올 뿐이었다.

"전하! 관청에 각국 사신 분들이 당도하셨습니다."

때마침 부관이 다가와 사신들의 도착을 알렸다.

"쓸데없는 호기심은 늘그막에 소리없이 찾아오는 병마보다 무서 운 법이야. 대륙까지 알려진 대사의 이름값이나 톡톡히 해내길 바라오.”

관청으로 발길을 돌리면서 순타가 타박을 쏟아내자 왕유의 대거리가 이어졌다.

“제가 사신들을 설득한다 해도 전임 태수를 죽인 진범은 아직 잡히지 않았습니다.”

진범이 나타나지 않는 이상 태수를 피습한 용의자로 지목된 영도 자유롭지 못하다는 뜻이었다.

순타는 영이 머물고 있는 별채로 설핏 시선을 돌렸다. 의식하고 바라본 것은 아니었는데 그 덕에 이쪽을 바라보고 있던 영의 얼굴을 얼핏 볼 수 있었다.

영은 순타와 시선이 마주치자, 황급히 창문을 닫아버렸다.

그러나 며칠 만에 마주친 눈길 한 번만으로도 태자의 얼굴에는 기쁨을 감출 수 없어 저절로 환해지는 표정이 역력하게 떠올랐다.

덜컹.

재빨리 창문을 닫았지만 순타와 시선이 마주치고 말았다.

보기 좋게 휘어지는 눈초리에 영은 새삼 가슴이 떨려왔다.

“아까워! 아까워!”

별안간 발까지 동동거리며 폴짝폴짝 뛰었다.

제 것이었는데, 온전히 저를 향한 미소였는데…….

질리도록 봐둘 걸 그랬다. 그가 그리울 때 언제든 생각이 나도록!

"망할 길잡이 같으니! 태자와 내가 연인이었다는 건 물어보지 않아도 더 빨리 말해줬어야 하는 거 아냐?"

달이를 향해 괜한 투정이 쏟아졌다.

그랬으면…… 같이 웃어줬을 텐데! 그랬으면…….

그의 마음이 고스란히 느껴지던 눈웃음을 매번 온전히 마주하지 못하고 그저 피하기만 하던 자신이 후회가 됐다. 그 마음을 의도적으로 외면하기만 했던 게 너무도 아쉬웠다. 지금에서야 그 시간이 안타깝기 그지없었다.

다시 한 번 그런 시간이 온다면…… 그녀는 정말 바랄 게 없을 것 같았다.

"우선, 장인의 보물을 완성해야겠지만!"

살릴 것이다. 다시는 순타를 볼 수 없다 해도, 국조모 팔찌를 완성시켜 그를 살려내리라 다짐했다.

비록 기억엔 없지만 동굴에서 봤던 환각처럼 그 마지막 장면을 다시 반복할 생각은 없었다. 하지만 어떻게 순타를 설득할지…….

영은 이대로 의미 없이 시간이 흘러가는 것에 초조해졌다.

그때 갑자기 문밖이 소란스러웠다.

외마디 비명 소리와 함께 둔탁한 무언가가 넘어지는 소리가 연달아 들려왔다.

덜컹.

별채의 문이 열렸다.

열려진 문 사이로 백제 병사의 복장을 한 부염이 나타났다. 바닥

에는 별채를 지키던 병사들이 죄다 널브러져 있었다. 그 난장판 한
가운데 부염 홀로 서 있었다.

부염은 더 이상 영이 알던 부염이 아니었다. 그날, 저에게 자객의
누명을 씌우고 사라진 부염을 보면서, 언제라도 사아군이 명령을
내리기만 하면 맹목적으로 움직이는 수족, 그 이상도 그 이하도 아
니라는 것을 새삼 깨달았던 것이다.

영은 유일한 탈출구처럼 보이는 닫힌 창문으로 달려갔다.

창문을 열려고 뻗는 손을 어느새 들이닥친 부염이 순식간에 낚아
챘다. 거친 손바닥의 감촉이 고스란히 느껴졌다.

힘이 거의 들어가지 않았는데도 뿌리칠 수 없는 악력이었다.

"이거 놔!"

영이 비명에 가까운 소리를 지르는데도 부염은 놓아주지 않았다.

부염은 지금 이 상황이 도무지 마음에 들지 않아 한숨만 나왔다.
저를 외면하듯 바라보는 영의 눈빛이 그저 안타깝기만 했다. 그녀
마저 자신을 두려워하고 있다는 게 여실히 느껴졌다. 그가 다루었던
상대들이 보여주었던 그 공포가 서린 눈빛과 다를 게 하나도 없었
다. 예전의 그 눈빛이 아니었다.

부염은 다시 한 번 눈앞의 영을 물끄러미 바라보았다.

가뭄 든 땅처럼 갈라진 등짝의 치료도 마치지 않고 찾아간 형님에
게 달이를 떠나지 않게 하는 방법을 물었다. 그때 형님은 영을 개화
땅이 아니라 그 어디로도 떠나지 못하게 개화포구를 폐쇄시키는 방
법을 강구했다.

그 방책의 연장선 상에서 영을 태수 시해자로 만들었고, 또 그로 인해 영이 태자가 지내는 별채에 유폐되었다. 그렇게 갇혀버리게 될 줄은 꿈에도 예상하지 못했다.

그 때문이었을까? 영은 자신을 두려워하고 있었다. 살수라는 걸 확인한 뒤로도 그를 처음 본 것이 아닐 텐데…… 어째서 예전과 같은 눈으로 자신을 보지 않는 것일까?

"다, 달이!"

철판에 손톱을 긁는 것처럼 비명 같은 쇳소리가 영의 귀를 잡아끌었다.

"난 달이가 아니야."

정색을 하는 목소리에 부염이 고개를 갸웃거렸다. 분명 달이가 분명한데 왜 지금도 달이가 아니라고 하는지 그는 이해를 하지 못했다.

"여기 있었느냐."

사아군의 목소리가 별안간 들려왔다.

본능적으로 부염이 영을 제 등 뒤로 감추었다.

피습사건 이후, 신임 태수는 줄곧 두문불출, 처소 밖으로 나오지 않았다. 그러다 보니 목숨이 위험할 정도로 위협을 받는다는 소문이 돌 정도였다. 허나 소문이라는 것이 늘 그렇듯 과장되고 잘못 알려진 것처럼 신임 태수 사아는 어깨를 고정하는 천을 덧댄 것 빼고는 아주 멀쩡해 보였다.

"장인을 모셔오라는 말을 할 참이었는데, 이심전심이 따로 없구나."

비아냥거리는 투가 역력한 사아의 말은 부염을 꼼짝 못하게 만들었다. 부염의 등이 긴장으로 딱딱하게 굳는 것이 눈에 보일 정도였다.

"왜? 내가 장인께 해를 입힐까 봐 그러느냐?"

잠시 주저하던 부염은 결국 영의 손을 놓아주고 옆으로 물러섰다. 사아가 피식, 웃음을 짓더니 성큼 별채 안으로 들어섰다.

사아는 마치 제 처소처럼 행동하기 시작했다. 탁자 위에 놓인 청동 향로를 피우며 탁자를 사이에 두고 영에게 앉기를 청하는 모습이 아주 자연스러웠다.

탁자 위 청동 향로에서는 자색의 연기가 피어오르기 시작했다. 별 수 없다 여겨 의자에 살그머니 앉은 영은 사아의 등 뒤로 서 있는 부염을 무심한 눈길로 쳐다보았다.

"사실은 이 아이도 백제 왕가의 핏줄이죠."

사아가 부염을 가리키며 입을 열었다.

"선왕이신 폐하가 신라 여인에게서 난 아들이었으나, 선왕께서 피습당해 붕어하신 후에 어미가 본국 신라로 돌아가면서 제게 맡긴 아이지요."

맡아 기른 사아와 그에게 길러진 부염. 사아에 대한 부염의 맹목적인 충성도가 비로소 이해되는 영이었다.

하지만 자신의 불쌍한 동생을 피도 눈물도 없는 무자비한 살수로 키우다니! 대체 사아군이 원하는 것이 무엇인지 영은 이해할 수가 없었다.

"물론 전하께서 보위에 오르시는 것. 그것밖에는 없지요."

사아가 영의 생각을 읽은 것 마냥 술술 말을 이었다.

"마침 이 아이도 장인을 머물게 해달라 청을 하니, 혈육의 부탁을 어찌 모른 척할 수 있겠습니까! 허나 걱정되는군요. 장인은 국조모 팔찌를 만들고 떠날 사람인데 말이지요."

부염이 깜짝 놀란 눈빛으로 영을 쳐다보았다. 아니라고, 부정해주길 바라는 간절한 눈빛이었다.

그 간절함이 견디기 어려워 애써 부염의 시선을 피했는데, 그러다 보니 이번엔 사아와 눈이 마주쳤다. 그의 눈이 경고하듯 말하고 있었다. 자신의 수족인 부염을 더 이상 흔들지 말라고.

영은 부염에게로 다시 시선을 옮겼다. 그의 뺨에 새겨진 상처가 살수로 살아온 끔찍한 세월을 짐작케 했다. 가슴이 답답해졌다. 부염이 달이를 어떻게 생각하든, 자신은 달이가 아니었다. 더구나 영은 순타를 살리기 위해서라면 그 누구와도 손을 잡을 수 있었다. 설사 그 누군가가, 자신을 협박하고 무모한 계략을 꾸미는 사아군이라고 해도 말이다.

"나는 달이가 아니야. 장인의 혼이 달이의 몸에 들어온 것뿐이라구."

영이 이토록 부인하는 모습을 보며 부염은 샘에서 달이의 숨이 완전히 끊어졌던 걸 기억했다. 분명 그녀는 죽었고 포기할 수밖에 없었다. 그랬던 달이가 다시 살아났던 것이다. 죽음의 세계에서 돌아온 것이다. 그런데 그게 가능한 일일까? 죽었다 살아나는 일이!

그러자 그동안 한 번도 들지 않았던 의심이 살짝 고개를 들었다. 눈앞에 있는 달이는 진짜 달이가 아닌 걸까? 정말 다른 영혼이 빙의돼 들어온 것인가? 혼란스럽기만 했다. 호흡마저 불안정해졌다.

"혹 누가 알겠느냐, 장인께서 국조모 팔찌를 완성하면, 달이라는 아이가 돌아올지. 아니 그렇습니까?"

그럴리 없다는 말을 해야 했지만, 영은 자신을 간절히 바라보는 부염에게 다시 한 번 달이가 죽었다는 사실을 말할 수가 없었다.

"그건…… 나도 몰라."

긍정도 부정도 아닌 말이었지만, 그 말은 부염을 혼란의 도가니로 빠트리기엔 충분했다. 더 이상 이 자리를 버틸 수가 없었던지 부염은 결국엔 별채를 뛰쳐나가고 말았다. 그는 달이를 보고 있을 수가 없었다. 달이가 더 이상 온전히 달이로 보이지 않기 시작한 것인지도 몰랐다.

"감정이란 게 없는 아이였지요. 장인을 만나기 전까진 말입니다."

이게 다 영의 탓이란 듯 힐난이 들려왔다.

"그렇게 세뇌한 것은 아니구요?"

영의 날이 선 목소리가 별채에 울렸다.

"대업을 위해서는 희생이 따르는 법이지요."

냉혈한의 입에서 나온 잔인한 말이었지만, 어쩐지 피도 눈물도 없을 것 같은 사아의 얼굴이 우는 것처럼 기묘하게 일그러졌다.

"오늘 전하께서 사신들에게 가야 부리 사신의 죽음에 대해 설명하신다더군요. 전하께서는 지난 사건들을 하루라도 빨리 처리하고 싶어 하시는 것 같으니 전임 태수를 시해한 범인을 데려갈 생각이랍니다."

그 범인이 바로 고달을 지칭한다는 것을 깨닫자 영이 버럭 소리를 질렀다.

"지금 뭐하자는 거야? 당신한텐 사람 목숨이 그렇게 간단해?"

"장인이야말로 뭘 하는 겁니까? 전하의 목숨과 시종의 목숨이 장인에게 달려 있다고 내 분명히 경고했을 텐데요."

되받아 치는 사아의 목소리 또한 격해 있었다.

"만들 수 있었으면 진작에 만들었어!"

태자가 옥팔찌를 빼앗아간 데다가 자신을 감금하고 있다는 말은 할 필요가 없었다.

"전하께 국조모 팔찌가 없으면, 왜로 가시지 않아도 결국 죽게 될 것을 모르시나 보군요."

사아는 사태의 심각성을 제대로 인지하지 못하는 영이 한심스러워 견딜 수가 없었다. 그래도 지금 눈앞의 장인은 인질로 내쫓기게 생긴 순타를 구할 유일한 방편이었다. 보위의 정통성! 오직 그녀만이 확보해줄 수 있었다.

마침 향료에서 나오는 자색 연기가 영을 서서히 휘감아 오르는 것을 보며, 사아는 말을 이어나갔다.

"노쇠한 제왕이 젊은 태자를 견제하는 거야 새삼스러운 일도 아니지요. 지금의 어라하는 혈육과 부인의 피를 묻히고 보위를 얻었습니다. 그리 얻은 보위를 지키기 위해서라면 아들의 피도 보위 아래 흩뿌릴 수 있는 비정한 자란 말입니다."

사아의 격앙된 말에 영의 피도 뜨거워져 갔다. 태자의 죽음이 또다시 생각났던 것이다. 헌데 그 순간 갑자기 심장에 멍이라도 든 것처럼 숨이 턱 막히고 아릿해졌다.

게다가 눈앞이 어른어른거리는 것이 아무래도 이상했다. 영은 깊이를 알 수 없는 늪으로 빠져드는 것 같은 몽롱함을 느꼈다. 혼란스러운 정신을 다잡으려 해도 눈앞이 어질어질한 것이 분명 이상했다.

"무, 무슨 짓을……."

머리를 흔들어 애써 집중한 뒤 눈앞의 사아를 찾았다. 천으로 제 입을 가린 채 무언가를 기다리는 자세를 하고 있는 사아군이 영의 가물가물한 시야에 들어왔다.

"국조모 팔찌가 그리 쉽게 만들어지는 것은 아니라 알고 있습니다. 하여 장인께 도움이 될 만한 것을 드리고자 합니다."

사아가 영 앞으로 향로를 밀어냈다. 향로에서 더욱 진해진 자줏빛 연기가 퍼져 나왔다.

몽롱한 채로 향로를 바라보는 영에게 사아가 속삭이듯 뇌까렸다.

"대륙에서 장인들이 자주 이용하는 것이라 들었습니다. 그네들은 이것을 선계를 방문한다는 의미로 쓰더군요. 신선의 숨결! 장인께서도 알고 계신 듯합니다만!"

영의 눈이 믿을 수 없다는 듯이 커졌다.

"하늘장인을 만나시거든 꼭 국조모 팔찌를 완성시킬 수 있는 재능을 빌려오시기 바랍니다."

사아가 향로의 뚜껑을 열었다.

자색 연기에 휩싸이자 영의 눈이 스르륵 감기는 것을 보며 사아가 차가운 미소를 지었다.

백제부 관청에 모인 사신들 중에서 특히 가야 사신 아불의 얼굴에 불만이 한가득이었다.

"사신들을 그리 무시해놓고 또 무슨 진위랍니까?"

가야 사신의 죽음에 대한 진위를 가리겠다는 태자가 사신들을 불러들인 것이다.

"대체 태자가 무슨 생각인지 모르겠습니다."

"솔직히 범인보다 포구 개방이 먼저입니다. 본국에서도 포구를 조속히 개방하라는 명이 날마다 내려오고 있단 말입니다."

"그때 태자가 개화 계집을 처형했다면 이리 되지는 않았겠지요."

"내 말이 그 말입니다."

동료의 죽음을 밝히기 전까지는 잠시도 개화를 벗어날 수 없다던 가야 사신들이 정작 살인사건의 진범에 대해서는 관심조차 없어 보였다. 그때 왕유와 함께 태자가 관청으로 들어섰다.

기다리던 사신들이 태자의 출현에 노골적으로 냉랭한 눈빛을 드러냈지만 태자는 개의치 않고 입을 열었다.

"바쁜 사신들을 이리 모신 것은 가야 사신을 죽인 진범을 찾기 위함이네."

"사체까지 도난당한 이 마당에 진범이라니요?"

"다행히 검시장이 남아 있으니, 그것을 토대로 능히 밝힐 수 있는 법이오. 이를 위해 왕유 박사를 모셨소."

왕유라면……

그 이름은 이미 백제를 넘어 가야와 신라, 적국인 고구려까지 널리 알려져 있었다. 이 시대 둘째 가라면 서러울 현자로 추앙받는 자였다. 대륙에서 그의 지혜를 얻고자 매번 사신으로 청해도 배멀미 때문에 거절했다는 일화를 가진 괴이한 대박사이기도 했다.

"박사 왕유, 태자전하와 사신들께 인사드립니다."

얼결에 대사의 인사를 받은 사신들의 눈에 당혹스러움이 번졌다. 대박사라는 자는 야연때 한차례 보았던 그 파계승이었다.

백제 태자가 자신들을 눈속임하는 것이 아닌가 하는 의심이 들었지만 가야 아불 사신은 왕유라는 대박사 이름 앞에 감히 가짜를 입에 담을 수 없었다.

"대사께서 의학에 능하시다 들었습니다. 가르침을 청합니다."

"하문하십시오."

왕유가 태자 순타에게 머리를 조아렸다.

"신선의 숨결이라는 병명을 들어보셨소?"

왕유의 얼굴에 안타까운 빛이 어렸다.

"아미타불, 대륙의 패권을 놓고 여러나라들이 창궐하고 대립하던 혼란의 시대 때 일입니다. 불안한 마음을 미혹하여 사교가 횡행했지요. 일부 어리석은 중생들이 신선이 되길 꿈꾸며 옥을 갈아 마시거나, 여러 가지 보석들을 갈아 만든 선약을 복용했다 들었습니다. 오석산은 석종유, 석유황, 백석영, 자석영, 적석지로 이루어지며, 이 다섯 종류의 광물을 복잡한 공정을 거쳐 조합한 마약입니다."

"태자전하! 지금 뭐하시는 겁니까!"

아불이 분한 기색으로 순타를 노려보았다.

"그대들의 동료가 죽은 원인을 찾고자 함이니 들으시오."

"이러고도 연합이 무사하실 거라 보십니까!"

"사신의 사체가 사라진 연유가 무엇인가! 사신의 죽음이 타살이 아닌 병사임을 밝혀내지 못하게 함이 아니던가! 왕유 대사께선 계속 말씀하시지요."

"오석산은 조양약이라 하안의 체질엔 적합합니다. 신경을 자극하여 흥분시키고 정신의 긴장감을 높이는 작용을 하기 때문에 이것을 복용하면 피로감이 싹 가시고 기분이 상쾌해지지만, 대단히 독성이 강해서 복용 후에는 그 독을 발산시켜야만 합니다. 하여, 행산이라고 불리는 산책을 하며 독을 발산시키라는 처방을 받기도 하지요. 내려오는 말로는 진나라 왕희지가 오석산을 즐겨 복용했다 들었습니다. 오석산을 복용한 후에는 몸에 열이 나서 찬 음식과 찬 음료를 마시기 때문에 한식산이라고도 불렀지요."

가야 사신들이 서도의 대가요, 문학가인 왕희지를 예로 들자 잠잠해졌다. 그들의 허세 가득한 모습에 순타가 혀를 찼다.

"허나 체내에 열이 있거나 음허양항인 사람이 오석산을 복용하면 죽을 수도 있습니다."

왕유의 단호한 말에 사신들의 얼굴에 비로소 두려운 기색이 피어
났다.

***

"사아군! 이게 무슨 짓이오!"

백제부 태수의 침소로 직접 들이닥친 사신들은 하나같이 흥분해
있었다. 왕유로부터 오석산의 치명적인 부작용에 대한 사례를 듣고
온 것이다.

사아가 사신들에게 대륙에서 무병장수를 위해 즐긴다는 향료로
오석산을 선물해온 것이 지난해부터였다.

들여온 이가 사아였으니, 대륙에서 오석산의 위험성을 충분히 듣
고 왔을 것이 분명했다. 하지만 오석산이 그리 위험한 물건이라고는
한 번도 알려준 적이 없었다.

결국 사신들에게 오석산의 부작용에 대해서 언급하지 않은 것은
의도적으로 부리 사신을 죽음에까지 이르게 한 것이나 다름없었다.

그가 부러 사신의 죽음을 방조했다면, 그에 합당한 처벌을 해달라
백제 어라하께 상소를 올릴 것은 물론, 그 책임을 백제에도 엄히 물
을 것이었다. 그러기 위해선 먼저 사아의 변도 들어보아야 했다.

"아시었소? 오석산의 부작용을 아시었냔 말이오."

"사신들께서 억지를 부르시는군요."

사아의 대답에서 사신들은 사아가 오석산의 부작용에 대해 부러 함구했단 것을 깨달았다.

"사아군! 그대가 오석산을 사신들에게 보냈잖소!"

왜 사신이 더 이상 못 참겠다는 듯 악다구니를 쓰며 달려들려 했지만 소용이 없었다. 벽처럼 막아선 부염을 뚫고 사아에게 손이 닿는 것은 거의 불가능해 보였다.

"그것이 환각제임을 몰랐던가. 아니면, 싫다는 그대들에게 내 억지로 그것을 맡기기라도 했던가! 어리석은 욕심으로 죽은 탓을 누구에게 덮어씌우는 게요?"

"사아군! 말씀이 지나치시오!"

분노를 넘어 거의 경악스러운 상황이었지만 가야 사신의 대꾸에도 사아는 눈 하나 깜빡하지 않고 오히려 저희들을 향해 날카로운 혀를 휘둘렀다.

"사신이란 자들이 사심에 눈이 멀어 욕심껏 뇌물을 취할 때는 언제고, 뇌물의 부작용을 듣고 와선 그리 위험한 것을 왜 주었냐 따지는 꼴이라니! 그대들 나라에 이 일이 전해지면 그대들의 자리는 온전할 것 같소?"

노기 띤 음성이 뺨을 후려치듯 그들을 무섭게 다그쳤다.

꿀 먹은 벙어리들마냥 서로의 눈치를 살피던 사신들 틈에서 아불 사신이 진저리를 치며 말했다.

"우리가 그대를 잘못 보았소. 부처의 자비를 가면으로 쓰고 제 탐

심을 가리고 있었구려. 불도도 그대의 탐심을 사라지게 할 수 없었
나 보오!"

탄식과도 같은 아불의 말에 사아의 눈초리가 대번에 사나워졌다.

"보시오, 태수! 그대 때문에 백제는 소란이 날 듯하니, 우리 사신
들은 이 순간부터 백제의 왕위는 물론 그 어떤 정치적인 견해도 지
지하지 않을 생각이오. 우리를 이용하여 그대의 사사로운 탐심을
채울 생각은 하지도 마시오!"

아불 사신이 냉정하게 자신의 의지를 밝히고 일어설 때였다.

둥! 둥!

개화의 위험을 알리는 북소리가 요란하리만큼 울렸다.

'사신들을 제게서 돌아서게 만든다고 해서 저를 멈추게 하실 수
있을 것 같습니까? 전하의 적은 따로 있다는 걸 잊으셨군요.'

당황한 얼굴의 사신들을 보며 사아가 비릿하게 웃고 있었다.

개화와 백제를 가로지르는 강이 한눈에 들어오는 산 중턱이었다.

죽은 가야 사신의 죽음에 대해 밝히고 고마성에 보낼 장계를 쓰던
중에 개화의 북이 울렸다.

적이 침입하거나 개화에 대화재가 일어났을 때 울리는 북이었다.
백제부 병사들과 산중턱에 올라온 순타는 강 건너편 백제 땅에서 몰
려온 병력이 진압군으로 온 백제군이 아니라는 사실에 의아해졌다.

"백씨 일족의 사병입니다."

정찰병의 보고에 순타는 강 건너편으로 넓게 주둔한 병력을 훑어보았다.

저편에 주둔하고 있는 백씨 일족 사병은 족히 천은 넘어보였다. 저 정도면 고마성에서 급히 끌어 모을 수 있는 백씨 일족의 사병을 모두 데려온 규모였다. 그들의 병력은 개화를 진압하기 위해서가 아니라 자신과의 일전임을 순타는 직감했다.

백씨 일족이 사병을 일으킨 근거를 두 가지로 유추할 수 있었다.

첫 번째로 고마성에 계신 어라하에게 변고가 생겼다는 것. 그리고 두 번째로 대성팔족에 의해 백씨 일족이 철저히 외면받고 있다는 것이다.

군대라면 모를까, 백씨 일족의 사병이 이 정도 규모로 몰려온 것은 중차대한 사안이었다. 어명 없이 사병을 일으키는 자는 국법으로 다스릴 수 있는 큰 죄였기 때문이다.

더군다나 대성팔족 중 단 하나의 일족만이 사병을 일으켰다는 것은 다른 대성팔족의 묵인 하에 백씨 일족이 자멸하는 길로 들어섰다는 것이기도 했다.

도무지 이해할 수 없는 일이었다. 어륙과 명농군이 있는 백씨 일족이 왜 스스로 불구덩이에 뛰어드는 불나비가 되려는 것인지.

순타는 순간 스스로 백강으로 뛰어든 제 모친을 기억해냈다.

저와 백씨 일족의 다툼으로 어부지리를 노리는 집단!

그들뿐이었다.

"대성팔족! 그대들이 또 왕실을 능멸하는구나."

저 어딘가에, 볼모로 잡힌 어린 자식의 안전을 위해 삶은 물에 스스로 뛰어들 준비를 하고 있을 어륙이 가여워졌다.

그러나 태자는 지금 개화의 안전을 책임지고 있는 중책을 맡고 있다. 지금 백씨 일족이 개화를 무모하게 공격한다면, 가뜩이나 사아로 인해 갈등을 빚게 된 연합국 사신들과의 관계가 더 악화되어 연합이 결국 유명무실해질 것이 뻔했다.

어쩌면 이 기회에 연합을 깨고 각국이 감춰둔 무력을 동원해 서로 개화를 차지하려고 들지도 모른다.

그때를 노리고 대적 고구려는 깨진 연합의 일부를 끌어들여 힘의 균형을 무너뜨린 다음 백제와 전면전을 치르게 될 가능성이 농후했다. 전면전이 벌어지진 않더라도 적어도 고구려가 연합이 와해된 국면을 손 놓고 있지 않을 것이라는 건 자명한 일이었다.

전쟁의 시작을 예측할 수 없듯 그 끝에 벌어질 충격적인 최후의 장면 역시 눈에 보이지 않는 법이다. 판세를 읽는 대로 승패가 결정되지 않는 것은 예상치 못한 국면들이 벼랑으로 굴러 떨어지는 바위처럼 순식간에 중첩되기 때문이다. 그러다 보면 어느 순간 이 땅에서 백제가 너무도 허무하게 사라지게 될지도 모르는 일이었다. 그리되게 할 순 없었다.

보위를 포기했다 하여도 자신은 백제의 왕자였다. 죽음조차 백제의 운명과 함께 해야 하는 왕족이었다.

백씨 일족과의 일전에 대한 대책을 마련하기 위해 백제부로 내려가는 순타의 발이 무던히도 무겁게 느껴졌다.

"전하!"

사흘 만에 나타난 증걸이 예도 갖추지 못할 만큼 다급한 모습으로 순타에게 다가왔다.

"속히 환궁하셔야겠습니다."

증걸이 던지는 귀엣말에 순타의 미간이 모아졌다.

"개화를 포위하고 있는 백씨 사병이 보이지 않느냐!"

"지금 백씨 사병이 중요한 게 아닙니다. 어라하가 쓰러지셨습니다."

순타는 급하게 재던 발걸음을 뚝 멈추었다.

국본인 어라하가 쓰러졌다는 말에, 언젠간 그런 사단이 일어나리라 비록 예감한 일이긴 했어도 충격을 견디는 게 쉽지 않았다.

"위사좌평인 아바님을 뵙고 오는 길입니다. 전하를 한시라도 빨리 고마궁으로 모셔오라고 하셨습니다."

사흘 전, 증걸은 자객을 쫓다 놓치고 돌아오는 길에 전서구를 받았다.

행여 대성팔족의 새작들에게 넘어갈 것을 우려해 전서구에는 모친이 위독하다는 내용뿐이었다. 증걸을 고마성으로 서둘러 불러들이기 위해 위사좌평이 직접 보낸 것이었다.

당도하자마자 증걸은 은밀한 장소에서 아비의 충격적인 전언을 들어야 했다.

그리고 태자에게 어라하의 상태를 알리는 것은 물론 그를 고마성으로 급히 모셔오라는 명을 받아 지체없이 내려온 길이었다.

도중 백씨 일족 역시 사병을 일으켜 개화를 포위한 것에 증걸은
제게 내려진 명령이 그만큼 중요한 사안이라는 것을 깨달았다.

"가야 땅을 통해 고마성으로 들어가는 방법이 있습니다. 모시겠습
니다."

당장 움직여야 했다. 증걸이 말한 대로 조금도 지체할 겨를 없이
따라야 한다는 것을 알면서도 순타의 발은 쉽게 떨어지지 않았다.

그때였다.

백제부 병사 하나가 숨이 넘어갈 듯 태자를 찾으며 다가왔다.

"전하! 왕유 박사의 전갈입니다."

병사가 순타에게 부복하더니, 말을 이었다.

"왕유 박사께서 속히 별채로 모셔오라 하십니다."

별채? 병사의 말은 단숨에 순타의 가슴을 옥죄었다.

"항아에게 무슨 일이 있는 것이냐?"

날이 선 순타의 목소리가 그 어느 때보다 떨려왔다. 그와 동시에
발걸음은 이미 백제부를 향해 움직이고 있었다.

"전하! 안 됩니다."

증걸이 순타의 발길을 막아섰다.

"전하께서 지금 가셔야 할 곳은 백제부가 아닙니다."

단호하게 증걸이 제 주인의 걸음을 막았다. 순타는 조금의 망설임
없이 증걸을 밀어제치고 백제부를 향해 뛰기 시작했다.

***

영은 거대한 화덕 앞에 서 있었다.

화덕이 어찌나 큰지 장작을 넣는 직공이 수십 명이었다. 그들은 서너 명씩 짝을 이루어 장작이 아닌, 거대한 나무 몸통을 장작 삼아 화덕의 불 구덩이에 던져 넣기를 반복했다.

멍하니 서서 지켜보던 영이 그들 곁으로 다가갔다. 자신도 그들을 도와 나무를 들어야 할 것 같은 기분이 강하게 들었다. 마치 저 화덕의 불이 꺼지면 절대 안 될 것처럼 말이다.

막 나무를 집어들려는 영의 손목을 어디선가 나타난 차가운 손이 낚아챘다.

"몽중인인 상태에서 화덕 가까이 가면 안 돼!"

제 손목을 잡은 이는 기껏해야 이십대로밖에 안 보였지만 가냘픈 몸에 비해 손아귀 힘이 대단한 여인이었다.

"몽중인이 하늘장인의 화덕까지 오다니, 대체 무슨 짓을 한 거니?"

새침한 목소리가 장난을 치듯 물었다.

"오고 싶어서 온 게 아닌데요?"

영은 저도 모르게 주눅이 들어 존대를 했다.

"여기서 뭐하시는 거예요?"

영이 여인을 향해 물었다.

"하늘장인의 화덕을 지켜!"

그것만이 자신의 전부라는 듯 여인이 단호하게 대답했다.

"왜요?"

영의 질문이 생소하게 들렸는지 여인의 눈이 동그랗게 떠졌다.

"……그러게? 내가 왜 화덕을 지키지?"

순진하다 못해 해맑은 웃음을 짓는 여인은 정말 제가 왜 이곳에 있는지 모르는 것 같았다.

"아! 기억났다. 장인의 혼이 장인의 보물을 완성하지 못하면, 평생 하늘장인의 화덕에 불을 때야 하거든!"

뒤늦게라도 기억난 것을 기뻐하며 여인은 해사한 웃음을 지었다. 여인의 곱게 휘어지는 두 눈을 보는 순간, 영은 그녀가 누구인지 알 것 같았다. 여인의 오른손은 옷에 가려져 있었다.

자신의 미래일지도 모르는 그 모습을 보자 영은 내뿜는 모든 호흡이 깊은 한숨으로 바뀌어 나오는 것 같았다. 허망함이 가득한 한숨.

"하늘장인을 만나 재주를 빌리러 온 게야?"

여인이 묘한 웃음을 지으며 영의 물음을 대신했다.

"진짜 하늘장인을 만날 수 있어요?"

놀라운 말이었다. 장인의 신이라는 하늘장인이 실재한다는 것에 눈이 번쩍 뜨인 영이 대뜸 물었다.

"하늘장인은 눈으로 볼 수 없어. 그는 빛을 통해 나타나거든."

여인은 눈앞에 아련한 빛을 매만지는 것처럼 손을 뻗어 더듬었다.

"빛이요?"

무슨 소리인 줄 모르겠다는 듯이 영이 의아하게 바라보자, 여인이 다시 말을 이었다.

"하늘장인의 혼이 빛을 통해 세상 만물을 보여주지. 그 세상 만물에서 경이감을 느낀 장인의 마음속에 하늘장인의 혼이 경이감을 타고 오는 거야. 하늘장인의 혼이 장인의 마음속에 퍼지면서 장인의 보물을 만들 수 있도록 재주를 빌려주는 거지."

무슨 말인가, 여전히 혼란스러워하는 영을 위해 여인이 다시 설명해주었다.

"세상 만물에서 얻은 마음의 감동이 장인의 마음을 움직이고, 그 장인의 마음에 영감을 불어넣어주는 것이 바로 하늘장인이야."

영의 표정에도 허탈함이 드러났다. 자신을 백제 땅으로 보낸 하늘장인이라는 실체가 있을 것이라고 기대했는데, 여인의 말을 들어보면 그 하늘장인은 실재한다기보다는 그저 장인들이 갖는 몰입의 순간일 가능성이 더 컸기 때문이다.

도무지 믿음을 갖지 못하는 영을 타박하듯 여인의 말이 다시 이어졌다.

"보이지 않는다 하여 실재하는 것을 부정할 순 없지. 결국엔 모든 일은 반드시 제 길로 돌아가게 돼 있어. 시간은 원형을 이루고 그 원형 안에서 만나야 할 인연은 이어지고, 마침내 이뤄져야 할 일들은 모두 이뤄지는 거지."

기시감이 느껴지는 말이었다.

영이 그 말을 어디서 들었나 생각하는데 그 순간, 여인이 영을 대뜸 안았다.

갑작스런 접촉에 움찔 놀라는 영을 여인의 꿈결 같은 목소리가 안심시켰다.

"장인의 보물을 완성시킬 재주는 이미 그대 안에 있어! 잊지 마. 그대만이 장인의 보물을 구할 수 있다는 걸."

다독이는 그 말이 영의 가슴을 더없이 뛰게 만들었다. 장황한 설명보다 이 친밀한 접촉과 독려하는 한마디가 꿈쩍도 않던 영의 마음을 움직이기 시작했다. 그래서 자신에겐 이미 국조모 팔찌를 완성할 재주가 있고, 그 재주로 순타를 구할 수 있을 것이란 확신이 비로소 드는 것 같기도 했다.

영의 마음을 짓누르던 부담감이 사라지고 확신이 차오르는 그 순간, 여인은 속삭였다.

그것은 한 여인의 슬프고 아련한 선택에 대한 회한이었다. 자장가처럼 고저가 없는 말소리가 이어지는 동시에 영은 다시 몽롱해지는 것을 느꼈다.

잠시 후, 여인의 등 뒤에서 다가온 하얀 빛이 점점 커지더니 순식간에 영을 덮쳤다.

***

눈앞에 어른대는 것이 달안개일까?

희뿌연 안개 사이로 푸르스름한 달빛이 비껴드는 것마냥 모든 것이 희미했다.

더구나 손톱 모양 같은 달이 일렁거리며 움직이는 것에 영은 몇 번이나 눈을 깜빡거리며 착시를 지워보려 했다. 그러나 몇 번을 눈을 씻고 보아도 역시나 달이 제멋대로 일렁거렸다. 그제야 영은 제가 보고 있는 것이 물에 비친 달이라는 것을 깨달았다.

영의 시선이 까만 허공으로 향했다.

창 너머로 새하얀 달이 속삭이며 달빛을 곱게 뿌렸다. 그 고아함에 영은 제가 왜 물 속에 있는지도 잊고 멍하니 달빛에 취해버렸다.

달빛의 은은한 기운이 노래가 되어 귀를 울리는 사이 차가운 손이 영의 이마에 닿았다.

"괜찮으냐?"

야젓한 목소리가 귓가에 들리자 영의 호흡이 가빠졌다.

"달빛이 속삭이는 밀어에 속지 마!"

차가운 손이 영의 눈을 덮듯이 가렸다.

"달빛의 밀어를 듣고 밤새 헤매다 죽음을 맞는 사람들이 더러 있다 들었다. 그래서 이런 날은 달빛을 피한다더군. 저렇게 그윽한 달빛은 사람의 마음을 흔들거든!"

그녀의 등에 바짝 닿은 탄탄한 가슴을 울려서 나온 목소리는 의외로 기운이 없었다.

자책하는 말은 없었지만, 그녀는 느낄 수 있었다.

"두 시진이 지나도록 의식이 없었다."

태자의 말에 영은 새삼 자신이 신선의 숨결을 겪었다는 것을 깨달았다. 이지를 잃은 서환 명장의 어둡고 퀭한 두 눈이 영의 기억 속에서 떠올랐다. 신선의 숨결에 중독된 모습이 두려움을 자아내 영은 몸서리를 쳤다.

"추운 게냐? 왕유 박사 말이 몸의 열을 떨어트려야 한다 했으니 조금만 더 버텨보자. 아직 몸의 열이 식으려면 힘들어도 견뎌야 한다."

그러고 보니 영이 들어와 있는 목간통에 둥둥 떠다니는 얼음 조각들이 눈에 들어왔다.

할아버지도 몸에 오른 열을 내리기 위해 종종 찬물을 뒤집어쓴 적이 있기에 영은 제가 이렇게 목간통에 들어 앉은 것을 이해했다.

헌데 왜 태자가 함께 있는 걸까?

"그대의 세상으로 가버릴까 봐 두려웠다."

자신이 알고 있는 항아가 떠날까 봐 두려웠노라고 고백하는 말이었다.

사흘 만에 나타난 증걸이 어라하의 변고를 알리며 환궁을 청했지만, 별채에 일이 벌어져 급히 청하는 왕유 박사의 전갈을 듣고 결국 그가 택한 것은 제 항아였다.

어찌 산을 내려왔는지도 모를 만큼 정신 없이 움직여 백제부에 당도했다.

별채 침상에 누워 있는 항아를 목격하자마자, 순타는 심장이 싸늘하게 식어간다는 말의 뜻을 비로소 이해할 수 있었다.

항아가 정신을 잃은 연유가 왕유 박사는 오석산의 부작용 때문이라고 설명했다. 그 순간, 순타는 증걸의 칼을 뺏어 들고 사아의 처소로 뛰쳐나가려 했다.

그를 막아 세운 건 왕유 박사였다. 사아를 찾아 담판을 짓는 것은 항아가 깨어난 뒤에도 가능하다는 것이었다. 얼음물을 채운 욕조에서 항아를 안고 항아의 정신이 돌아오기를 기다리면서 순타의 머리도 차가워졌다.

사아가 아니었다. 결국 자신이 항아를 위험하게 만든 것이다. 항아를 자신의 곁에 억지로 남게 하려는 욕심이 부른 참담한 결과였다. 순타는 허탈한 실소를 머금을 수밖에 없었다.

"부왕과 다를 바가 없어. 연모한다 하여 손을 부러트리고 결국 지켜주지도 못해 차가운 강물에 몸을 던지게 하는…… 추한 사내일 뿐이야."

자조 섞인 순타의 말이 귀에 닿았는지 영이 조심스럽게 몸을 일으켰다.

열기와 냉기가 차례로 훑고 간 몸을 간신히 일으켜 세우던 영은 어지럼증을 느끼며 휘청거렸다.

"아직 일어날 때가 아니다."

부축하는 저를 보는 항아의 얼굴에서 월궁항아의 얼굴이 얼핏 스쳐지나가는 것을 보았다.

"순타, 내 보물!"

둔중한 눈빛의 순타가 영을 바라보았다.

"무, 무슨 소리를 하는 거냐?"

정색하는 순타의 얼굴을 영은 겁 없이 마주보았다.

"그때는 그 방법밖에 생각이 안 나셨대! 정인과 그 정인을 꼭 닮은 아드님을 살리기 위해서 말이야."

"항아!"

"내가 항아님인 거…… 내 세상이 이곳이 아닌 거 믿는다며! 장인의 혼이 부유한다는 걸 의심하지 마!"

유채색 눈이 불안하게 흔들리며 영을 바라보았다.

고아한 적막이 흘렀다.

그 순간, 영은 달빛의 속삭임을 기억해냈다.

내 보물이 부른 장인의 혼이구나! 내 대신 그 아이를 안아 주렴!

하늘장인의 화덕 앞에서 영과 만났던 여인, 한성장인이 보내오는 목소리였다.

"소녀 같으셨어. 해맑게 웃는 게…… 태자와 닮았어. 곱게 눈이 휘어지면서 웃는 모습이 정말 닮았더라."

열풍이라도 불어온 것 같았다.

뜨거워지는 눈시울을 순타가 가까스로 참아낼 때였다. 차가운 손이 눈가에 닿았다.

그것이 영의 손이라는 걸 알면서도 어쩐지 낯설지 않았다.

그리고 손보다 뜨거운 것이 순타의 눈가에 닿았다가 곧 사라졌다.

아쉬워도 잡을 수 없었다.

"……잘 지내시더냐."

침착하게 담담하게 말하고 있었지만 그 어조에 묻어난 아련함이 깊고 무거워 영도 갑자기 눈물이 핑 돌았다.

간신히 울음을 참아내는 영에 비해 순타는 격정을 스스로 갈무리하고 있었다. 어느새 언제나처럼 보기 좋은 눈웃음을 달고 있었다.

달빛을 타고 흐르는 것 같이 유려하게 다가온 순타의 손이 영의 두 손을 잡았다.

"때론 장인의 보물이 장인의 혼을 끌어당긴다더군."

순타가 영의 손을 잡고 소중하단 듯이 입을 맞추었다.

입술이 닿은 손목에 어느새 옥팔찌가 채워져 있었다. 왕유에게 배운 사술 덕이었다.

달빛 아래 벌인 사술은 요사스럽기보다 신비롭게 보였다.

제 항아의 눈이 크게 떠지는 것도 불안이나 두려움 때문이 아니라는 것을 알았다. 그것은 순수한 호기심이었고, 제 항아가 자신의 보호를 깊이 신뢰하고 있다는 바탕에서 우러나오는 마음의 표현이라는 걸 알았다.

그래서 이 말을 해야 하는 것이 무엇보다 고통스러울 수밖에 없었다. 그래도 어쩔 수 없다고 다짐하며 순타는 야젓한 목소리로 속삭였다.

"그대의 세상으로 돌아가!"

장인의 보물이나 월궁이란 말없이 순타는 영에게 이별을 고했다.

이리될 수밖에 없다는 걸 알면서도 마음에 차오르는 슬픔은 어쩔 수가 없었다.

영은 입술 밖으로 새어 나오려는 울음을 간신히 삼켰다. 그 모습을 본 순타는 가슴에 화인이라도 찍은 듯 타는 아픔에 제 항아를 향해 간청했다.

"대신, 이 밤까지만 항아로 있어 줘!"

살포시 다가온 입술은 부드러웠지만 얼음을 머금은 것처럼 차가웠다.

그 뒤를 이어 또다시 닿은 입술은 뜨겁고 아픔마저 고스란히 느껴질 정도로 거칠었다.

어떻게 같은 사람이 이렇게 상반된 느낌을 동시에 주는지 영은 알 수 없었다.

창을 타고 넘실대며 다가온 달빛이 그들을 비추었다.

달뜬 숨결을 내뱉은 영의 눈에 순타의 얼굴이 달빛을 받아 새하얗게 빛났다.

10장

운명의
갈림길에 서다

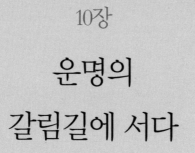

백씨 일족이 개화를 포위한 지 이레째.

백제부 앞은 연일 사람들로 북새통을 이루었다.

"태수님은 아직 쾌차하지 않으신 건가! 그럼 태자께서는 어찌 대답이 없으신가! 다시 한 번 아뢰주시게."

상단을 이끌고 있다는 사내가 대표로 나서 부관의 팔을 붙잡았다.

"전하께서는 정무를 처리하시고 계시오."

부관에게서 새로운 정보가 나오지 않자 백제부 앞에 길게 줄을 선 상단 행수들의 표정이 어두워졌다.

"언제까지 기다리라는 건가? 강 건너에 군대가 주둔해 있는데! 이번 기일을 맞추지 못하면 우리 상단은 망한단 말일세. 딸린 입이 몇이나 되는 줄 아는가?"

하루가 멀다 하고 상단 행수와 상인들이 백제부 앞에서 포구 개방을 요구했지만, 그저 기다리라는 똑같은 대답만 되돌아왔다.

백씨 일족이 강 건너편에 사병을 주둔시키고 날마다 사열에 나서자, 개화에는 피난을 나서는 사람들이 생기기 시작할 만큼 전운이 감돌았다.

연합국들은 백제 내부의 문제에 일절 관여하지 않겠다는 의사를 재차 통보해 왔고, 백씨 일족과 태자와의 마찰은 피할 수 없는 것처럼 보였다.

그 시각, 상인들이 그토록 부르짖으며 찾아대는 백제 태자와 백제부 태수 사아는 관청에서 실로 오랜만에 서로를 마주하고 있었다.

"전하께 천운이 따르고 있나 봅니다."

사아의 의뭉스런 말에 순타는 기가 차서 대꾸할 생각도 나지 않았다.

천운? 네 방금 천운이라고 했느냐?

백씨 일족에 포위되어 개화에 갇힌 것도 모자라 연모한다는 제 계집조차 지키지 못하고 떠나 보낸 허울만 좋은 사내에게 천운이 따른다고?

대체 그따위 천운이 어디 있냐고 멱살이라도 잡고 따지고 싶은 게 순타의 진심이었다.

허나 그는 사아를 애써 외면하는 게 고작이었다.

항아를 떠나 보낸 그날 이후로 순타는 항아를 생각할 때마다 아릿한 통증을 호소하는 가슴 때문에 신음을 참는 게 일이 되었다. 지금도 애써 신음을 삼키는 모습을 보이지 않으려다 보니 자연히 외면하게 된 것이다.

서로에 대한 감정이 어떻든 백제의 태자와 백제부의 태수로서 공무 수행이 급하다 보니 지금 이렇게 한자리에 마주 앉을 수밖에 없었다.

순타는 개화 백제부 병사만으로 백씨 일족의 사병과 대적한다는 건 무모한 일이기에 백씨 일족이 원하는 요구 상황을 들어줄 생각이었다. 어륙이 원하는 게 무엇인지는 사신을 자청하고 나선 왕유 박사가 돌아오면 알 수 있을 터였다.

"전하께서는 저들이 원하는 요구 조건을 다 들어주실 생각이시지요?"

순타의 생각을 엿보기라도 한 듯 사아가 거침없이 쏟아내기 시작했다.

"왜요? 개화 땅이 전쟁이라도 나면 연합이 깨질까 그것이 두려우신 겁니까? 아들의 목숨보다 제 어좌를 지키기에 급급한 어라하가 억지로 꿰어 맞춰놓은 연합이 전하께 무슨 이득이 있습니까? 헌데 백씨 일족이 원하는 것을 들어주신다구요? 어륙이 원하는 건 전하의 죽음입니다. 아니지요, 대성팔족과 어라하가 원하는 것이지요. 헌데 그들을 위해 죽으시겠다구요?"

신이라도 내린 것처럼 정확하게 순타의 생각들을 줄줄이 쏟아내던 사아가 설레설레 고개를 저었다.

"그리하실 필요 없습니다, 전하!"

사아가 퍼붓는 힐난을 고스란히 맞아줄 생각이었던 순타는 사아가 제 품에서 꺼내는 무언가를 보고는 벌떡 자리에서 일어났다.

두 마리의 용이 서로의 꼬리를 향해 입을 벌리고 있는 조각이 양각으로 새겨진 옥팔찌였다.

"하늘장인의 재주로 만든 국조모 팔찌가 전하께 왔으니, 백씨 일족과 맞닥뜨린 지금 이때야말로 국조모 팔찌로 보위를 주장할 수 있는 절호의 기회이지 않습니까! 이것이 천운이 아니고 무엇이겠습니까?"

기어코 완성한 것인가?

순타는 둔중한 무엇에 뒤통수를 맞은 듯 현기증을 느꼈다. 사아를 향해 물었다.

"……항아는?"

눈앞에 다가온 보위에 기뻐하는 것이 아니라, 여전히 장인에 불과한 계집의 안부에 급급하는 순타의 말에 사아의 얼굴에서 가면 같은 미소가 사라졌다.

"장인의 보물을 완성하고 월궁으로 돌아갔다면, 믿으시겠습니까?"

비아냥이라는 걸 알면서도 순타의 가슴은 덜컥 내려앉았다.

사아가 조롱기를 머금고 말을 이었다.

"감식안이라는 전하의 안목도 속으셨습니다. 저가 완성한 장인의 보물을 들고 멀쩡히 걸어오더이다. 아직 백제부에 있을 겁니다. 불러들일까요?"

격해진 사아의 목소리에 순타는 그저 고개를 저었다.

"……되었다."

순타의 무정하리만큼 단호한 대답이 마음에 들었는지 사아는 비로소 제 손으로 만지작거리고만 있던 국조모 팔찌를 순타 앞에 내놓았다.

그야말로 전화위복이자 일거양득이었다! 근본도 없던 개화 계집이 계획에 끼어들어 하마터면 모든 것을 잃을 뻔했지만, 결국 그가 계산한 시간보다 앞당겨 더 빨리 태자는 보위를 얻고, 눈엣가시인 백씨 일족과 어륙을 처리할 수도 있게 된 것이다.

태자는 드디어 현실을 보고 있었다. 시험을 통과한 것이다.

"이제야 전하다우십니다. 그동안 그 간악한 것이 전하의 유일한 약점인 한성장인을 들먹이며 전하의 총명을 흐린 겁니다."

그러면서 부유하는 장인의 혼 따윈 없다고 야발스럽게 떠들어대는 사아였다.

모욕을 당하는 그 순간에도 순타는 그저 제 앞에 놓인 국조모 팔찌를 흐릿한 눈빛으로 바라볼 뿐이었다.

그 시각, 영은 백제부 옥사에서 고달과 마주보고 앉아 있었다.

"개화독립군 수장?"

평소 모습과의 간극 때문에 믿으려 해도 믿어지지가 않아서 기가 차다 못해 황당한 눈길로 노려보았다.

딸년의 따가운 시선을 애써 피하며 고달은 연신 손부채질로 얼굴에 오르는 열을 식혔다. 어째 수전노 고달일 때보다 더 부끄러운 모습을 보이는 것 같았다.

개화 포구가 폐쇄되기 전, 고달은 부염의 손에 잡혀 백제부 옥사에 갇혔다.

태수 시해범으로 제 운명이 다하게 된 것에 의연하게 굴려고 해도 두려움에 떠느라 한숨도 잠을 이루지 못한 지 벌써 열흘째였다. 그래서 헛게 보이는가 싶었다. 제 딸년이 버젓이 백제 옥사로 들어오는 것이 아닌가! 눈을 비비고 또 비벼보았다.

제 목숨의 대가로 딸년과 개화의 안전을 보장하겠다던 사아군이 대체 무슨 꿍꿍이를 부리려는 것인지 짐작도 가지 않았다.

"언제부터 그렇게 정의로우셨을까?"

제 애비를 바라보는 딸년의 눈빛에는 아직도 의심이 선했다. 고달이 정말 독립군인지 믿지 못하는 것 같았다.

"그게 어쩌다 보니……."

"어쩌다 보니? 그럼 태수 시해범으로 누명 쓴 건 뭔데? 가야 장인 한정판 공구 사다준 건 뭐냐구? 설마, 사아군이 시키는 대로 죽을 생각이었어? 어쩌다 보니 된 개화독립군 수장 때문에?"

맹랑한 잔소리가 이어지겠구나 싶어 아예 질끈 눈을 감았던 고달은 그 뒤로 아무 소리도 들리지 않자, 실눈을 떠서 제 딸년을 힐끔거렸다. 매서운 두 눈으로 잡아먹을 것처럼 눈을 부릅뜨고 있어야 할 영이 바르르 떨리는 제 입술을 악물며 울음을 참는 것을 보자, 고달은 심장이 철렁 내려앉는 것만 같았다.

"달아, 너 우냐?"

"우씨, 울긴 누가 울어? 그리고 누가 달이야! 달이년 아니라니까!"

표독스럽기로 살쾡이보다 더한 것이 제 딸년 달이가 맞건만, 고달은 이 상황에 그것을 따져 무엇하냐고 애써 마음을 다잡았다. 하지만 내심 제 아비 마지막 가는 길에도 여전히 제정신을 못 차리는 딸년이 매정스러운 건 어쩔 수가 없었다.

"그려, 내 딸 달이년 아니여! 됐냐?"

'어이구, 내 팔자야! 개화 땅에서 꼽추로 태어나 고달픈 인생을 사는 것도 모자라서, 늘그막에 얻은 딸년한테 젯밥 좀 얻어먹나 했더니만. 딸년이라고 하나 있는 게 지 애비 제사는커녕 제삿날 잔치도 벌일 년이여. 저년이! 내가 저한테 공양미 삼백 석을 달래, 넓적다리 살을 잘라 구워 달래? 무정한 년 같으니라구!'

고달이 속으로 풀어놓는 푸념 섞인 신세 타령을 아는지 모르는지 영이 옥사에서 벌떡 일어섰다.

"가, 가게?"

이렇게 가면 또 언제 보나. 제 딸년한테 다정한 말 한마디 못 건넨 고달에게 퉁명스럽게 영의 대꾸가 이어졌다.

"뭐 좋은 데라고 비비고 앉아 있어요? 일어나요, 집에 가게!"

시방, 뭐라고?

고달이 두 눈만 끔뻑거리며 멍하니 앉아 있자, 문밖에서 영이 눈물을 훔치며 채근했다.

"딸년 키운 보람은 있어야 할 거 아니에요!"

***

　이대로 나가도 되는가 싶어 연신 돌아보며 주춤거리는 고달을 잡아 끌고 백제부를 나서던 영의 발걸음이 우뚝 멈춰 섰다.

　부러 별채 쪽으로는 시선도 두지 않았는데 저를 향한 시선을 느낀 것이다.

　"왜 갑자기 멈춰서고 그려?"

　심상찮은 딸아이의 표정을 살피며 고달이 불안한 눈으로 사방을 둘러보았다.

　자고로 백제인과 얽혀봐야 좋을 것 없다는 개화 속담이 있지 않은가!

　이번에는 고달이 재촉하듯 영의 소매를 끌었다. 하지만 한 번 멈춰선 영의 두 다리는 망부석이라도 된 듯 움직일 기미조차 보이지 않았다.

　"내가 뭘 좀 잊은 듯한데……."

　행여 제 딸년이 백제부로 다시 들어가려는 것일까?

　백제부에 놔두고 온 것이 태자든 부염이든, 그 무엇이 됐든 백제부 문턱을 다시 넘을까 봐 고달은 두 팔을 뻗어가며 백제부 문 앞을 가로 막았다.

　헌데 금방이라도 백제부로 들어설 것처럼 굴던 영이 허리춤에 매단 무언가를 풀어내는가 싶더니, 불쑥 고달에게 내미는 것이 아닌가?

"뭐, 뭐다냐…… 이것이?"

"두부!"

두부라는 말에 고달의 얼굴이 험상궂게 변했다.

"옘병! 죽다 살아난 네 아비 정말 죽이려고 작정한 것이여, 시방?"

이 시대는 두부를 제조하는 방법이 도입된 지 얼마 되지 않아 영의 세계에서처럼 감옥에 다녀온 사람들에게 두부를 먹이는 관습따윈 존재하지 않았다.

게다가 백제에서 생산되기 시작한 두부는 부드럽기는커녕 벽돌처럼 단단해서 간혹 두부에 잘못 맞아 사람이 죽기까지 했다는 기록이 있었다. 그러니까 두부를 무기라고 과장되게 여기기도 한 것이다.

"진짜 두부 먹고 새사람 되라는 풍습이 있다니까 그러네!"

"내 고달픈 반평생 동안 그런 풍습은 귀 털 나고 처음 듣는다, 이 년아!"

고달이 왜 그렇게 펄쩍 뛰면서 화를 내는 건지 몰랐던 영은 오히려 제 호의가 무시당하는 것 같자 발끈 울화가 치밀었다.

"월궁의 풍습인 게지."

투닥거리며 백제부에서 차츰 멀어져가는 두 부녀의 뒷모습을 멀찌감치 서서 지켜보던 순타의 얼굴에 절로 미소가 감돌았다.

제 항아는 여전히 씩씩하고 엉뚱하기 그지없었다.

칠석이 사흘 남았던가?

항아가 월궁으로 돌아갈 시간이 따로 있다는 것까지 사아는 아직 알지 못할 것이다. 그로 인해 제 항아는 그저 허영 많고 세상 물정 모르는 한심한 장인이 되었다. 그러나 그것으로 제 항아가 안전하다면 순타 저 역시 계집에게 속아 혈육과 부하에게 신의를 잃은 세상 가장 어리석은 사내라는 오명을 감내할 수 있었다.

"태자전하 아니십니까!"

제 항아의 마지막 모습을 보는 것일지도 모르는데 그것조차 방해하는 사람은 바로 왕유였다.

"장인을 보고 계셨습니까?"

눈치 빠른 노인네.

백씨 일족이 포진한 강 건너로 왕유를 호위하느라 함께 다녀온 중걸은 태자를 보는 눈빛이 싸늘했다. 태자와는 눈도 마주치지 않고 있었다.

속으로 제 주인의 욕을 늘어놓고 있을 것이 분명했다. 계집 하나 때문에 보위와 아비의 생사를 등한시한, 천하에 다시는 없을 미련한 사내이자, 불효자를 말이다.

허나 그 불충한 시선이 그리 오래가지 않을 것임을 순타는 짐작할 수 있었다.

저를 보고 그런 생각을 한다는 걸 아는 것인지, 증걸이 시건방진 표정을 짓더니 인사도 없이 휙 돌아서 별채로 향했다.

"연호위가 아직 어려 남녀의 정을 알지 못해 저럽니다. 우주 만물보다 더 기묘한 것이 남녀의 연정 아니겠습니까?"

못마땅하게 쏘아보는 순타의 시선에도 왕유는 너털웃음을 지으며 기어코 그의 곁에 섰다.

"우주 만물은 삼간(三間)으로 이루어져 있지요. 삼간은 시간과 공간 인간을 말하는 겁니다."

혹시나 못 알아들을까 왕유는 순타에게 일장 연설을 늘여놓을 준비를 했다.

"세상은 말입니다, 전하! 특수한 공간에서 특수한 시간을 사는 특수한 인간들의 세상이지요. 그러나 장인이 속한 삼간은 이곳의 삼간이 아닙니다."

"박사 같은 이도 장인의 전설을 믿는 건가? 만천하에 웃음거리 될 이가 우리 부자 말고 또 있었군."

다분히 빈정거리는 투가 역력한데도 왕유는 전혀 기분이 상하지 않는 듯 외려 순타를 향해 다정한 눈길을 하고 말을 이었다.

"감식안이란 거짓과 진실을 가리기 전에 가치를 알아보는 눈입니다. 남들이 인정하든 하지 않든 전하께서 알아보셨다면, 그것이 진실 아니겠습니까?"

내가 알아보았다면, 그것이 진실이다?

대체 왕유 저자가 무슨 말을 하려는 것인지 순타는 감을 잡을 수가 없었다.

"장인들이 하늘장인을 만나러 갈 때, 혼이 움직인단 말은 자아와 외계의 구별을 잊어버린 몰입의 경지지요. 그때 느끼는 황홀감이나 경이감으로 만들어진 장인의 보물은 속세의 인간들에게 시간과 공간을 초월해 장인의 혼과 만나게 해주는 매개체라 할까요?"

왕유의 시선이 순타가 손목에 찬 국조모 팔찌에 닿았다.

그 시선은 꼭 순타가 그 국조모 팔찌 덕에 항아를 만날 수 있었다고 설명해주는 것 같았다.

"어찌 보면 장인이란, 인간들에게 현실 너머의 세상을 그리게 해주는 기표 같은 존재라고 볼 수 있지요. 꿈같은 환상이나 과거와 미래 같은 다른 시간 속의 삶을 말입니다."

과거와 미래?

순타는 어느새 왕유의 말을 집중하고 있는 자신을 발견했다.

"허나 장인이 몰입의 경지에 오래 노출이 될수록 장인의 혼은 망가지고 장인의 삶 또한 어그러집니다. 꿈같은 현실에, 현실 같은 꿈에 혼란스러워하면서 말이지요."

왕유의 말에 순타가 일순 멈칫거렸다.

망가져? 제 항아님도 망가지고 있었던 걸까? 장인의 혼이 망가지고, 월궁의 삶 또한 어그러지려던 것인가?

"허나 전하…… 호접몽의 고사를 떠올려보십시오. 꿈에서 나비가 된 장주가 행복했다면, 꿈에서 깬 장주는 어떠했습니까?"

나비였던 꿈을 그리워했던 장주처럼, 제 항아도 꿈을 그리워할지도 모른다는 말에 순타의 유채색 눈이 일렁거렸다.

하구의 모래톱은 개화를 흐르는 강이 바다로 흘러들어가면서 쌓아놓은 퇴적물로, 고마성 주위를 흐르는 고마강의 그것과 다를 게 없었다.

단지 차이가 있다면 개화의 모래톱은 오랫동안 강물이 닿지 않아 모래땅으로 굳어져 있다는 것뿐이었다.

그 모래땅 위에 이레 동안 천막을 친 백씨 일족 사병들은 적을 코앞에 두고도 이렇다 할 공격도, 행군도 없는 지루한 농성이 계속되자 기강이 해이해질 대로 해이해졌다. 전쟁의 명분도 갖추지 못하면서 개중에는 진을 벗어나 도망가는 탈영병도 생겼다.

도망치다 잡히면 즉결 처분될 게 불 보듯 뻔하지만 그럼에도 불구하고 탈영병의 숫자는 꾸준히 늘어만 갔다.

"어륙, 뭔가 대책이 필요합니다."

탈영병 여럿의 목을 베고 온 백씨 일족의 수장이 제 딸의 천막으로 들어서며 말했다.

하지만 천막 안에서만 머물고 있는 어륙은 아비의 우려에도 반응 없이 고요하기만 했다.

"어륙!"

"놔두세요. 가라앉는 배에서 도망치려 하는 것은 본능이니까요."

한풀 꺾인 목소리에는 체념이 가득했다.

"만약 어라하께서 깨어나신다면……."

"어라하가 깨어나시면 백씨 일족을 가만히 놔두시겠습니까? 향로에 오석산을 넣어둔 것이 어라하의 장수를 위해서라고 생각할까요? 어라하가 쓰러지셨습니다. 반백이 되시도록 고뿔도 들지 않는 강건

한 체질의 어라하가요."

혹시라도 모를 가능성으로 어륙을 위로하려던 백씨 일족 수장 내 법좌평은, 줄곧 태연한 척하지만 저도 모르게 손끝을 떨고 있는 제 딸을 측은하게 바라보았다.

몰래 침전 시녀를 통해 오석산을 넣었다 하니, 평소에 호방한 어 륙이 한 일 같지는 않았다. 대성팔족 누군가가 함정을 판 것이 분명 했다.

장성한 태자가 보위에 오르면, 지금의 어라하처럼 대성팔족들의 권한을 최소화시킬 게 분명했다. 하여 대성팔족은 백씨 일족의 손으 로 태자를 없애고, 그런 저희를 반역으로 몰아 토사구팽의 절차를 밟은 뒤 뒷배 없는 어린 명농군으로 다음 보위를 잇게 할 계획인 것 이다.

"저들은 분명 어라하에게 새로운 왕비를 추천하겠죠. 우리가 그 랬듯이 말입니다. 헌데 명농에겐 아무도 없으니, 우리가 다 가면 명 농이 그 험한 세월을 어찌 혼자 감당할까요?"

자신들이 태자를 중상모략하고 핍박했던 전력들이 있기에 그것 을 고스란히 제 아들이 당할 것을 생각하니, 어륙의 가슴에서 피눈 물이 흐르는 것만 같았다.

"이제야 태자의 생모가 어떤 마음으로 그 차가운 강으로 뛰어들었 는지 알 것 같습니다."

가슴 깊숙한 곳에서 모정을 끄집어내어 말하는 어륙의 목소리는 한없이 차분했다.

대성팔족은 어륙의 모정을 믿고 백씨 일족을 겁박했다. 어미가 자식에게 한없이 쏟아붓는 모정은 양날의 검이 분명했다. 제 아들을 지키기 위해서는 저를 포함한 그 누구라도 희생시킬 수 있는 것이 바로 위험한 모정이었다.

"그러니 이 싸움에서 나는 태자를 붙잡고 갈 수밖에 없어요. 나도 내 아들을 잃으니, 어라하도 아들 하나를 잃어야 공평한 것 아닙니까?"

비통함이 가득하면서도 고저없이 흘러내리는 어륙의 말에 등골이 오싹해지는 내법좌평이었다.

포구가 폐쇄된 지 열흘.

강 건너편에서 진을 친 백씨 일족의 군대가 점차 열병을 강화하고 공격적인 진영을 갖추어나가자 개화인들의 불안은 점점 커지고 있었다. 이러다 정말 큰일을 치르는 건 아닐까, 속없는 어린것들도 어른들의 불안에 전염이라도 된 듯 집 밖을 나서는 일이 없었다.

그런 개화인들의 불안한 마음을 여실히 보여주는 것이 치성제였다.

개화 곳곳에서 드리는 치성제는 그야말로 산불처럼 번지며 수시로 이뤄지고 있었다. 해안 절벽을 따라 돌출된 기이한 암석 위에서는 물론이요, 포구가 한눈에 내려다보이는 언덕바지의 기괴한 형상의 고목과 바위에서 솟아난 샘 또한 마찬가지였다.

"촌주!"

어쩌다 맡게 된 개화독립군 수장이라는 소임 때문에 고달은 옥사에서 나오자마자 딸년부터 집으로 먼저 보내놓고 자신은 서둘러 저자로 향했다.

약방에 모여 하릴없이 시간만 보낼 사내들을 예상했지만 그를 맞이한 건 텅 빈 저자거리였다.

대신 언덕바지로 향하는 치성 행렬이 끝도 없이 늘어선 게 보이자, 그리로 쫓아 올라가는 길이었다.

행렬 뒤쪽에 처져 있던 약재상 매부리코 사내가 고달을 발견하고 다가왔다.

"대체 그동안 어디 가 계셨소?"

개화에 급박한 상황이 벌어졌는데 행방이 묘연해진 고달을 두고 개화독립군 내에서도 말들이 많았다.

고달이 키우던 벌통이 다 망가져 있더라는 소식에 누군가는 고달이 정체를 들켜 벌써 목이 달아났다고도 했고, 또 누군가는 그가 개화를 버리고 식솔들과 도망을 간 것이라고도 했다.

누구의 말이 맞는지 몰랐지만, 한 가지만은 확실했다. 개화가 고달이 있든 없든 돌이킬 수 없을 만큼 큰 위기에 빠졌다는 것이다. 치성 행렬을 따르던 개화 사내들이 하나둘 인간 띠를 따라 뒤로 몰려들었다.

"우포가 아무 말도 없었냐?"

우포에게 저한테 무슨 일이 생기거든 즉시 개화독립군을 해체하라고 일러뒀던 터였다. 고달은 제 행방에 대해 추궁하는 사내들을 보고 당혹감을 감추지 못했다.

"말두 마슈! 포구 폐쇄되고 촌주도 없는 그 상황에 우포 형님은 촌주 대행을 자청하고 나서더니만, 어린놈들을 선동해서는 자기가 무슨 개화를 독립시킬 것마냥 설치더라 이거요. 호랑이 없는 데서 여우가 왕 노릇을 하는 짝이었다니까요. 그러다 백씨 일족의 군대가 포위하니까 촌주 대행은 무슨! 우포 형님은 아예 회합에 나오지도 않습디다."

어느새 다가온 향료상 곰보 사내가 그들 사이에 끼어들며 말했다.

그러자 사내들 사이에서 우포에 대한 불만이 여기저기서 쏟아져 나왔다.

원체 공명심 많은 이라는 건 알았지만, 그가 어떻게 개화를 독립시킬 수 있다는 건가?

고달은 석연찮은 의문이 들었다.

"……그래서 한다는 게 때 아닌 치성제여?"

"하루가 멀다 하고 일이 터지니, 불안해서 장사가 되겠수? 계집들이랑 노인들이 저리 치성이라도 올리자 하니, 우리는 그저 따를 수밖에."

곰보 사내가 착잡한 목소리로 상황을 알려주자 고달 역시 참담함을 감출 수 없었다. 그들이 할 수 있는 건 여전히 아무것도 없었다. 자신들의 땅에 와서 백제인들이 싸운다 한들 자신들은 막아낼 명분도 힘도 아무것도 가지고 있지 않았던 것이다. 그때였다.

"아이고! 이게 어찌된 일이야?"

치성 행렬의 앞쪽에서 여인들의 비명 소리와 노인들의 탄식하는 소리들이 들려왔다.

고달과 사내들은 즉시 샘으로 뛰어올라갔다.

개화의 오랜 성역이었던 샘의 바위들이 모두 파헤쳐져 있었다.

흙탕물로 변한 물과 샘을 둘러싼 바위들이 여기저기 깨져 흉물스럽기 그지없었다. 이미 샘으로 부를 수도 없을 만큼 황폐화된 상태였다.

샘 앞에 납작 엎드려 눈치를 살피고 있는 녀석들은 분명 개화 공방의 직공들이었다. 이들은 샘을 파헤치고 바위를 깨트려 광물을 채석하고 있었던 것이다.

사람들이 치성 행렬을 드리려고 이리로 몰려 올라올 줄은 모르고 있다가 도망도 못 간 채 안절부절못하고 있었다.

"이놈들! 대체 네놈들이 뭔 짓을 하고 있었던 것이여?"

지팡이도 모자라 부인네들의 손에 의지해 걷던 한 노파의 노성에는 비통함이 가득 차 있었다. 샘은 그냥 샘이 아니라 개화의 근원 가운데 하나인 성스러운 장소였다.

"저, 저희는 그저 우포 장인께서 시키는 대로……."

견습공의 입에서 우포 장인의 이름이 나오자, 분노에 찬 개화인들의 노성이 여기저기서 터져 나왔다.

개화의 기이한 암석들은 아주 오랜 시간 동안 진흙과 모래가 굳어 만들어진 것으로, 오랜 세월 쌓이고 또 쌓이면서 광물이 되어 한약재로 요긴하게 쓰이기도 했다.

하지만 신성한 샘을 파헤친 극악무도한 이들의 행동은 가뜩이나 불안에 휩싸였던 개화인들의 증오를 단숨에 개화 공방으로 옮겨놓았다.

"이러다 사단이 나겠소."

약재상 사내의 말이 맞았다. 어디로 튈지 모를 원성이 여기저기서 터져 나오고 있었다.

"대체 무슨 짓을 하는 건지 공방으로 가봅시다, 촌주!"

사내들 중 누군가가 고달에게 은밀히 말했다.

치성 행렬에서 빠져나와 공방으로 무리 지어 내려가는 사내들의 발걸음이 빨라졌다. 고달도 부지런히 사내들의 뒤를 쫓았다.

대체 공방에서 무엇을 만들기에 샘의 바위까지 깨서 만드는 것인지 이해할 수가 없었다.

여하튼 사태는 위급해졌다. 샘을 붕괴한 만행은 개화인들의 공포심을 자극했고, 분노에 찬 치성 행렬이 개화 공방으로 향할 것은 불 보듯 뻔한 일이었다.

"봐라, 이놈들아. 샘을 함부로 대하면 개화에 변고가 생긴다 하지 않았냐, 이놈들아!"

등 뒤에서 고래고래 소리를 지르는 노파의 목소리와 여인들의 울음소리가 떼창마냥 울려 퍼졌다.

***

언덕바지에 위치한 고달의 집은 폐가마냥 흉물스럽게 변해 있었다.

사립문은 통째로 무너지고, 마당은 흉물스럽게 풀들이 솟아서 한동안 사람 손이 닿지 않았음을 여실히 보여주었다.

"고작 열흘 집을 비웠건만…… 이게 뭐야!"

집에 거의 다 와서는 먼저 들를 데가 있다며 발길을 돌렸던 고달의 눈에 어쩐지 웃음기가 가득했었다. 분명 집 안 꼴이 어떤지 미루어 짐작을 했던 것이다.

"동물의 왕국도 아니고, 이게 다 뭐야?"

집 구석구석에 거미줄로 소유권을 주장해놓은 걸로도 모자라 방 안에 개지 않은 이불을 굴 삼아 새끼를 낳은 셋방살이 토끼 가족은 물론 부엌 아궁이에 똬리를 튼 구렁이까지.

결국 청소는 나 몰라라 하고 영은 평상에 드러눕고 말았다.

백제부 별채를 나오자마자 영은 그대로 작업장에 틀어박혀 이레 만에 국조모 팔찌를 완성시켰다. 그렇게 완성된 국조모 팔찌를 건네주고 그 조건으로 고달이 석방된 것이다.

혹사시킨 몸은 극도의 피곤을 느꼈지만 어쩐 일인지 정신은 말짱해서 잠은 오지 않았다.

국조모 팔찌에 새긴 용을 보고 사아는 천자를 상징하는 용이니 국조모 팔찌에 어울리는 조각이라고 칭찬했지만, 영이 용을 새긴 이

유는 그 때문이 아니었다. 영이 처음 개화에 도착한 정월보름, 개화
인들이 등불로 화룡의 형상을 만들어 용왕에게 한 해의 무사태평을
비는 걸 봤기 때문이었다.

그렇게 무사태평을 빌었다. 국조모 팔찌가 순타에게 부적이 되어
주길 바라는 일념으로 모든 호흡의 순간마다 빌고 또 빌며 완성한
것이었다.

어쩌면 완성된 국조모 팔찌를 건네야 하는 시간이 다가올수록 잠
시라도 순타를 만날 수 있을지도 모른다는 기대를 하기도 했다.

아니, 솔직히 말하면 기대로 그친 게 아니었다. 꼭 만나고 싶었던
것 같다. 그래서 제 마음을 모조리 담아 조각한 국조모 팔찌를 서영
의 정표로 주고 싶었다.

하지만 끝내 태자의 얼굴은 보지 못했다. 태자가 말했던 그날 밤
이 정녕 마지막이었던 모양이었다. 그의 항아로서의 마지막 밤.

이 밤까지만 항아로 있어 줘!

그 간절하고도 애틋한 청이 마지막이었다는 게 실감이 났다.

이제 순타를 더 이상 볼 수 없다는 사실이 그녀의 마음속을 찌르
듯이 파고들었다. 그러나 여전히 인정할 수 없었기에 저도 모르게
같은 말을 연신 중얼거렸는지도 모른다.

더 이상 볼 수 없다.

더 이상 만날 수 없다.

그렇게 볼 수 없는 시간이 앞으로 영원일 것이다.

영원. 그 시간에 담긴 아득함이 다시 한 번 가슴을 찌르자 영은 갑작스레 땅이 푹 꺼지는 착각을 느꼈다. 세상이 땅 속 저 아래로 가라앉는 것처럼 온몸이 철렁 내려앉았다.

진실은 그것이 끔찍할수록 정면으로 대면하는 데 큰 고통이 따른다. 그저 헛헛한 마음인 줄로만 알았는데, 끝도 없는 심연으로 빠지는 것 같은 두려움으로 변하는 건 그렇게 순간이었다.

"으읍, 으으읍!"

입술을 비집고 저도 모르게 울음이 새어 나왔다.

"으으…… 흐흑!"

꾹꾹 눌러 담았던 그리움이 눈물 막을 터트리고 기어이 터져 나왔다.

서로 이별을 준비했더라면 그나마 나았을까? 오히려 더 고통스러웠을까? 그리고 다시 떠올랐다. 순타의 얼굴이. 아니, 늘 곁에 있던 얼굴이었지만 이제 보내기 위해 떠올린 것이다.

그토록 간절한 누군가의 청을 또 받을 수 있을까?

오롯이 자신만을 담았던 사내의 눈을 잊을 수 있을까?

으으읍, 울음소리가 새어나올까 어금니를 꽉 깨물었지만 그럴수록 날카로운 무언가가 온몸을 난도질하는 것 같은 통증이 뒤따랐다. 뒤이어 지독한 한기가 몸을 파고들었다.

발작을 할 것처럼 바들바들 몸이 떨려왔다. 영은 몸을 둥글게 웅크리며, 어서 빨리 이 고통이 끝나기만을 기다렸다. 그 순간 그녀의 등 위로 그림자 하나가 드리워졌다.

"어찌 우는 것이야!"

기억 속 목소리보다 더 생생한 순타의 목소리가 그녀의 귓가를 파고들었다.

그리운 마음에 그녀의 기억이 만들어낸 환청일까 봐 영은 감히 돌아보지도 못했다.

"그리 입버릇처럼 말하던 장인의 보물을 완성했으면, 이런 모습은 보이질 말아야지."

환청이 아니었다. 그녀의 등을 다독이는 손길은 무정한 말과는 다르게 다정하기 그지없었다.

영은 그제야 고개를 돌렸다. 그토록 그립던 순타가 그녀 옆에 앉아 있었다.

"사흘이면 떠나겠지?"

대답대신 후두둑 떨어지는 제 항아의 눈물을 먼저 보았다.

순타는 당황스러우면서도, 그래도 좋았다. 하루도, 이틀도 아니고 사흘씩이나 되는 날들이 그들에게 남아 있기에 순타는 비로소 웃을 수 있었다.

"허면 가는 날까지 항아로 있어 주겠느냐?"

꿈속의 연인이어도 좋다.

가는 날까지 제 항아가 되어 달라는 말에 영은 또 그렇게 울어버렸다.

너른 가슴에 안기어 눈물을 쏟는 영을 달래며 순타는 더 깊이 안아줄 수밖에 없었다.

＊＊＊

"고마성 주위를 흐르는 강은 고마강으로 불려. 강바닥으로 고운 모래가 쭉 널려 있고, 그 모래 위를 물고기들이 유유히 헤엄쳐 다니지. 그렇게 바다로 흘러간 고마강은 백제인들이 그리워하는 아리수를 만나게 되는 거야."

한참을 울기만 하던 영을 오래도록 안아 달래었다.

순타의 입에서 고마성 얘기가 나온 것은 해가 서산으로 기울어진 이후였다.

영과 순타는 만난 후, 가장 한가로운 시간을 보내는 중이었다. 한 평 남짓한 평상에 서로를 바라보며 누워 있는 그들의 눈에는 서로만을 담고 있었다.

서로의 손끝에 닿을 듯 말 듯. 그렇게 머물던 순타의 손이 영의 손목에 슬쩍 닿았다.

잠시 후, 영의 손목에는 국조모 팔찌가 매달려 있었다.

순타가 슬쩍 손으로 매만졌을 뿐인데 팔찌가 매달려 있자, 놀란 영이 벌떡 몸을 일으켰다.

"불로불사를 목표로 삼는 방사들의 기예는 실로 여러 가지거든."

순타는 국조모 팔찌를 찬 그의 항아를 향해 자신의 감상을 말했다.

"곱구나."

야릇한 순타의 목소리가 오늘따라 더 힘 있게 들려왔다.

국조모 팔찌에 대한 찬사임이 분명한데 괜히 영의 가슴이 두근거렸다.

"그, 그럼……. 누구 작품인데!"

영이 머쓱한 눈길로 순타의 시선을 피하길 몇 번, 그가 몸을 일으켜 아련히 젖은 눈빛으로 영을 바라보며 대꾸했다.

"참말이야!"

조금의 흔들림 없이 순타가 영을 바라보았다.

하지만 유채색 눈에 들어가 있는 달이의 얼굴을 보는 순간, 영의 떨리던 가슴은 순식간에 차갑게 가라앉았다. 뜬눈으로 밤을 새워가며 작업에 몰두했던 시간이 좀 길었나. 그동안 초췌해진 얼굴이 눈에 뜨인 탓이었다. 노독이 아직 풀리지 않은 게 당연했다.

보나마나 눈 밑은 거뭇하다 못해 다크서클이 내려앉아 팬더가 됐을 것이고, 입술은 버석버석한 것이 모래로 립밤을 바른 것처럼 허옇게 떴을 것이 분명했다. 급기야 영은 두 손으로 제 얼굴을 와락 가리고 말았다.

영문을 모르는 순타가 재차 물었다.

"항아?"

"원래 이 정도는 아니야."

착잡한 한숨을 내뿜으며 가만히 손을 내렸다.

뾰로통한 제 항아의 입술만 물끄러미 바라보던 순타는 곧이어 들려오는 투정 담긴 목소리에 웃음을 삼킬 수밖에 없었다.

"갈까마귀! 이게 내 얼굴은 아니라고. 알았어? 그러니까! ……날 갈까마귀로 기억하지 말라구."

그 순간, 순타는 제 항아의 얼굴 위로 월궁항아의 모습이 어리는 것을 보았다.

월궁으로 돌아갈 시간이 임박하다는 것을 알리는 것 같아서 순타는 영을 급히 끌어안았다.

"……짝퉁?"

느닷없이 안긴 영의 얼굴은 당황 그 자체였다. 하지만 자신을 안고 있는 순타의 팔이 간헐적으로 떨리는 것을 본 탓인지, 아니면 요란하게 뛰는 심장 소리가 전해주는 진실함 때문인지, 영은 더 이상 말을 이을 수 없었다.

순타 역시 마찬가지였다. 그는 제 항아를 안고 있다는 사실만으로도 만족했다.

갈까마귀면 어떻고 월궁항아면 어떻다는 거지? 중요한 건, 그의 항아라 부를 수 있는 여인이 아직 제 품에 있다는 것인데.

순타는 제 항아를 놓치기 싫어 그녀를 안은 팔에 힘을 더 주었다.

순타의 얼굴에 그늘이 드리워졌다. 왕유를 통해 백씨 일족과 어륙을 은밀히 만나기로 약조한 것이다.

헌데 지금 가면 다시 또 제 항아를 볼 수 있을까? 이것이 마지막일지도 모른다는 생각에 그녀 곁에서 떨어지고 싶지 않았다.

그 순간, 영이 순타에게 말했다.

"가봐야 하는 거지? ……태자니까!"

영은 어느새 순타의 품에서 빠져나와 그에게 국조모 팔찌를 내밀고 있었다.

"함께 가!"

"항아!"

같이 갈 수 없는 이유를 수십 개는 댈 수 있었다. 헌데 손가락을 들어 순타의 입술에 빗장을 지른 영이 속삭이자, 더 이상 그것들은 이유가 될 수 없었다.

"……가는 날까지 항아로 있겠다고 했잖아."

가슴병이라도 생긴 것처럼 순타의 가슴이 더욱 쿵쾅거렸다.

개화 공방의 작업장으로 들이닥친 개화의 사내들은 공방의 뜨겁고 자욱한 수증기와 독한 냄새 때문에 눈도 쉽게 뜰 수 없었다.

화덕의 숯불에는 정체를 알 수 없는 가루들이 뒤섞여 가열되고 있었다.

"대체 저게 뭘 하는 거야?"

"법제 하는 것 같은데?"

화덕 주위에는 부수다 만 결정들이 여기저기 널려 있었는데 결정을 살펴보던 약재상 사내는 그것들이 광물성 약재라는 것을 한눈에 알아보았다. 약재로 쓰기 위해서 독성을 빼고 있었던 것이다.

"예가 어디라고 함부로 들어온 것이야!"

작업장 안쪽에서 뛰쳐나온 우포가 약재상 사내의 손에서 황토빛이 나는 결정을 뺏어들었다.

"촌주?"

사내들 중에 고달을 발견한 우포가 당혹감을 감추지 못했다.

"이, 이곳은 백제부에서 직접 관할하는 개화 공방이오. 함부로 들어오면 안 된단 말이오."

말을 더듬거리며 자신을 둘러싼 개화 사내들과 눈도 똑바로 못 마주치는 우포를 보면서 고달은 속으로 탄식을 삼켰다. 빗겨 가길 원했던 예상이 들어맞은 것이다. 우포가 직공들을 부려 샘을 망가트린 게 분명했다.

"우포 자네! 대체 뭔 일을 꾸미는 게야?"

고달이 단도직입적으로 묻자 우포는 꿀 먹은 벙어리처럼 말이 없었다.

"형님네 직공들이 샘을 부쉈단 말이오. 어르신들이 단단히 뿔이 났소."

"이 냄새는…… 유황 아니오?"

손끝에 남아 있는 냄새를 맡던 약재상 사내가 둔중한 얼굴로 말했다.

"그래서 샘을 건드린 거요? 유황 기운이 있는 물에 항시 노출된 바위에서 이 유황 성분을 채취하려고? 대체 유황으로 뭘 하려는 게요?"

"멍청한 것들. 그렇게 신신당부했는데 그걸 들켰단 말이냐!"

우포는 개화 사내들 뒤편에 우물쭈물거리며 선 직공들을 향해 소리쳤다.

"지금 이것들이 다 무어냐 물었소? 알려드리겠소. 이것들만 있으면 개화 독립도 문제없소."

개화 독립이라는 말에 일부 사내들에게서 웅성거림이 새어나왔다.

사아군의 피습사건 이후, 우포는 사아군에게 언제 토사구팽 당할지도 모른다는 불안감에 시달렸다. 사아군을 믿고 기다리기에는 안달복달하는 제 성정상 불가능에 가까웠다. 해서 그도 몰래 오석산을 만들어 따로 챙겨 두었던 것이다.

오석산을 공정하면서 재료 중 하나인 석유황이 떨어지자, 우포는 개화의 샘을 생각해냈다. 마침 샘의 바위들은 온천의 유황 성분에 노출돼 있었다. 그것들에서 유황을 얻고자, 샘을 망가트리면서까지 바위들을 채석해온 것이다.

"이건 바로 우리 개화의 미래란 말이오. 가야든 백제든 이것만 있으면 모두가 우리의 요구를 따를 거요."

우포의 눈은 광기로 번들거렸다.

"오석산은 공정이 복잡하기로 이루 말할 수 없다 했소. 저렇게 급급해서 만든 것이 오석산일 리가 없소. 행여 만들어졌다 해도 틀림없이 부작용이 있었을 거요."

약재상 사내의 말에 고달은 가야 사신과 벌에 둘러싸여 발견된 사

체가 불현듯 떠올랐다. 두 사체는 정체 모를 놈들에게 도난을 당해
서 백제부가 한동안 난리를 겪었던 것이다. 그 사체 중 하나가 개화
공방 직공이라는 것을 기억해낸 고달은 오석산 때문에 죽었다는 게
드러나지 않도록 하려고 그가 사체까지 빼돌렸다는 것을 직감했다.

"천하의 몹쓸 놈!"

고달의 욕지거리에 우포가 느닷없이 웃음을 터트렸다.

"사아군도 그리했는데 우리가 못할 게 뭐 있소? 인질인 그가 어찌
사신이 된지 알겠소? 다 이것들 덕분이란 말이외다."

우포는 제 입으로 사아군과 자신의 관계를 부지불식간에 실토하
고 있었다.

그제야 우포가 오석산으로 사아군과 긴밀한 관계를 가졌다는 것
을 고달은 깨달았다.

"네 놈이 사아군의 밀정이었어?"

독립군 수장인 자신의 정체를 사아군이 어찌 알고 제 집에 부염을
보낸 것인가 의문이 풀리지 않았는데 우포를 통해 알게 됐다면 아
귀가 딱 맞아떨어졌다.

"감히 독립군 명단을 팔아넘겨?"

고달의 입에서 노성이 터져나오자 사내들의 눈빛이 흉흉해졌다.

독립군의 명단을 팔아넘기다니! 자신들은 물론 삶의 터전이었던
개화마저 배신한 것이다.

"개, 개화를 독립시켜준다고 약속했소. 보시오. 그가 태수가 됐지
않소."

우포가 변명을 늘어놓았지만 그곳의 사내들 누구도 그에게 동의하는 자가 없었다.

"그 약조를 믿는 거냐? 그 오석산 때문에 사신이 죽고, 개화 포구까지 폐쇄가 됐는데!"

성난 고달의 목소리가 어찌나 컸던지 고달의 굽은 등이 다 들썩일 정도였다.

"허면 촌주는! 촌주는 개화를 위해서 무엇을 해주었기에? 고작 그놈의 균형 따위나 맞추려고 백제 태수의 시중이나 들면서 허접한 정보나 빼온 것이 전부 아니요!"

"그 정보 덕에 십 년간 개화에 헛된 피를 흘리지 않았어."

"개화를 독립시키는 데 어느 정도 희생은 감수해야 하오. 그건 촌주도 이해한 것 아니요? 그러니 전임 태수의 살해 누명까지 뒤집어쓰려고 하지 않았소?"

우포의 말에 사내들이 놀란 눈으로 고달을 쳐다보았다.

그럼 그렇지, 촌주가 개화를 버리고 도망갈 사람은 아니지. 사내들 틈에서 고달을 떠받드는 목소리들이 쏟아져 나왔다.

단 한 사람. 우포만이 고달에게 악다구니를 퍼부었다.

"나와 촌주가 다른 게 무엇이오! 나도 개화를 위해 이 일을 벌인 것이란 말이오."

시뻘겋게 충혈된 두 눈을 부릅뜨고 고달을 노려보는 우포의 모습은 만족할 줄 모르는 아귀 같았다.

"개화를 위해 일을 벌였다고? 아니, 자네와 사아군은 대의라는 명분에 빠져 자신과 가까운 사람들마저 희생시켜온 것뿐이야. 지금처럼 개화가 불안할 때, 자네는 지금 뭘 하고 있었는지 보라고!"

고달의 말에 우포의 얼굴이 벌겋게 달아올랐다.

"망할 곱추같으니. 촌주는 애초에 너 따위가 아니라, 내가 되었어야 했어. 스승님이 너를 불쌍히 여겨 그 자리에 앉힌 것뿐이라고! 원래 촌주는 나여야 했단 말이다."

사내들의 얼굴에 짙은 혐오감이 떠올랐다. 저런 인간이 개화를 독립시킨다고? 우포의 악다구니를 더 이상 들을 필요도 없었다. 그가 무슨 짓을 하든 다같이 무덤에 들어갈 것이 분명하다고 개화 사내들은 생각했다.

"촌주, 더 이상 말이 필요 없겠소. 저것들을 죄다 없애버리고 나갑시다."

사내들은 공정 중이던 가루들을 바닥에다 죄다 쏟아버리기 시작했다.

"아, 안 돼! 뭐하는 짓들이야? 이것들이 얼마나 비싼 건데……."

숯불을 빼는 과정에서 곰보 사내와 우포의 실랑이가 일어났다.

"정신 차리란 말이오, 우포 형님!"

"무식한 것! 그게 얼마나 귀한 것들인 줄 알고 그리 함부로 대해?"

"노, 놓으라니까!"

곰보 사내의 손에서 숯을 뺏던 와중에 불똥이 공방의 곳곳에 튀었다. 마른 짚더미와 장작들이 쌓인 곳에서 불이 붙기 시작하더니, 순식간이었다.

시뻘건 불이 금세 몸집을 키우고 불뱀마냥 기둥과 서까래를 타고 올라 불을 붙였다.

사내들은 버티는 우포를 끌고 공방 밖으로 피신했다.

"불, 불이야!"

개화 공방이 불에 휩싸였다.

샘을 파괴한 것에 분노한 치성 행렬이 공방에 도착한 것도 그즈음이었다.

"천벌이여, 천벌! 샘을 망가트리고 개화를 혼란에 빠트려서 하늘이 노하신 거라고."

노인들과 여인들이 불 앞에서 더 활활 타오르기를 비는지 손을 모아 빌자, 어디선가 불쑥 고달의 목소리가 울렸다.

"옘병! 천벌이면 공방만 타고 없어지게? 이러다 저자 다 태우고 포구까지 태워버린다고! 멍하니 보고 있지만 말고 불 끄는 데 손이나 보태란 말이여!"

그제야 정신을 차린 사내들과 여인들이 우물로 달려갔다.

사내들의 손에 억지로 끌려 작업장에서 빠져나온 우포는 눈앞에서 타고 있는 개화 공방을 멍하니 바라보았다.

작업장에서 시작된 불은 쉽사리 꺼지지 않고 공방의 2층 누각으로 순식간에 번졌다. 불은 남김없이 공방의 모든 것을 태우려고 작정한 듯 보였다.

기둥들이 무너져내리기 시작하자 우포는 땅바닥에 주저앉은 채로 허우적거렸다.

자신의 모든 것이 무너져 내렸다. 개화의 마지막 장인으로서 그가 선택한 삶이 허무하게 끝나고 있었던 것이다.

간신히 무릎을 짚고 몸을 일으켰다.

불을 끄느라 정신이 없던 사람들 틈을 파고들어 우포가 부나비처럼 타오르는 불길 속으로 뛰어 들어간 것은 순식간에 벌어진 일이었다.

개화 공방이 불에 타고 있던 그 시각, 영은 순타와 함께 하구에서 기다리고 있던 왕유와 증걸을 만나고 있었다.

영을 대동하고 온 순타를 보자 증걸의 얼굴은 대번에 일그러졌지만, 왕유는 반색하며 맞이했다.

"오! 이쪽이 그 유명한 전하의 월궁에서 내려온 장인 항아님입니까? 과연! 전하의 안목답습니다. 비루한 것에서도 아름다움을 찾는 전하의 안목은 고마성 내에 모르는 이가 없었죠!"

어라하조차 한 수 접어둔다는 고약한 말본새를 가진 왕유. 그는 순타의 자중하라는 제재의 손짓도 가볍게 무시하고 영에게 달려들어 이것저것 묻기 시작했다.

"가만 가만! 몇월생이누? 팔월생?"

"아닌데요!"

'이 영감은 또 뭐야?'

영은 좀 전에 순타의 안목을 비웃으려고 저를 재료 삼은 영감이 곱게 보일 리 없었다.

"허허! 볼수록 묘한 얼굴이로구나. 어디 입 좀 벌려보련?"

"뭐하게요?"

"명마를 고를 때 이빨을 보면 말이다, 대개 나이를 알 수 있거든. 사람도 마찬가지……."

"이 영감이 망령이 났나! 멀쩡한 사람한테 어디서 말 드립이야? 말상은 그쪽이시거든요!"

울컥 치받아 쏟아내는 폭언을 들으면서도 왕유가 허허, 웃기만 했다.

"씩씩한 항아님을 얻으셨습니다, 전하!"

"내 장인이 씩씩하긴 하지!"

피식 웃는 순타를 야리던 영의 어깨를 왕유의 깡마른 손이 덥썩 잡았다.

"헌데 항아님! 지금 가실 곳은 이 모습대로 가실 수 없습니다!"

여전히 허허, 웃으며 말하는 왕유의 눈이 어쩐지 의뭉스레 보였다.

어륙과 태자의 만남은 달도 구름에 숨어버린 하구에서 아주 은밀히 이뤄졌다.

간이 천막이었지만, 장정 열이 들어가도 충분한 공간이었다. 백제 병사의 차림을 한 영도 태자와 왕유, 증걸을 따라 천막으로 들어섰다.

영은 순타의 등 뒤에서 그의 정혼녀였던 백제의 어륙을 힐끔거렸다. 이목구비가 뚜렷한 타고난 미인이었다.

여장부라더니!

영은 왠지 속은 느낌이 들어 순타의 등을 가만 노려보았다.

청루에서 들은 어륙과 태자의 소문이 혹 사실은 아닐까, 의심이 들면서 영은 갈까마귀 병사가 된 자신의 모습이 한없이 초라하게 느껴졌다.

"오랜만입니다, 태자! 잘 지내셨습니까?"

냉랭한 표정의 어륙이 먼저 말문을 열었다.

"어륙 덕에 무탈합니다!"

평범한 인사 치레였지만 평범하게 반응한다는 것 자체가 맘에 들지 않는지 어륙의 입술이 살짝 경련을 일으키는 게 영에게도 다 보였다.

"이리 오세요. 어미가 마지막으로 한 번 안아봐야 하지 않겠습니까?"

아니, 안다니? 왜 다 큰 아들을 안는다는 거야?

영은 어륙의 말에 기가 찬 표정으로 안기만 해보라는 듯이 태자의 옷자락을 움켜잡았다.

"더는 오해 받고 싶지 않아서 말입니다."

영을 의식해서 나온 순타의 말이 의뭉스러웠던지 어륙이 표독스럽게 쏘아보며 말했다.

"태자!"

"그만 사병과 함께 돌아가십시오."

"하! 사병을 해체하라? 나와 내 일족에게 자진하라는 겁니까?"

"그 말이 아님을 알잖아!"

표독스럽게 쏟아내는 어륙의 고성만큼이나 태자도 언성을 높였다.

"백씨 일족은 이미 사병을 움직였어. 어라하의 허락 없이 사병을 움직이는 것은 반란으로 간주되는 걸 그대가 몰라?"

그럼에도 개화로 향했다는 건, 명농이 대성팔족 손에 있다는 것이다.

어미의 얼굴을 한 어륙을 향해 순타는 비로소 웃어보였다.

그 막다른 심정을 이해하고도 남았다.

"그리 웃지 마! 그 따위로 웃지 말란 말이다!"

악에 받치듯 터져나온 어륙의 고성에 순타가 긴 한숨을 내쉬었다.

"고마성으로 돌아가시오, 어륙!"

"명농이 우리와 함께 삶아질 수밖에 없는 길을 택하라고? 어림도 없어!"

순타는 고개를 가만 흔들었다. 이 해답 없는 논쟁을 계속하고 싶지 않았다. 어륙의 발악을 멈출 수 있는 건 단 한 가지뿐이었다.

"모레 포구를 개방하고 어라하의 뜻대로 떠날 것이오."

"그 말을 지금 믿으라고? 어라하가 쓰러진 이 상황에 그대가 고마성으로 가기만 하면 보위를 얻을 수 있는데도?"

어륙의 갈라진 목소리가 힘겹게 나왔다.

"믿지 못한다면 어쩔 수 없지. 그대가 떠나든 떠나지 않든 모레, 포구는 열릴 테니까."

순간, 어륙의 눈에 태자의 뒤에 서 있는 병사 하나가 눈에 들어왔다.

백제 병사의 옷을 입었지만, 몸태가 계집이 분명했다.

태자가 개화 계집에 빠져 있다고 했던가?

어륙은 제 아비인 백씨 일족의 수장이 계집의 뒤로 움직이는 것을 보았다.

'아버님?

불안하게 흔들리는 어륙의 눈동자를 들여다보던 순타가 뒤를 돌아보는 순간이었다. 내법좌평이 어느새 영의 목에 단도를 겨누었다.

순타의 눈이 천막 끝에서 둥한 얼굴로 이 모든 걸 관망하는 증걸에게 가 닿았다. 그는 여전히 제 주인에게 시위 중이라 움직일 생각이 없어 보였다.

"태자가 개화 계집에게 반해 천지분간을 못한다는 소문이 사실이었구려. 제 죽을 자리인 줄도 모르고 계집을 달고 오다니! 어륙, 어서 태자에게 자결을 명령하십시오."

자결?

영은 말도 안 된다고 소리치려 했지만 목을 찔러오는 단검의 서늘한 기운에 입 밖으로 소리가 나오지 않았다.

내법좌평이 순타를 위협하듯 단검에 힘을 주자, 그녀의 목에 붉은 선혈이 흘렀다.

그때서야 조심스럽게 다가서려는 증걸을 순타가 저지했다. 증걸이 여기서 함부로 움직인다면, 제 항아가 다치게 될지도 몰랐기 때문이다.

자결을 요구받는 상황에서도 장인을 먼저 생각하다니. 태자를 쳐다보며 증걸은 기가 찬 얼굴로 이를 앙다물었다.

"허허! 자승자박이로다."

이게 무슨 짓이냐고 호통을 쳐도 모자랄 판에 왕유는 여유롭게 그렇지 않냐는 듯 순타를 향해 웃어 보였다.

'망할 영감탱이!'

순타는 잇새 사이로 긴 한숨을 내쉬며 어륙에게 다가갔다.

"정녕 내 목숨을 원하시오?"

"목숨을 내놓을 만한 정인인가요? 부자가 꼭 닮았습니다."

일그러진 어륙의 입술을 보며 순타는 코웃음을 쳤다.

"몰라도 너무 모르는군. 부여씨의 비정함이 어떤지 모르시오?"

"어라하의 아들인 그대가 정인에게까지 비정할까?"

서로를 향한 시선이 사납기 그지없었다.

"어륙! 그녀를 놔주시오."

보위를 원하지 않는다고 하였다. 스스로 어라하의 명대로 따라주겠다는데 어째서 그를 이리 사지로 몰아내느냐는 눈빛이었다. 어륙의 마음이 한순간 약해졌다.

"전하께서 왜에 가신다고 하셔도 백제 태자라는 건 변함이 없으니 백씨 일족으로서는 불안하겠지요."

"내 아들을 살리기 위해서야."

왕유의 말에 약해지던 마음을 다시 잡는 어륙이었다.

"아, 그렇지요. 대성팔족이 명농군을 잡고 있으니, 어륙께선 이리
하실 수밖에 없으시겠지요."

왕유는 꼭 태자와 어륙의 싸움을 부추기는 것만 같았다.

"잘 생각해보셔야 할 겁니다. 어륙! 어라하가 태자 전하를 왜로 보
내시는 진짜 이유에 대해서 말입니다."

어라하의 진짜 이유?

어륙과 순타가 서로를 보는 얼굴에 의아함이 가득했다.

두 사람 다 그게 무슨 말인지 알지 못하는 것이 분명했다.

"왕유 박사의 교언영색에 속지 마십시오. 어륙! 저자는 그저 시간
을 끌고 있을 뿐입니다."

"정녕 그리 생각하십니까? 어륙은 그렇다 해도 태자전하께서 그
리 생각하시다니! 부자간이 더욱 소원해지신 모양입니다."

"박사!"

확실히 왕유가 어륙을 부추기고 있었다.

제 항아가 인질로 잡혀있는지라, 순타는 왕유의 부추김이 위험스
럽게만 느껴졌다. 순타의 제지에도 불구하고 왕유의 선동은 어륙의
의구심을 자극하기에 충분했다.

"말해보라. 어라하가 태자를 왜로 보내는 진짜 이유에 대해서 말
이다."

"현재 왜의 상황에 대해 얼마나 알고 계십니까? 왜로 보낸 사신들과 대성팔족이 보낸 세작들로 인해 정보를 받아보셨겠지요? 허나, 누군가 그 정보를 조작했다면 어쩌시겠습니까?"

"조작?"

대성팔족은 물론 어라하보다도 정보를 가장 먼저 받는다는 위사좌평의 아들인 증걸에게 어륙과 태자의 시선이 쏠렸다. 하지만 증걸도 왜국의 상황을 조작했단 것은 듣도 보도 못한 얘기였다.

"조작이라는 말이 어울리지 않겠군요. 이익이 될 만한 정보는 숨기고 무관한 정보만을 흘러보내는 것이지요."

순타에게는 누구보다 왜의 소식에 정통한 사아군이 있지 않은가.

혹 사아군이 왜의 소식을 조작했다면, 그것은 왜의 사신으로 가게 될 순타의 발목을 잡기 위해 그러고도 남았을 거란 생각이 태자와 증걸의 머릿속에서 동시에 떠올랐다.

"말도 안 돼요. 대성팔족들이 보낸 세작들을 누가 조작한단 말이오?"

"못할 것도 없지요. 그곳은 이미 백제땅이 아니니. 대성팔족의 힘이 미치는 곳이 아니지요. 아마 왜 사신을 통해 현재 왜에서 귀족들의 권력다툼이 첨예하게 대립 중이라는 정보를 받으셨을 겁니다. 허나, 왜 태자의 국혼을 통해 그 권력 다툼에 새로운 균형이 잡혔다면 어쩌시겠습니까? 그래도 왜가 위험할까요?"

"……왜의 국혼?"

"태자 전하를 왜로 보내시는 이유는 국혼을 축하하는 사절단일

뿐. 왜의 인질이 되어 죽으라는 명이 아니라는 겁니다. 전하! 아시겠습니까?'

왕유의 해명이 맞는 걸까? 순타는 도통 믿을 수가 없었다.

부왕의 마음이 이제 와서 전해진들 그의 상황이 변하는 것이 아닌데……

"태자전하께 신뢰를 많이 잃으셨습니다, 어라하!"

왕유의 말이 끝나기도 전이었다.

별안간 천막 끝이 걷어졌다. 고마성 어라하의 침전을 지키고 있어야 할 위사좌평이 천막을 올리고 서 있자, 내법좌평은 뭔가 상황이 변했다는 것을 깨달았다.

역시나 그 뒤에 나타난 것은 고마성에서 쓰러져 생사를 알 수 없다는 어라하였다.

11장

태자를
살리는 길

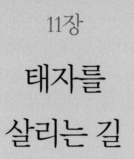

"어, 어라하!"

귀신을 보았다 해도 이리 놀라지는 않았을 것이다.

느닷없이 어라하가 등장하면서 내법좌평은 영의 목을 겨누던 단검을 맥없이 떨어트렸다. 그리고는 쓰러지듯 부복했다.

낯빛이 파리하긴 했지만 고마성에서 독대했을 때와 같이 어라하는 위엄 가득한 모습 그대로였다.

순타는 무엇보다 어라하의 안색부터 살폈다. 결코 다정한 부자지간은 아니었지만, 어라하의 강녕한 모습에 절로 안도하는 순타였다.

"태자 순타, 어라하를 뵙나이다."

순타는 부복한 내법좌평 옆에서 꼼짝도 못한 채 제 목을 부여잡고 떨고 있는 영을 가리며 섰다. 그리고 바로 어라하를 향해 머리를 조아렸다.

그런 순타는 눈에 보이지도 않는다는 듯 어라하는 아들을 지나쳐 곧장 석상처럼 굳어 있는 어륙에게 다가가 손을 내밀었다.

"어륙!"

어륙이 어라하가 내민 손을 부여잡고 울음을 터트렸다.

"무탈하셔서 다행입니다, 어라하!"

어라하는 어륙의 손등을 토닥토닥 두드리며 낮은 목소리로 말했다.

"그러게 말입니다. 어륙의 배려가 아니었다면 이리 무탈하기 어려웠을 겁니다. 헌데, 어찌 사병을 일으키셨습니까? 내 어륙을 아끼지만 이리 국법을 어기시면 곤란합니다."

말은 그러했지만, 그 어디에도 곤란한 기색 따윈 없는 말투였다.

"어라하! 신이 아뢰겠습니……."

내법좌평이 어륙을 변호하고자 입을 떼는 순간이었다.

"어륙과 명농군까지 끌어들이지 않으려면 내법좌평은 그 입을 다물라."

내법좌평의 변명을 단칼에 잘라내는 어라하의 일갈에 천막 안에는 순식간에 살얼음이 언 것 같았다.

"답은 찾았느냐?"

어륙을 다정히 다독이던 음성과는 다르게 칼날 같은 음성이 태자를 향했다. 그 뒤로 매서운 눈초리가 뒤따랐다.

어륙은 그 매서운 눈초리를 제가 당하는 것만 같아서 식은땀이 절로 났다.

"답을 찾았느냐 물었다."

성마른 물음에 순타는 굳게 입을 다물고 있었다.

"내 분명 네게 물었다. 제왕에게 필요한 것이 무엇이냐고!"

집요하게 재촉하자 순타의 얼굴이 일순 굳어졌다.

국조모 팔찌에 대해 알고 온 것이 틀림없었다. 그리고 그것이 무엇을 의미하는지 자명해졌다. 보위의 증거, 왕위의 정당성이 태자의 욕망으로 치환되는 보물이었다.

순타가 국조모 팔찌를 영에게 만들게 한 것은, 처음의 뜻처럼 보위를 찬탈하기 위해서가 아니라 백씨 일족과 어륙을 설득하지 못할 경우 사병을 물리기 위해서였다. 그러나 만들어진 뜻과 다르게 이제는 국조모 팔찌가 올무가 되어 순타의 목을 조르고 있었다.

순타는 저를 노리는 맹수 앞에 서 있는 기분이었다.

언제든 순타의 머리를 베어 강에다 던져버릴 수 있는 비정하고 잔인한 맹수였다. 맹수와 마주쳤을 때 등을 보이고 도망가면 더 큰 위험과 맞부딪치게 된다는 것을 되새기며 순타는 담대히 어라하와 눈을 마주쳤다.

"찾지 못하였습니다."

"……."

잠시 침묵한 채 순타를 바라보는 어라하의 눈이 날카로워졌다.

전장서 맹호라 이름을 떨쳤던 어라하는 노호가 되어서도 기백이 넘쳤다.

"찾지 못하였다? 허면, 내 직접 태자에게 알려줘야겠구나."

어라하의 날카로운 눈빛이 백씨 일족 수장인 내법좌평에게 닿았다.

"어륙과 백씨 일족은 사사로이 병사를 일으켰다. 제왕은 그것을 어찌 해결해야 하느냐?"

내법좌평을 노려보면서 물음은 태자에게 던졌다.

태자의 목숨 줄을 쥐고 겁박하던 내법좌평의 목숨이 반대로 태자의 말 한마디에 달리게 된 것이다.

"국법은 사사로이 병사를 일으킨 자를 반역자로 간주하고, 반역자에게 즉결처형을 하라 합니다."

태자의 말이 끝나기도 전에 어륙이 그 자리에 털썩 주저앉았다.

어라하는 쓰러진 어륙에게 눈길조차 주지 않은 채 태자의 다음 말을 기다렸다.

"어라하!"

내법좌평이 무릎으로 기어와 어라하에게 매달렸다.

"어라하! 부디 모든 죄는 이 늙은이에게 추궁하시고, 제발 어륙과 명농군에게만은 선처를 베풀어주십시오."

내법좌평이 무릎을 꿇고 선처를 호소했지만, 어라하의 눈은 그들에게 향해 있지 않았다.

"허면, 사형을 내리랴?"

마치 네 뜻이 그러하다면 사형까지도 내릴 수 있다는 듯한 표정이었다.

그제야 순타는 부왕이 저에게 복수할 기회를 주고 있다는 것을 깨달았다. 오랜 시간 백씨 일족과 야합하여 대성팔족을 견제해오던 어라하였다. 그런 어라하가 백씨 일족의 꼬투리를 잡고 토사구팽하려고 작심한 것이다. 언제나 비정한 어라하는 순타에게도 비정하라 강요하고 있었다. 그것이 지금 아비가 아들에게 주는 제왕의 가름침이라는 듯이.

'제왕의 길은 비정하지 않고는 갈 수 없는 길입니까? 그렇다면, 제 답은 하나입니다.'

마음을 다잡은 순타가 이윽고 입을 열었다.

"천자에게는 희언이 없다 하였습니다."

"짐이 식언할 이로 보이느냐?"

어라하가 대번에 눈가를 찌푸리며 대답했다.

"중용에 이르기를 군자의 도는 실마리가 부부에게서 시작되어 하늘과 땅에 드러난다 하였습니다. 군자의 도는 지극히 일상적인 부부 사이에서 실마리를 찾아나가면 천지의 도를 알 수 있다 하였는데, 원만한 가정 하나 이루지 못한 제왕이 어찌 제왕이라 하겠습니까?"

"감히 짐을 우롱하는 것이냐!"

대번에 격노가 쏟아졌다. 그도 그럴 것이 태자의 모친인 한성장인조차 구해주지 못한 어라하가 새로 맞은 부인인 어륙까지 죽이려든다면, 그가 무슨 군자이며 제왕이겠냐는 반문이었다.

더불어 어라하에게 어륙과 백씨 일족에 대한 처벌을 제왕의 몫으로 떠넘기고 있었던 것이다.

어라하가 기가 차다못해 야멸스런 눈길로 태자를 노려보았다.

어떻게 마련해준 복수의 기회인데 감히!

'오냐. 너는 어찌 선택하는지 두고 보자.'

저절로 눈앞까지 들이밀어준 밥상을 허무하게 걷어차버리는 태자에게 어라하는 단단히 심통이 났다. 목소리에도 다분히 조롱기가 섞여 있었다.

"내 듣자 하니, 장인의 혼을 핑계 삼아 태자의 눈을 가리고 개화의 질서를 어지럽힌 간악한 계집을 가까이 했다던데, 사실이냐?"

영을 희대의 요녀로 둔갑시키는 어라하의 속셈은 따로 있었다.

'분명 네게 말하였다. 제왕에게 필요한 덕목이 무엇인지 깨닫고 오라고. 헌데 계집에 눈이 멀어 연합을 위태롭게 만들어? 내 그 계집을 살려둘 것 같으냐?'

살기등등한 눈으로 태자를 쏘아보는 어라하였다.

"태자가 말을 못하는 것을 보니, 사실인가 보구나!"

어라하의 말이 끝나자마자, 위사좌평이 알아듣고 손짓을 했다.

천막 구석에 서 있던 증걸이 마지못해 나서더니 순타 뒤에 숨어 있던 영을 끌어냈다.

희멀건 얼굴로 비틀거리며 끌려가는 영을 보자, 순타의 마음이 다급해졌다.

"어라하!"

"태자는 입을 다물라!"

얼음장처럼 차가운 어라하의 일갈에 순타는 제 몸이 일시에 얼어

붙는 듯 했다.

어라하의 매서운 눈길이 무릎을 꿇린 영에게 닿았다. 가늠하듯 영을 주시하던 어라하의 시선이 샅샅이 훑고 지나갔다.

'못난 놈.'

겨우 저따위 것에게 속아 눈이 먼 것도 모자라 연합을 흔드는 짓까지 한 태자에 대한 괘씸함이 더해졌다. 어라하는 태자의 앞에서 그 정체를 밝힐 작정이었다.

"네가 정녕 장인의 혼이라고? 허면 네가 만들러 온 것이 무엇이냐?"

어느새 순타의 두 손에 땀이 흥건히 젖어 있었다. 당장이라도 어라하에게서 제 항아를 끌고 가 참수하라는 명이 떨어질 것만 같았다.

"어라하!"

"당장 죽이랴?"

장인의 혼에 대해서만큼은 그 어떤 누구의 말도 듣지 않는 어라하였다.

12년 전, 한성장인이 고마강에 뛰어든 그 이후로 어라하에게 장인의 혼은 실체였으나 그 누구도 증명해서는 안 되는 성역의 대상이었던 것이다. 그때였다.

"……장인의 혼이 부유하는 것을 믿지 못하시나요?"

등을 곧게 세운 영이 조금의 두려움도 없이 입을 열었다.

분명 제 앞에 서 있는 어라하가 어떤 이인지 모르는 것이 분명했다. 잠자코 있어도 시원찮을 판에 영이 어라하에게 한성장인을 언급하며 죽겠다 자청하고 있었다.

"뭐라?"

"믿지 않으셨다면서 어찌 장인의 손을 꺾으셨습니까?"

갈수록 가관이라더니. 제 항아의 대거리에 순타는 현기증이 날 것만 같았다.

'너무 막 나갔나?'

네까짓 게 무슨 장인의 혼이냐는 듯한 시선에 그만 일을 저질러 버린 것이다.

아니나 다를까, 영을 노려보는 어라하의 시선이 사납기 그지없었다. 태자를 미혹시킨 것도 모자라 제 앞에서까지 방종하기가 이를 데 없어 보였으리라.

"네가 정녕 죽고 싶은 모양이구나. 인우!"

으르렁거리는 늑대처럼 이를 악문 어라하가 위사좌평을 향해 손을 뻗었다.

검을 달라는 신호에 위사좌평은 잠시도 머뭇거리지 않고 제 허리춤에 걸린 검을 건넸다. 목숨을 간단히 끊어낼 검이 오가는 상황에서도 영은 어라하를 향해 턱을 치켜들며 말을 이었다.

"오직 저만이 알고 있는 한성장인의 말도 있습니다."

"닥치지 못해!"

어라하의 사나운 눈빛에 광기마저 흘렀다. 어라하의 손에 검이 잡혔다.

"한성장인계선⋯⋯."

그 간악한 입을 어디까지 둘러대는지 보자는 마음으로 어라하는 영을 향해 검을 휘둘렀다.

"항아!"

태자의 다급한 목소리가 들렸다.

그와 동시에 자신을 향해 달려드는 칼날을 본 영이 질끈 눈을 감았다. 찰나에 불과했지만 암흑 속에서도 등골이 오싹했다. 목덜미의 솜털까지도 쭈뼛쭈뼛 끝을 세우는 것 같았다.

"태자전하!"

다급한 증걸의 목소리가 들려왔다.

태자가 왜?

화급히 눈을 뜬 영은 자신을 끌어안고 있는 태자를 볼 수 있었다. 태자가 저를 안고 손을 뻗어 칼을 막은 것이다.

"월궁으로 돌아가지 않을 셈이냐!"

순타가 고통스럽게 얼굴을 찡그리며 겨우 말을 이었다. 영은 순타가 피에 물든 왼손을 긴 소매로 감싸 감추는 걸 똑똑히 보았다.

그제야 영은 순타의 왼손바닥이 검에 베어진 것을 깨달았다. 제 항아를 안고 본능적으로 손을 뻗은 순타는 손바닥을 칼에 베이고 말았던 것이다.

핏기라고는 모두 증발해버린 듯이 하얗게 질려버린 얼굴로 영이 어라하를 응시했다.

독 오른 어라하도 순타의 피가 튀자 당황한 것이 역력해 보였다.

"······자신의 보물을, 구해 달라셨어요."

고통스러울 정도로 숨 가쁜 영의 목소리가 힘겹게 내뱉어졌다.

탕.

제 아들의 피가 묻은 칼을 바닥으로 내던진 어라하의 손끝이 가늘게 떨리고 있었다.

"대단한 장인의 혼이 등장했군."

비아냥대는 어라하의 목소리가 꼭 영을 향해 이를 드러내는 짐승의 그것처럼 느껴졌지만, 다시 그녀를 향해 칼을 들 것 같지는 않았다.

"장인의 혼임을 증명해 보이라. 그리하지 못하면, 짐과 태자를 욕보인 죄값을 치를 것이다."

분명 어라하는 순타가 국조모 팔찌를 갖고 있다는 것을 아는 것이다. 그러니 순타가 제 항아를 살리려면 국조모 팔찌를 내놓아야만 했다.

창백해진 순타의 얼굴을 탐탁찮게 쳐다보며 어라하는 생각했다.

'그것을 내놓는 순간, 내게 뺏길 것이 당연하다. 이대로 보위를 포기할 것이냐? 그럴 수 없겠지. 스스로를 지키기 위해 비정해지는 것! 그것이 제왕의 덕목임을 깨달아야 할 것이야.'

순타의 머뭇거림을 본 어라하가 내심 안도의 미소를 지으려던 그 순간, 순타가 품속에서 국조모 팔찌를 아무렇지도 않게 꺼내는 게 아닌가! 마치 내게 필요없는 물건이니 아무나 가지라는 듯이.

'고약한 것!'

역시 어라하 들떼리는 데는 순타 태자가 으뜸이란 말이 틀리지 않았다는 게 또 한 번 증명되는 순간이었다.

괘씸한 마음을 감추지 못하고 어라하는 순타의 손에서 국조모 팔찌를 뺏듯이 낚아챘다.

야명주에 새긴 두 마리의 용.

힘차게 날아올라 당장이라도 비를 뿌려댈 것만 같은 위엄과 신성을 갖춘 용이 분명했다.

'정녕 장인의 보물을 완성하러 온 장인의 혼인가.'

어라하는 잠시 얼빠진 시선으로 영을 바라보았다. 그에게서 좀처럼 보기 드문 인간적인 표정이 설핏 드러났다.

볼품없는 갈까마귀 계집이 완성한 국조모 팔찌를 보면서 어라하는 회한에 젖어드는 자신에게 조금 놀라고 말았다. 결국 늙어가는 인간이라며, 별 수 없는 모양이라며.

어라하의 시선이 다시 그 옆에 무릎 꿇고 있는 순타를 향했다.

'어찌 너마저 장인의 혼을 마음에 품는단 말이냐.'

괜히 피를 나누고 그 피를 이어받은 부자가 아니라는 것을 깨달은 어라하의 마음은 심란함 그 자체였다.

"환궁할 채비를 하거라."

태자가 내민 것이 정녕 그 보물이라서 어라하가 환궁을 명한단 말인가!

어라하가 워낙 순식간에 낚아채는 바람에 어떤 물건인지 자세히 볼 수 없어 어륙과 내법좌평은 더욱 마음을 졸였다. 어라하가 그들을 향해 말을 이었다.

"환궁 즉시 태자에게 양위할 것이오."

예상치 못한 충격적인 발언에 어륙과 백씨 일족의 수장인 내법좌평은 사형선고를 언도받은 것처럼 펄쩍 뛰었다.

"어라하"

"전하! 명을 거둬주십시오."

"내법좌평은 목숨이 두 개인가! 짐은 식언하지 않는다 하였거늘!"

어라하의 서릿발 같은 음성이 천막을 뒤흔드는 사나운 바람처럼 휘몰아쳤다.

"허나! 어라하, 양위라니요! 어찌 그리 중요한 것을 대성팔족과 상의없이 결단하신단 말입니까!"

지긋지긋한 대성팔족놈들. 내법좌평의 말에 어라하는 코웃음을 쳤다.

"이것이 무엇인지 아느냐?"

어라하가 내법좌평에게 국조모 팔찌를 들어보였다.

"대성팔족 너흰 이 팔찌에 대고 맹세를 했어. 그래도 모르겠느냐?"

"국조모 팔찌!"

정녕 그 보물이 맞단 말인가! 저도 모르게 국조모 팔찌를 소리내 외치고 만 어륙의 얼굴에는 혼란함이 가득했다.

"지, 진짜…… 그것을 가지고 계셨습니까?"

"어륙!"

"대체 왜 그때 밝히지 않으셨습니까? 국조모 팔찌만 있었다면, 어라하는 정당하게 보위를 이으셨을 텐데……."

어라하를 바라보는 어륙의 시선에는 당혹스러움과 의아함이 뒤섞였다.

"가짜니까!"

퉁명한 목소리를 가장하였지만 실은 회한에 가까운 목소리가 담담히 이어졌다.

"그대들이 국조모 팔찌를 내놓으라 강요만 하지 않았다면, 내 그대들과 야합해 선왕을 죽이지도 않았을 것이야. 또한 엄지가 그리 허망하게 죽지도 않았겠지."

마치 자신과 상관없는 이의 말을 전하듯 어라하의 어조는 담담했다. 그에 반해 어륙은 촉촉이 젖은 눈가로 어라하를 응시했다.

감히 국조모의 팔찌를 만들어 왕이 되려 했던 자신만만한 사내가 외려 장인에게 반해 제 꿈을 꺾고 살다가 저희 일족에게 강제로 떠받들어져 반정을 꾀해야 했던 것이다.

선왕의 개입 후, 사실대로 말할 수도 거짓을 인정할 수도 없던 그 어리석은 사내가 가여워서 어륙은 탄식과도 같은 웃음을 흘렸다.

어라하는 백씨 일족을 원망한 게 아니라, 스스로를 원망했던 거다. 그래서 그 오랜 시간이 흐른 뒤에도 굳게 닫힌 마음을 열지 못했던 것이다.

"어륙! 들으셨죠. 저것은 가짜입니다. 저것으로 절대 보위에 오르실 순 없습니다."

어라하가 분명 가짜라고 내력을 밝히자, 내법좌평은 동아줄이라도 발견한 듯 떠들었다.

"가짜가 아닙니다, 아버님!"

어륙이 아비를 노려보며 소리쳤다.

국조모 팔찌가 가짜라고 밝힌 이유가 분명했기 때문이다. 어라하가 자신들 앞에서 굳이 가짜라고까지 밝힌 이상, 저희들을 살릴 생각이 없다는 것이다.

딸이 소리치는 바람에 정신을 차려 그 말뜻을 알아들은 내법좌평이 금세 입을 다물었다.

"한 가지 부탁을 드려도 되겠습니까!"

어륙은 가련한 아비에게서 시선을 거두어 어라하를 올려다보았다. 그리고 마지막 청을 간곡히 꺼냈다.

"태자에게 해야 할 것이오."

마지막 간청조차 순타에게 넘기는 어라하였다.

무정한 분.

하지만 그 무정함으로 인해 더 괴로울 이가 다른 이 아닌 어라하임을 알기에 어륙은 망설임 없이 태자를 향해 몸을 돌렸고, 처음으로 그에게 머리를 숙였다.

"명농을 부탁드립니다. 사신이나 불제자로 보내주십시오."

당장 죽지 않는다면 그것으로 자신은 모든 것을 포기하겠다고 어륙은 진심으로 생각했다.

짐승들이 우글거리는 밀림이라도, 언제 깨질지 모르는 아슬아슬한 살얼음판이라도 살아남을 수만 있다면, 언제든 다시 기회는 있을 테니 말이다.

　하지만 태자의 반응은 그런 일말의 기대조차 용납하지 않았다.

　"불가합니다."

　"태자!"

　어륙은 마지막 청마저 거절당하자, 원망스레 순타를 노려봤다.

　저희 일족을 향한 복수로 태자가 모질게 구는 것이리라. 하지만 순타는 어륙과 백씨 일족에게 복수를 생각할 여유가 없었다. 그는 그저 흔들림 없는 걸음으로 어라하에게 다가갈 뿐이었다. 꼭 닮은 유채색 눈동자가 서로를 바라봤다.

　"장인의 혼이 장인의 보물을 완성하기위해 온 것을 믿으십니까?"

　"……."

　"장인의 혼이 부유하는 것을 믿으십니까?"

　"……믿는다."

　마침내 어라하의 대답을 듣자 순타는 부왕을 향해 보기 좋게 눈을 접어 웃어 보였다.

　그 웃음이 소름끼친다는 듯 순간적으로 어라하의 눈동자가 커지고 턱이 파르르 떨렸다.

　그 순간을 놓치지 않고 순타는 어라하의 손에서 국조모 팔찌를 가져갔다.

　예상치 못한 태자의 갑작스런 움직임을 감지하자 위사좌평이 본

능적으로 칼을 뽑았다. 순타를 향해 위사좌평의 검 끝이 다가드는
데, 누군가 그의 검을 과감하게 막았다.

증걸이었다.

"이놈!"

애비의 칼을 막다니. 아들이 미친 게 틀림없었다.

"어라하를 해치시려는 게 아닙니다."

제 주인이랍시고 편을 드는 아들 꼴이 우습기도 하거니와 명색이
전장을 누비던 무사였는데 칼이 가로막히자 여간 자존심이 상하는
게 아니었다.

그리고 충격적인 반항이었다.

아비와 순식간에 대척의 자리에 설 수 있다는 사태가 자신에게도
일어날 수 있다는 걸 꿈에서도 생각해본 적이 없었다. 그런데 이 한
번의 거역으로 비로소 자신도 별수 없다는 걸 실감하는 순간이었다.

위사좌평 인우가 제게 반항하는 아들 증걸과 옥신각신 다투는 와
중에 순타는 국조모 팔찌를 두 손으로 붙잡았다.

왼손에 힘을 주자, 상처에서 더 많은 피가 흘러 나와 소매를 적셨
다.

"안 돼! 순타!"

서영이 비명처럼 순타의 이름을 외쳤다.

그와 동시에 순타의 손에서 국조모 팔찌가 쪼개졌다. 툭. 반으로
쪼개진 국조모 팔찌가 바닥으로 맥없이 떨어졌다.

순타가 저지른 뜻밖의 행동에 당황해 어느 누구도 섣불리 움직이

지 못했다.

아무도 예상하지 못했기에 다들 한 방 먹은 것처럼 어리둥절할 뿐이었다.

가장 먼저 정신을 차린 어라하가 순타를 향해 노성을 터트렸다.

"뭐 하는 게야!"

국조모 팔찌를 만든다고 했다. 그 아비에 그 아들이라! 생각하는 것이 똑같다 하여 내심 흐뭇했다. 보위에 대해 선동질 하는 사아군을 붙여놓은 것도 조금은 비정해지라는 뜻이었건만, 제 아들은 비정해지기는커녕 장인에게 빠져들었다. 아비의 얼굴에 먹칠을 하는 방탕한 아들에게 마음고생 좀 하라고 왜로 보낸다 공표했다. 죽으라 보내는 줄 알면, 알아서 제 살길을 도모하겠거니 하는 생각이었다.

그와 동시에 어륙에게 오석산을 쥐어준 사아군의 계획을 어라하는 역으로 이용했던 것이다.

어륙이 향료에 넣어둔 오석산을 빌미로 백씨 일족을 몰락시키려는 계획을 짰던 어라하였다. 위사좌평을 시켜 백씨 일족의 사병을 일으키게 하고, 사병을 일으킨 백씨 일족을 해명의 군대가 진압할 예정이었다.

위사좌평의 아들을 불러내어 백씨 일족 몰래 태자를 고마성으로 환궁시키라 일러주었다. 하지만 태자는 기회를 걷어차고 미련스럽게 개화에 남았다. 게다가 어륙의 자결 요구까지 들어주려는 것이 아닌가!

아들의 선택이 갈수록 기가 막히자 일단 지켜만 보기로 하고 나온 암행이 결국 이 소동까지 오게 만든 것이다.

헌데 제 유일한 구명줄을 쪼개버리다니, 대체 무슨 생각인지 제 아들의 속을 도통 알 수가 없었다.

"아시지 않습니까! 아직 백씨 일족 없이 대성팔족을 누를 수 없다는 것을요."

"그만한 대책이 없을까 봐!"

어라하의 성마른 노성이 터져 나왔다.

"보위가 필요했던 적도, 절실했던 적도 있었습니다."

"그런 놈이 팔찌를 쪼개?"

답답한 마음에 어라하는 버럭 소리를 질렀다.

대성팔족의 동의 없이 보위를 얻을 수 없다. 허나, 국조모 팔찌가 있다면…… 대성팔족은 태자가 보위에 오르는 것을 반대할 수 없었다. 이제 태자에게 선위하겠다는 공표까지 했는데 그 밥상을 태자가 다시 또 걷어차버린 것이다.

"살기 위해서 보위를 원했습니다. 허나, 이제는 오직 한 여인의 세상이 되기를 원합니다. 허락해주십시오."

보위를 포기한다는 태자의 선언이 떨어지자 천막은 다시금 쥐 죽은 듯이 고요해졌다.

뜻하지 않는 횡재에 내법좌평과 어륙은 죽었다 다시 살아난 표정인 반면, 어라하의 먹빛으로 변한 얼굴은 귀신의 그것과도 같았다.

'오직 한 여인의 세상?'

어라하는 손을 말아 쥐었다가 다시 폈다.

그도 한 여인의 세상이 되겠다고 생각한 적이 있었다. 하지만 그는 한 여인의 세상 대신 백제의 주인이 되었다. 그래서 그녀의 아들을 왕으로 만들어주겠다 약속했다. 그 누구에게도 위협당하지 않는 땅의 왕. 헌데 그 아들은 아비와 다른 길을 가길 원하는 것이다.

"그것이 네가 찾은 답이더냐?"

어라하가 공허한 눈빛을 하고 순타에게 물었다.

"정인을 잃고 보위를 얻는 것보다 단 하루를 산다 해도 정인과 함께 자유롭게 살고 싶습니다."

유채색 눈이 하늘에 떠 있는 달처럼 휘어지더니, 환한 미소로 대답하는 순타였다.

그 웃음만 보지 않았다면, 어라하는 제 아들의 목에 목줄을 매어서라도 끌고 가거나 장인의 혼을 죽여서라도 제 아들의 마음을 돌렸을 것이다. 하지만 보기 좋게 휘어지는 눈초리를 본 순간, 어라하는 목구멍 안에 뭔가 응어리져 있는 것이 치받아 올라오는 것을 느꼈다.

어쩌면 자신만을 위한 약속이었는지도 모른다. 제 여인 하나 지키지 못한 사내의 다짐은. 지키지 못한 제 여인에게 보상해줄 방법으로 순타를 왕으로 만들려는 집착을 키워왔다는 걸 비로소 깨달은 것이다.

그 순간, 어라하는 벌떡 자리에서 일어섰다.

다시 한 번 위사좌평 인우에게 어라하의 명이 떨어졌다.

"······돌아간다."

돌아가?

보위를 거부하는 태자에게 아무런 대답도 하지 않고 어라하가 환궁할 움직임을 보이자, 내법좌평이 조급한 마음에 입을 열었다.

"어라하! 태자전하는······."

"내법좌평! 개화는 연합의 중추. 개화 태수 사아군마저 피습을 당해 그 임무를 맡기기에 무리가 있으니, 그대가 대신 맡으라. 사아군은 왜 사신으로 돌아가 회복에 힘쓰라고 전하라. 태수는 칠석을 맞이해서 포구 개방부터 해야 할 것이야."

"저, 전하!"

불똥이 튀어 개화 태수로 좌천된 내법좌평이 이 천막 안에서 죽을 뻔했다는 사실도 잊은 채 막 하소연을 하려던 참이었다.

"백씨 일족이 일으킨 사병은!"

토를 달려는 내법좌평의 입을 틀어막으며 어라하는 어륙을 응시했다.

여전히 촉촉이 젖은 눈가로 어륙은 어지를 기다렸다.

"백씨 일족의 사병은 짐의 암행에 호위로 따라온 것이다."

사병을 일으킨 것을 덮을 테니, 백씨 일족도 여기서 물러서란 말이었다.

천막 입구를 거두고 나가는 어라하를 따라 다른 이들이 허겁지겁 그 뒤를 쫓았다.

"어라하!"

태자가 천막에서 뛰쳐나와 어라하를 불렀다.

우뚝 멈춰선 어라하의 발걸음에 그 뒤를 따르던 무리들도 걸음을 멈추었다.

막 구름을 벗어난 달이 하구를 비췄다.

하구를 포위하듯 둘러싼 백제군의 위용이 달빛에 드러났다. 규모도 굉장하거니와 한눈에 봐도 정예의 군대라는 게 느껴졌다.

이미 백씨 일족의 사병들은 모두 정리된 상태였다. 일부에서 전투가 벌어졌는지 널브러진 병사들도 보였지만 대부분은 해명이 이끄는 백제군에 무장해제 당한 채 강 건너편에서 이쪽을 향해 무릎을 꿇고 있었다. 백씨 일족의 운명에 따라 그들의 생사가 결정될 것이 분명했다.

그 광경에 기가 질린 듯 내법좌평은 취한 것처럼 휘청거렸다. 다리를 부들부들 떠는 내법좌평을 밀치고 순타가 어라하의 바로 뒤까지 뛰어왔다.

"어라하!"

어라하는 돌아보지 않았다.

"태자전하의 거취는 어찌하실 겁니까? 이대로 돌아가 양위하실 겁니까?"

모든 이들을 대신해 왕유가 물었다. 이 자리에서 그 답을 듣지 못한 채 돌아간다면 왕위를 놓고 또 어떤 혼란스런 정국이 펼쳐질지 모르기 때문이었다.

어라하는 태자를 돌아보지도 않고 외쳤다.

"양위? 계집 하나 때문에 보위를 포기하는 무능하고 어리석은 사내다. 그런 놈에게 어찌 백제를 맡기란 말이냐! 백제 어라하의 자리가 이리 우스운 줄 아는 사내는 필부로 사는 것이 마땅하다."

어라하는 판결을 내리듯 단숨에 말을 내뱉고는 가던 걸음을 서둘렀다.

강을 건너기 위해 뗏목에 오르던 어라하가 흘깃 고개를 돌렸다. 그의 시선이 망연자실한 채 움직일 줄 모르는 순타에게 닿았다.

'네 뜻이 그러하다면…… 가거라.'

아들을 놓아줄 수밖에 없는 아비의 착잡한 심정이 고스란히 담겨 있는 시선이었다.

순타는 그 순간 일렁이는 아비의 눈동자를 분명히 느꼈다. 횃불에 흔들려 보이는 눈빛이 아니라 그의 심장 깊은 데서 우러나오는 감정의 동요였다.

그 눈빛에서 비로소 깨달았다. 통박을 놓았던 것과 다르게 제 아들에게 필부로 살라는 어라하의 허락이 담겨 있다는 것을.

비정하기 이를 데 없던 철혈 군주인 아비로서 얼마나 힘겨운 선택이었을지 순타는 그저 짐작만 할 뿐이었다.

아들은 무릎을 꿇고 그 자리에서 절을 올렸다.

어쩌면 이것이 부자 간의 마지막 만남이 될지도 모른다는 것을 은연 중에 깨달았기 때문이다.

순타는 어라하와 어륙을 태운 뗏목이 강 건너에 무사히 도착해 막사 사이로 그들의 모습이 완전히 사라진 후에도 강 건너를 한참 동안 망연히 바라보았다.

* * *

"불이 났다고요?"

백제부 태수 사아는 몇 번이나 같은 말을 중얼거리고 있었다.

사실 그의 귀에는 부관의 보고가 제대로 들리지 않았다. 그의 머릿속은 온통 대성팔족 수장들에게 보낼 목간의 문구로 어지러웠기 때문이다.

국조모 팔찌가 주인을 찾았으니, 대성팔족에게 맹약을 지키도록 촉구하는 아름다운 문장이어야 했다. 제 사촌이 보위에 오르는 데 있어서 첫 공식 문서이면서 공명의 출사표처럼 회자될 수 있도록 제 충성심이 드러날 미문을 고르기 위해 사아는 붓 끝을 집중했다.

"태수 어른!"

하지만 부관의 재촉이 자꾸만 붓끝을 망설이게 했다.

"그래요. 압니다. 저자에 불이 났다는 거지요?"

벌써 몇 번째 성의 없는 문답이 오갔다. 부관은 이 짧은 시간에도 불이 번지고 있음을 호소했다.

"예, 개화 공방에서 시작된 불이 저자로 퍼지고 있습니다. 즉시 병사들을 보내 불길을 막아야 합니다."

"제정신입니까?"

"네?"

부관은 그야말로 황망해진 눈으로 태수를 볼 수밖에 없었다. 태수가 지금 무슨 말을 하고 있는지 아는 것일까?

"지금이 어떤 상황인데 병사들을 저자에 보낸답니까? 그러다 백씨 일족이 쳐들어오면요?"

"하지만 태수 어른! 이리 놔두면 개화 저자의 모든 것이 타버린단 말입니다."

"그게 어째서요?"

사아는 부관의 절규에 태연히 대꾸했다.

"어차피 잘되었습니다. 저자의 무지렁이들이 눈에 거슬리던 참이었으니 이참에 싹……."

사라지게 놔두는 것도 좋겠다는 말을 하려는 순간이었다.

둥둥! 둥둥!

개화의 북소리가 다시 들려왔다.

그 순간 사아가 들고 있던 붓이 호선을 그리며 허공으로 던져졌다.

개화에 군대가 입성했음을 알리는 신호였다.

백씨 일족이 무리해 개화로 밀고 들어온다면, 분명 척후병의 보고가 있었을 것이다. 헌데 아무 저항 없이 입성이라니!

"같은 백제군이 아니고서야……."

자신도 모르게 내뱉은 말에 사아의 얼굴이 순간, 당혹감으로 물들었다.

개화 공방의 불이 삽시간에 저자거리로 번지며 사방에서 시커멓고 매캐한 연기가 피어올랐다.

불을 끄려는 노력에도 불구하고, 저자는 화마에 너무나 쉽게 제 가진 모든 것들을 넘겨주고 있었다. 개화 저자거리에 비명이 난무하기까지는 그리 오랜 시간이 걸리지 않았다.

번화한 거리를 자랑하던 개화 저자거리는 점점 잿더미로 변하고 있었다.

둥둥! 둥둥!

개화의 북소리가 쉬지 않고 들려왔다. 낮은 북소리였지만 아주 멀리까지 울려 퍼지고 있었다.

"……군대다."

누군가의 목소리가 북소리보다 더 크게 터져 나왔다. 드디어 개화에 군대가 들어온 것이다.

불을 끄던 분주한 손길들이 일시에 멈추는가 싶었지만, 이미 현장은 그야말로 아비규환이 따로 없었다.

저자의 사람들은 서로 부딪히고 넘어지고, 또 그렇게 넘어진 자를 짓밟으며 자신들을 향해 몰려오는 백제군과 반대 방향으로 도망치기 바빴다. 화마보다 다장 더 무서운 것은 창과 칼을 겨누며 달려드는 군사들이었다.

그렇게 도망치기 바쁘던 개화 사람들의 발길은 어쩐 일인지 곧 멈추고 말았다. 군대가 들이닥쳤으니 비명 소리가 뒤따르고, 칼부림으로 쇠가 부딪치는 소리가 난무해야 했다.

그런데 어디서도 비명이나 쇳소리 같은 건 들리지 않았다. 대신 병사들의 발소리만 분주했다. 그들의 입에서 터져나오는 고함소리는 죽여라가 아니라 빨리 물을 나르라는 소리였다.

산으로 달아나던 개화 사람들이 다시 내려와 불타는 거리마다 발견한 건 조금 전까지 자신들이 들고 있던 물동이를 나르는 병사들이었다. 그들은 백제군이 분명했다.

적어도 지금 당장은 자신들을 죽이러 온 것이 아니라는 확신이 들자 개화인들이 하나둘 바닥에 나뒹구는 물동이들을 집어들었다. 그리고 병사들과 함께 우물로 뛰어가기 시작했다.

"거기! 물은 지붕에다 뿌려서 무너지게 해! 불길이 번지는 것보다 차라리 가판이 무너지는 게 나아!"

화마 앞에서 그들은 개화인도, 군인도 아니었다. 다들 화마와 싸우는 인간들일 뿐이었다. 개화 사내들이 백제군에게 불 끄는 요령을 알려주기까지 했다.

그러나 화마는 쉽게 그 기세를 꺾지 않았다.

"차라리 좌판들을 부수는 게 낫지 않을까?"

누군가의 제안에 개화의 사내들이 고달과 함께 따닥따닥 붙어 있는 저자의 좌판들을 부수기 시작했다.

불길이 포구로 연결되는 것을 막으려는 개화인들의 행동을 알아차린 백제군도 개화 사내들을 따라 그들이 하는 대로 힘을 모았다.

동시간, 백제부 관청은 새로 부임해온 태수를 갑작스레 맞이하고 있었다.

백제군과 왕유를 거느리고 온 내법좌평은 오만하기 짝이 없는 눈길로 사아군을 흘기며 말했다.

"어명이 그러하니, 사아군은 왜로 돌아갈 차비를 하시오."

내법좌평, 이제는 새 개화 태수가 된 백씨 일족 수장의 말에 사아는 이를 악물었다. 갑자기 어떻게 돌아가는 상황인지 알기 어려웠지만 내법좌평의 등장에 어심이 작용했다는 건 분명해 보였다. 그러니 의심할 필요도 없었고, 거역할 수 있는 상황도 아니었다.

"태자전하께서는 어찌 되셨습니까?"

"흥! 목숨을 잃지 않은 것도 다행이지. 어찌 국조모 팔찌를 위조할 생각을 하셨단 말인가. 직접 쪼개지 않았다면……."

"쪼개? 태자전하께서 국조모 팔찌를 직접 쪼갰단 말이오?"

피가 거꾸로 치솟는 느낌이었다. 그럴 리가 없었다. 태자 자신의 손으로 직접 우리들의 미래를 부수다니! 태자가 이리저리 흔들리고는 있었지만 어디까지나 흔들리는 것으로 그쳐야 했다. 부러져서는 안 되었던 것이다. 국조모 팔찌를 부수는 일은 결코 일어날 수 없는 일이었다.

사아는 아무것도 믿지 못하겠다는 듯 고개를 가로저었다.

"태수! 포구 개방부터 서두르셔야 하지 않겠습니까? 칠석이 이제 내일이니까요."

왕유가 미명으로 동이 트고 있는 하늘을 가리키며 하얀 눈썹을 가지런히 모았다.

"흠흠, 뭐가 어찌 돌아가는지 알아야 개방을 할 것 아닌가! 부관은 일단 날 따라오게!"

정치적으로 가장 민감한 곳에 당도하자마자 반기는 것은 뜨거운 불길이요, 축하하는 환호성 대신 불이야, 외치는 소리만 울려 퍼졌다. 생난리가 난 개화. 결코 원한 적 없던 부임지는 하늘마저 벌겋게 달아올라 있었다.

먹구름처럼 차오르는 시커먼 연기를 쳐다보며 신임 태수는 한숨만 푹푹 쉬었다. 왕유가 무엇을 해야 할지 말해주지 않았다면 그 자리에 언제까지고 죽치고 있었을 것이다.

쌩하니 관청을 나서는 신임 태수의 뒷모습을 보며 왕유가 혀를 쯧쯧 차고 돌아섰다.

"신경질적인 인사이기는 하나, 개화를 다스리기에 충분할 만큼 노련하니 걱정하실 것 없습니다. 사아군! 허면 왜까지 안전하게 가십시오."

왕유마저 빠져나간 관청에는 사아만이 덩그러니 남아 있었다.

'이리 버려지는 것이었나?'

사아는 점점 호흡이 가빠지는 것을 느꼈다. 마치 보이지 않는 손이 불쑥 튀어나와 제 목을 꽉 옥죄어오는 것 같았다.

후들거리는 무릎이 휘청거리자, 사아는 본능적으로 팔을 앞으로 내밀어 뭔가를 잡으려 허우적거렸다. 그때 그의 팔을 잡아주는 손이 나타났다. 백제 병사의 복장을 하고 있는 부염이었다.

사아는 부염이 잡아주는 손을 꽉 움켜쥐었다. 그래, 아직 부염이 있었다. 부염은 떠나지 않았다.

사아는 부염의 손을 붙든 채 마치 자신에게 하듯 소리쳤다.

"이대로 끝낼 순 없다. 너도 그렇게 떠나보낼 순 없는 것이 아니냐!"

사아군의 목소리가 혼란스런 부염의 머릿속을 헤집고 있었다.

"아아! 살살해라!"

붕대를 감으려고 손만 대었는데도 순타가 엄살을 부리자 영은 제법 엄한 표정을 지어 보였다.

"그렇게 왕유 박사의 치료는 왜 거절을 해가지고 그러십니까?"

의술에 정통한 왕유가 치료를 하겠다고 나섰는데도 순타는 굳이 면전에서 딱 잘라 거절해 공연히 무안을 주었다. 대신 증걸에게 천조각과 지혈제를 구해 오게 한 다음 그걸 미덥지 못한 영에게 넘겨준 것이다. 결국 치료를 영에게 맡긴 셈이다.

"그 영감탱이는 상처를 봐준다면서 독을 뿌릴 위인이다. 어라하가 만든 상처로 도중에 끊어진 생명선이나 이어보라는 말을 하는 거 봐라."

볼을 잔뜩 부풀리는 모습이 심통 난 어린아이 같아서 영은 순타보다 더 과장된 표정으로 맞장구쳤다.

"노망난 영감탱이! 그걸 가만히 놔뒀어? 눈썹마저 뽑아버려 정신

좀 차리게 하지!"

영이 콧김을 내뿜으며 민머리 왕유의 눈썹을 뽑아내는 모습이 연상되어 증걸은 연신 피식거렸지만, 정작 순타는 같이 웃어주지 못했다. 자신이 국조모 팔찌를 쪼개버린 탓에 항아가 제 세상으로 돌아가는 일이 곤란해졌기 때문이다.

아니, 돌아가는 것이 불가능해졌다고 믿고 싶은 순타였다.

백씨 일족과 어륙, 나아가서는 백제의 혼란을 피하기 위한 불가피한 결정이었다고 변명하지만, 그 행동에 사사로운 용심이 조금도 없었다고는 확신할 수 없었다.

제 이기적인 마음으로 항아를 다시 위험에 빠트리게 되는 것은 아닐까 두려운 마음이 들던 그 순간, 순타는 저도 모르게 움찔했다. 벌건 속살을 드러낸 상처에 항아의 손길이 닿자 저릿한 감각이 팔 전체를 타고 올라왔다.

항아를 구하기 위한 본능적인 움직임이었지만 어라하가 처음부터 인정을 두지 않았다면 멀쩡할 리가 없었다. 헌데 이상했다. 치료한다던 제 항아가 막상 상처를 한참이나 들여다보기만 할 뿐 뭔가에 홀린 듯 멍하니 있는 게 아닌가!

혹 상처가 끔찍해 말을 잊은 것인가! 괜히 치료를 부탁했나 싶어 후회가 됐다. 이제라도 증걸에게 손목을 맡기려고 막 항아를 부르려던 참이었다. 영이 눈물이 고인 눈으로 순타를 올려다보았다. 뭔지 모를 낯설고 이질적인 감각에 순타는 말문이 막혀버렸다.

흉터! 여기에 붉게 그은 흉터가 어디 갔냐고 묻잖아!

영은 소가노 준의 흉터를 순타에게서 찾으려고 했었다. 그 붉은 흉터가 없어서 순타를 소가노 준의 짝퉁이라고만 여겼다. 그리고 짝퉁에 걸맞는 취급을 해왔다. 헌데 그 짝퉁의 왼손에 상처가 생긴 것이다.

지금은 붉은 속살이 다 드러나 보이는 상처지만, 언젠가 이 상처도 아물 것이다. 영은 유채색 눈동자를 마주보며 그리운 이에게 인사를 건넸다.

"오랜만이야."

"항아?"

갸웃거리는 태자의 얼굴을 보며 영은 끝내 울음을 터트렸다.

인연을 알아 볼 수 없다면……인연이 닿았을 때로 돌아가면 돼.

순타가 바로 소가노 준이었다.

처음부터는 아니었지만, 분명 준도 자신이 항아라는 것을 알고 있었던 것이다. 그렇지 않고서는 그런 말을 꺼낼 수가 없었다.

"항아?"

그녀만을 향한 유채색 눈동자를 마주 보자 영은 갑자기 가슴 저 안쪽에서 무언가가 왈칵 치밀어 올라오는 것을 느꼈다.

"어찌 이러느냐?"

제 항아의 이상한 반응에 놀라 의원을 불러와야겠다고 몸을 일으키던 순타는 옷깃을 끌어당기는 힘에 엉거주춤 자세가 되었다.

"항아?"

"서영!"

영은 너무나 오랜만에 불러본 이름에 저도 모르게 흠칫 몸을 떨었다.

마치 제 이름을 부르는 것만으로도 정말로 돌아온 것처럼 느껴졌다. 서영의 세상으로.

"당신 항아님의 이름은…… 서영이야!"

"서영?"

순타의 입에서 자신의 이름이 흘러나오자, 영은 그가 정말로 소가노 준이라는 것이 믿겨졌다.

"항아님의 월궁 이름인가?"

유채색의 눈이 곱게도 휘어지며 물었다. 그 눈웃음에 홀린 것일까? 영은 자신도 모르게 순타의 왼손에 제 이름인 달빛 영을 손가락으로 그렸다.

찢어진 손바닥 위에 그려지는 글자를 도통 알 수 없었다. 상처로 인한 알싸한 통증 때문에 감각이 둔해진 것인지 월궁의 글자라서 순타 그가 알지 못하는 것인지 글자를 읽을 수가 없었다.

"달빛이야. 달빛 영."

"그대의 세상에서도 항아님이었군."

영은 제 이름을 영원히 잊지 않게 하려고 가슴 깊숙이 새기려는 듯, 간절한 눈빛으로 순타를 바라보았다. 그녀의 애절한 눈길에 순타가 가만히 고개를 끄덕여주었다.

"이름 알려줬으니까…… 이번엔 꼭 알아봐야 해."

환한 미소를 지으며 제 항아가 말했다.

무엇을 의미하는 걸까? 월궁에서 순타를 그리워하겠다는 걸까?

영이 품속에서 쪼개진 국조모 팔찌를 꺼내 보이며 말했다. 바닥에 팽개쳐진 채 쓸모를 잃은 국조모 팔찌를 애써 찾아 가져온 것이었다.

"정인과 정표를 나누는 것을 부절이라고 한다며?"

부절 한 조각을 순타에게 내밀었다.

그것을 받아드는 순타의 유채색 눈동자가 사정없이 흔들렸다.

꿈인 걸까?

제 항아가 저를 정인이라고 부르고 있었다.

"이 몸이 꿈을 꾸는 건 아니겠지? 혹여 그렇다면!"

"그렇다면?"

"영원히 꿈속을 헤매도 좋으니 깨지 않……."

순타는 말을 다 잇지 못했다. 영이 갑자기 제 입술에 입을 맞추었기 때문이다.

"꿈이 아니야. 이제 당신이 있는 곳이면, 어디든 그곳이 내 현실이야!"

영이 다부지게 말했다. 확신이 넘치는 대답에도 순타는 한동안 그녀의 말을 믿을 수가 없었다. 의미하는 바가 그토록 꿈꾸던 것이었기 때문이다.

제 항아님이 월궁이 아닌, 저를 택한 것이다. 월궁의 사내가 아닌 순타 자신을 말이다.

"왜 나라가 아니라면, 어디든 좋아. 짝퉁 말대로 대륙을 가도 좋고, 그보다 더 먼 서역으로 가도 좋고. 어디를 가든 당신이 있는 곳이 내 세상이니까."

단 하루를 산다 하더라도 정인과 함께 살겠다는 순타의 고백을 받았을 때, 영이 느낀 행복은 말로 다 표현할 수가 없었다. 만약 그곳이 어라하 앞이 아니었다면, 영은 태자의 목을 끌어안고 입 맞출 수 있을 정도로 벅찼던 것이다.

그 행복감을 그에게도 고스란히 전해주고 싶었다. 그래서 영도 자신의 마음을 보여주기로 결심했다. 1500여 년을 넘어 자신을 찾아왔던 순타. 영은 비로소 그가 자신의 세상임을 확신했다.

열렬한 영의 고백을 끝까지 듣고 난 순타가 벅찬 얼굴로 그녀를 와락 품안에 안았다.

"이 품이 그대의 세상이다."

간신히 용기를 내어 말하는 사람처럼 떨리는 목소리로, 순타는 그렇게 말했다.

***

하늘은 구름 한 점 없이 새파랬다.

파도는 잔잔했고, 간간히 불어오는 바람마저 부드럽고 상냥했다.

마을로 들어서는 어귀에도 집집마다 널어놓은 옷가지들이 살랑이는 바람에 팔락팔락 몸을 뒤흔들었다. 칠석날 폭의(曝衣)를 한다고 묵힌 옷들을 죄다 꺼내 볕에 말리는 광경이었다.

칠석을 맞아 새로 부임한 태수가 포구를 개방하자, 복구가 한창인 개화의 저자 거리는 오랜만에 사람들로 북적였다.

저자의 사내들이 너나 가릴 것 없이 협동해 가판을 새로 만들고 있었고, 한쪽에서는 열흘 만에 조촐한 장이 열렸다.

바다에서 어부들이 잡아온 싱싱한 물고기들과 상단들이 묵혀놓았던 피륙은 물론 장신구와 사기 그릇들이 그나마 저자가 아직 살아있음을 보여주는 듯했다.

바닥이 시커먼 길을 뛰어다니며 서역 상단의 뒤꽁무니를 쫓는 짓궂은 아이들의 웃음소리가 굽이굽이 메아리쳤다.

포구 역시 들고 나는 상단의 배들로 인해 활기를 띠었다.

혹 지금 떠나지 않으면 두 번 다시 떠날 기회를 못 얻을 것처럼 짐을 실은 달구지가 연이어 끊이지 않았다. 그 덕에 포구까지는 사람이나 마소나 발 디딜 틈 없이 아주 혼잡을 이루었다.

이리저리 밀려오는 인파를 헤치며 저자 거리를 지나 증걸이 언덕을 올려다보았다. 제 주인이 서 있는 게 보이자 걸음을 서둘렀다.

증걸이 제 옆에 다가서도 순타는 신경도 쓰지 않는 듯 굴었다.

"개화인들이 모두 포구로 쏟아져 나온 것 같습니다."

언덕 근처 푸른 갈대밭에 서서 포구를 바라보던 순타의 얼굴에 피식 웃음이 스쳐지나갔다.

"왜, 왜 그렇게 보십니까?"

증걸이 공연히 말을 더듬었다. 빤히 제 얼굴을 보는 태자가 무슨 생각을 하고 있는지 말하지 않아도 알 수 있었다.

태자의 무모한 선택 때문에 실망하고, 벙어리 냉가슴 앓듯이 저 혼자 안달복달하며 주인으로 끝까지 모셔야 하는지 고민하다가, 미련할 정도로 충성스러운 연씨 일족답게 태자의 곁을 끝까지 따르기로 결심한 것을 비웃는 것이다.

제 딴에는 비장한 결정이었는데 태자는 처음부터 그럴 줄 알았다는 듯이 저를 보며 오만한 미소를 지었다.

"내 무어라 했느냐."

짜증스러울 정도로 비아냥이 다분한 순타의 말에 기가 찬 증걸은 이내 고개를 설레설레 저었다.

상대해봤자 저만 골치가 아플 뿐이다. 어차피 주인으로 삼은 태자가 왜로 가든 대륙으로 가든 무슨 상관일까 싶었다. 그저 자신은 주인만 지키면 될 일이었다.

아니, 이제는 장인도 지켜야 했다. 제 몸이 하나인데 지킬 사람이 하나 더 늘어나자, 왠지 억울해지는 기분이었다.

"대륙으로 가는 배편은 유시에 떠난다고 합니다."

증걸의 뾰로통한 말투에도 태자는 그저 알았다는 듯이 고개를 끄덕였다.

태자의 시선이 갈대밭 사이에 닿아 있었다. 사람이 지나간 자리라는 것을 드러내며 갈대들이 누워 길을 만들고 있었다.

"헌데…… 장인이 진짜 떠날 수는 있는 겁니까?"

증걸의 불퉁한 목소리에 담긴 의심이 현실이 되면 어쩌나 싶어 순타의 얼굴이 일순 굳어졌다.

"대륙이 어디라고 간다는 거야!"

고달의 목소리였다. 증걸의 물음에 대신 대답한 것처럼 고달의 목소리가 불쑥 튀어 나왔다.

고달은 저보다 키 큰 갈대들을 넘어트리며 행장을 꾸린 영의 소매를 끌고 가는 중이었다.

그러면서도 순타를 바라보는 그의 눈은 도둑놈을 쳐다보는 눈빛이었으니, 순타는 참으로 난감하기 짝이 없었다.

"왜이래요? 아침 먹을 때는 잘 다녀오라고 해놓고!"

영은 고달이 또다시 마음을 바꾸자 아예 진저리를 쳤다.

어제 내내 눈에 흙이 들어가기 전까지 대륙은 못 보낸다느니, 백제인과 얽혀서 재수가 없다느니, 태자 따라 가면 불효막심하다느니 별별 구실로 반대만 해댔는데, 그래도 아침에 일어나서는 눈물을 머금으며 허락을 해주었다. 그러더니 고달이 다시 또 마음을 바꾼 것이다. 아예 포구로 가지 못하게 갈대밭으로 끌고 가자, 영은 힘으로 버티는 중이었다.

"다 큰 딸년이 옆 마을도 아니고, 바다 건너 대륙까지 간다는데 그걸 허락하는 아비가 어딨냐? 아무래도 안 되겠다. 못 가! 가려면 니 애비도 델꼬 가!"

"아, 정말 창창한 딸년 앞길 막을 거예요?"

"앞길 막는 게 아니라, 앞길 터주려고 이러는…… 딸, 딸년이라고?"

누구도 아닌 달이의 입에서 딸이라는 소리가 나왔다. 잘못 듣기라도 한 것처럼 수 초간 눈만 끔뻑거리던 고달이 단단히 붙잡았던 영의 소매 깃을 슬며시 놓았다.

제 딸년이 아니라고 할 때마다 구박을 했을망정 내색은 하지 않았지만 그의 가슴은 실은 조금씩 무너져내렸다. 저러다 아예 아비를 알아보지도 못하는 날이 오면 자신도 그 뒤로는 살아내지 못하지 싶었다. 어쩌면 그런 날이 머지 않아 올 것이라고 단단히 마음먹고 있기도 했다.

그나저나 이상했다. 분명 제 딸년이라고 말하는데도 낯선 것이 아무래도 너무 오랫동안 허무맹랑한 소리를 들은 탓일 것이다.

"저러다 정말 따라가겠다고 설치는 거 아닙니까?"

순타는 증걸의 노파심을 흘려들으며 티격태격하는 부녀를 흐뭇하게 바라보았다. 아비에게 투정이라도 부리는 것 같은 제 항아. 그녀는 딸 행세를 하는 게 아니라 정말 고달의 딸 같았다.

순타는 슬며시 제 항아님을 향해 웃어 보였다. 절대로 고달을 데리고 갈 수 없다는 의지를 함께 실려 보내면서 말이다.

찌릿, 그때 붕대로 감은 왼손바닥이 통증을 호소해왔다.

행여 제 항아가 걱정할까 봐 고개를 돌려 얼굴을 찌푸렸다. 그때 순타의 눈이 짐을 싣는 선착장 끝에 서 있는 사아를 발견했다.

사아는 이미 태자를 한참이나 보고 있었던 모양이었다. 그의 노려보는 눈빛이 여간 사나운 게 아니었다.

왜로 돌아가는 사아에게 이제 남은 것이 무얼까? 돌아올 때는 마음에 큰 포부를 담고 왔겠지만 다시 돌아가는 길에는 오롯이 빈 손이었다. 거기에 얹힌 고통의 무게는 저도 예상치 못했으리라.

순타는 언덕을 뛰어내려갔다. 이대로 그를 보낼 수는 없었다.

태자가 무엇을 보고 내려가는지 알았기에 긴장한 증걸이 마지못해 그 뒤를 따랐다.

"승선하실 시간이오. 사아군!"

태자에게서 박사 단양이의 글을 하사받은 박사 소아한이 승선을 알려왔다.

사신단 중 하필 제게 떨어진 임무라, 소아한은 기다리는 배를 보며 사아를 재촉했다. 태수로 임명된 지 열흘 만에 지위를 벗고 다시 왜 사신으로 가게 됐으니, 사아군의 발길이 쉬이 떼어지지 않는 것도 이해가 되었다. 그렇다고 마냥 지체할 수 없는 것이 뱃길이었다.

소아한의 재촉에도 사아는 자신을 향해 다가오는 순타에게서 시선을 거두지 않았다.

"잠시 시간을 주겠나?"

등 뒤에서 말을 걸어온 사람이 태자라는 것을 확인하자 소아한이 급히 부복했다.

"전하!"

"내 사아군과 친히 할 말이 있네."

"소, 송구합니다."

청루에서 순타에게 혼쭐이 났던 박사들은 아직도 태자를 보면 그날 비굴했던 저희들의 모습이 떠올라 슬금슬금 태자를 피하곤 했다. 소아한도 다를 게 없는지라 황급히 자리를 비켜주었다.

어라하의 명으로 왜 사신으로 돌아가게 된 사아의 얼굴은 참담하기 그지없었다. 억울과 원망이 서린 표정을 노골적으로 드러내는 것인지, 도저히 감출 수 없는 것인지 몰라도 순타의 가슴을 미어지게 하는 것은 마찬가지였다.

"……무탈하게!"

순타의 마지막 인사에 사아는 납덩이처럼 차갑게 굳은 얼굴로 입을 열었다.

"못나셨습니다."

한낱 계집 때문에 보위를 포기한 순타를 인정할 수 없었기에 그의 눈빛은 억눌린 분노로 이글거렸다.

"사아!"

"장인이 대체 뭐길래!"

사아는 제 사촌을 노려보며 이를 갈았다.

"내겐 세상보다 더 귀한 이다. 내 목숨만큼."

차마 자신의 입으로 사모한다는 말은 입에 담지 못했다.

사모한다고 말해버리면, 남녀 간의 정이 얼마나 오래가겠냐고 비아냥거릴 사아였다.

자신의 목숨보다 귀하다는 말에 사아는 벼락을 맞은 듯 눈만 끔벅대다가 겨우 말을 이었다.

"……허면, 전하의 목숨을 제가 가져가는군요."

무슨…….

사아가 중얼거리듯 흘린 말이 예사롭지 않은 의미를 담고 있는 것 같아 순타는 모골이 송연해지고 말았다.

나의 목숨!

그는 단순히 저주를 표현한 게 아니었다. 사아가 던진 말에는 마지막 한 수가 숨어 있을 것이다. 그러면 이대로 끝낼 수 없을 것이다. 충분히 그러고도 남을 위인이었다. 순간 그가 떠올린 것은 살수 부염이었다. 그는 사아의 그림자였다. 그가 보이지 않았다.

순타가 돌아서 영이 있던 곳을 바라보았다. 아직도 갈대밭에서 고달과 실랑이 중인 영이 보였다.

"증걸!"

증걸은 소리없이 영을 가리키는 순타의 손가락을 보았다. 무언가 잘못되었음을 깨닫자 영을 향해 잽싸게 뛰기 시작했다.

그래도 불안한 마음에 영에게서 눈을 떼지 못하고 그 주변을 훑다가 언뜻 무언가를 보았다.

쏴아.

바람이 순식간에 방향을 달리하여 갈대들이 이리저리 흩날렸다. 그 순간 순타는 보았다. 흔들리는 갈대 사이로 영을 향해 활을 겨누고 있는 부염이 보였다. 등골이 오싹해졌다.

안 돼!

순타도 영을 향해 움직이려던 순간이었다.

"사람이 화살보다 빠르겠습니까?"

다 부질없다는 듯이 사아가 빈정거렸다.

"삶은 물에 들어갈 걸 개도 안답니다. 그래도 꼬리를 흔드는 것이 개의 운명이겠지요. 허나 저는 그리하지 못하겠습니다. 삶은 물에 들어갈지언정, 주인의 손목을 물어뜯어야겠습니다. 그래야 공평하지 않겠습니까!"

사아의 얼굴이 우는 것인지 웃는 것인지 도통 구분이 가지 않았다.

누군가가 손으로 제 심장을 뜯어내는 것처럼 통증이 일었다. 순타는 왼쪽 가슴을 짓누르며 영을 향해 달려갔다.

"항아!"

영은 그제야 저를 향해 달려오고 있는 증걸과 순타를 발견했다. 그냥 저를 향해 오는 것이 아니었다. 심상치 않은 몸짓이라는 게 느껴졌다.

먼저 도착한 증걸이 영과 고달 앞을 막아서며 예리한 눈매로 주위를 살폈다. 하지만 사람 키만 한 갈대숲에서 적의 위치를 발견하는 건 쉬운 일이 아니었다.

돌발적인 상황이 펼쳐지자 영은 그저 어리둥절하기만 했다. 활을 겨누고 있는 부염을 먼저 본 것은 위험을 감지하고 예리한 눈매를 휘둘렀던 고달이었다.

"옘병!"

활을 겨누고 있는 게 부염이라는 걸 본 순간, 고달은 다리로 모든 힘이 순식간에 빠져나가는 것 같았다. 욕지기만 터져 나올 뿐 그 자리에 붙박인 채 아무것도 할 수가 없었다.

그때였다.

부염이 겨눈 활이 갑자기 방향을 바꿔 영을 향해 달려오고 있는 순타에게로 겨눠졌다. 예측 불허의 순간이 연달아 찾아왔다.

금속 활촉이 자신을 향해 반짝거리는 것을 발견하자 달려온 순타가 걸음을 멈추었다. 그것은 명백한 살기였다. 순타는 상황을 정확하게 인식했다. 언제든 화살을 놓아도 제 심장을 맞출 만큼 사정거리 안에 들어와버린 것을.

"전하!"

증걸도 부염을 발견하고 거리를 쟀다. 순타에게 활을 겨눈 부염은 증걸과 십 보 이내의 거리에 있었다.

거리를 좁혀보려고 몇 걸음을 놓는 사이 부염은 활시위를 더 늘릴 수 없을 만큼 팽팽하게 당겨놓았다. 증걸은 더 이상 가까이 다가가지 못하고 우뚝 멈춰 섰다. 여기서 더 움직이는 즉시, 부염은 미련없이 활 시위를 놓아버릴 것이 분명했다.

"부염!"

영이 간곡하게 부염을 소리쳐 불렀지만, 그는 영에게 눈길조차 주지 않았다.

"무슨 짓이냐, 부염! 네가 죽여야 할 건 장인의 혼이지, 전하가 아니란 말이다."

상황을 종결 짓기 위해, 아니, 자신이 매듭지으려는 상황을 확인하기 위해 사아도 뒤늦게 언덕을 뛰어올랐다. 그러나 부염을 발견하자 계획이 어그러지고 있다는 걸 깨달았다. 예상치 못한 상황이 펼쳐지고 있었던 것이다. 새하얗게 질린 얼굴로 달려오며 부염을 향해 고함을 쳤다.

"다, 달이…… 아, 안 보내."

장인의 혼을 죽이면, 달이가 다시 돌아올 것이라고 부염을 꾀어낸 것은 바로 사아였다. 하지만 부염은 처음부터 순타를 노리고자 했다. 그를 죽이면 영은 개화를 떠나지 않을 것이라 생각한 것이다. 백제 태수를 죽인 것처럼 말이다.

피슝.

마침내 그의 손에서 화살이 떠났다. 그 순간, 증결도 날듯이 부염에게 달려들었다.

바람이 모두의 귓가에다 험한 노래를 부르기 시작했다.

마치 장송곡과 같은 음산하고 험한 노래가 수많은 갈대를 비벼 울려퍼졌다. 그 사이 증결의 칼에 등을 맞은 부염이 한 무더기의 갈대를 배고 쓰러지는 것을 아무도 신경 쓰지 않았다. 모두 뒤로 넘어가는 태자에게로 달려가고 있었다.

쓰러진 부염의 눈에 영이 제일 먼저 순타에게 달려가는 것이 보였다.

달이……. 달이를 부르는 소리가 그의 입안에서 맴돌 뿐 세상 밖으로 나와 울리지는 못했다.

"안 돼!"

울부짖는 소리 가운데 바닷바람이 갈대밭 사이를 누비며 쐐쐐 불어왔다.

순타는 영이 저를 향해 달려오는 것을 보았다.

함께 대륙으로 가기로 했는데…….

아마 그 약속은 지킬 수 없게 될 모양이었다.

미안해, 약속을…….

순타는 가슴 한복판에 꽂힌 화살을 움켜잡고 잔뜩 웅크린 채 바닥으로 뚝뚝 떨어지는 핏방울을 피하기라도 하는 것처럼 뒷걸음질 쳤다.

순타의 몸이 버티지 못하고 휘청거리더니 털썩 무릎을 꿇었다. 마지막 쥐어짜낸 의지인 듯 고개가 뒤로 확 젖혀졌다.

그러나 무릎을 꿇어 한껏 젖혀졌던 고개는 반동으로 다시 숙여졌다. 순타가 거친 숨을 몰아쉬며 허공을 향해 힘겹게 왼팔을 들어 올렸다.

"항아!"

달려온 영이 떨어지는 순타의 손을 움켜잡았다. 그 순간 순타의 몸이 영에게 기대듯 쓰러졌다.

가쁜 숨을 내쉬며 무너지는 순타를 영은 와락 끌어안았다. 곧바로 손을 가슴으로 더듬었다. 순타의 가슴에 번지는 피를 어떻게든 막아보려는 허무한 몸짓이 처절했다.

"아, 안 돼! 안 돼!"

영의 손이 운명의 불운을 막기 위해 허우적거렸지만 너무 많은 피가 쏟아지듯 뿜어져나와 무엇으로도 지혈이 되지 않았다.

벌써 손에서는 체온이 떨어지고 있었다. 마치 차가운 얼음을 만지는 것처럼 두려움이 엄습해왔다.

"전하를 옮겨야 합니다."

증걸이 소리치자마자, 순타가 울컥 피를 토했다.

"순타! …… 왕유, 왕유 박사를 불러와!"

영이 누구에게랄 것도 없이 소리쳤고, 고달이 백제부를 향해 달렸다.

"모든 게 너 때문이다! 너 때문이라고!"

그제야 달려온 사아가 피를 토해내는 순타를 보자 와르르 무너져내렸다. 무릎을 꿇고 주저앉은 채 마치 살인자가 영이라도 되는 듯 원망을 쏟아냈다.

그것으로도 모자라 사아는 영을 향해 달려들었다. 증걸이 막아서 그를 밀쳐냈다.

"죽여 버릴테다. 너도 죽여버릴 거라고."

증걸에게 막혀 버둥대면서도 사아는 악다구니를 늘어놓으며 몸부림쳤다.

"항아!"

자신의 죽음을 예감한 듯 순타의 꺼져가는 눈빛이 영을 찾았다.

"살릴 거야! 그러기 위해서 온 거니까!"

발악이라도 하는 것처럼 영이 소리쳤다. 정신을 잃지 않도록 영은 연신 순타의 이름을 불렀다. 후르륵 눈물이 쏟아져 순타의 얼굴을 적셨다.

그 뜨거운 물기의 감각 때문인지 순타가 다시 눈을 뗬고 겨우 미소를 지으며 말했다.

"항아…… 항아의 말을 따라."

순타가 증걸에게 손을 뻗으며 죽을 힘을 다해 뱉어낸 마지막 말이었다. 증걸에게 그 말은 마치 유언처럼 아득하게 들렸다.

증걸이 영에게 어찌하면 되느냐는 듯이 쳐다보았다.

"샘으로 가야 해."

영의 시선이 저물어가는 태양에 닿았다.

"내가 온 샘 말이야. 그를 데리고 가야 내 세계로 갈 수 있어."

샘은 영이 개화로 오게 된 통로였다. 세계를 통과해 온 출구였다. 그렇다면 입구가 되지 말란 법도 없었다.

공방의 직공들이 부순 바위들이 아직 널브러진 샘은 제 기능을 온전히 회복하지는 못한 상태였다. 그래도 칠석을 맞이해 샘 주변을 정리한 덕분인지, 치성제 때처럼 흙탕물로 뒤덮여 있지는 않았다. 곳곳에 칠석을 맞아 시암제를 올리고 간 흔적이 놓여 있었다.

순타를 부축해 샘으로 올라온 증걸과 뒤따라온 사아는 샘의 처참한 모습에 망연자실했다. 신성을 훼손한 흔적들이 아직 곳곳에 남은 샘은 소원을 들어주던 영험한 능력을 상실한 것처럼 보였다.

덜컥, 가슴이 무너져내리는 것만 같았다. 태자를 살릴 마지막 기회를 놓쳐버린 것만 같은 절망감에 사로잡혔다.

순타는 더욱 위태로워 보였다. 간신히 끔뻑거리던 두 눈은 아예 감겨 떠지지 않았다.

"그를 샘으로 옮겨줘."

다들 정신을 차린 것은 영의 목소리를 들었기 때문이다.

영이 순타의 옷을 더듬거리더니, 그의 품에 갈무리되어 있던 국조모 팔찌의 부절을 꺼내들었다.

온전한 모양이 아닌데도 팔찌는 유난히 빛을 발하고 있었다.

증걸은 그 국조모 팔찌를 보고, 장인의 혼에 희망을 걸기로 했다. 그가 태자를 안아 샘에 내려놓았다.

누가 말릴 새도 없이 영은 순타를 샘으로 밀어넣었다. 그리고 자신도 함께 샘으로 뛰어들었다.

워낙 순식간에 일어난 일이라 다들 주춤거리고 섰을 뿐 무엇을 해야 할지 알지 못했다.

사아만이 경악하며 외쳤다.

"뭐 하는 짓이냐!"

"여기에 그를 두면, 죽어! 내 세상으로 데려갈 거야."

영이 순타를 끌어안으며 소리쳤다.

"헛소리!"

"헛소리인지 아닌지 두고 보면 알 거 아냐!"

영은 사아에게 일갈하며, 순타를 내려다봤다.

순타의 감은 두 눈을 보니, 마치 잠에 든 얼굴처럼 평온해 보이기까지 했다.

"일어나! 잠에서 깨어나. 순타!"

하지만 그의 가슴에서는 이미 많은 피가 흘러내렸다.

"내 말 듣고 있는 거 알아. 하지만 당신은 살아야 돼. 살게 될 거야. 그러니까 포기하지 마!"

대답대신 거친 숨소리가 들려왔다.

"인연이 있으면 천리를 가도 서로를 만난다며! ……우린 이미 만났어!"

영의 울먹임에 응답하듯 순타가 더 이상 떠지지 않을 것만 같던 눈을 겨우 떴다.

거친 숨과 함께 보일 듯 말 듯. 순타가 웃어 보였다.

영은 순타의 품에서 꺼낸 부절을 제 것과 맞추며 그를 꼭 끌어안았다.

이미 샘은 순타의 피로 붉게 번지고 있었다. 영은 그를 끌어안은 채 물속으로 들어가며 하늘을 향해 빌었다.

'도와줘요! 그를 다시 살릴 수 있게. 제발 도와주세요!'

순타와 영이 완전히 잠긴 샘은 더욱 붉게 흐려졌다. 물속으로 사라지고 난 뒤로 샘의 수면은 몇 번인가 요란스럽게 일렁거렸다. 그 수면을 내려다보는 증걸과 사아는 시간이 흐를수록 난감한 표정이 되어갔다.

증걸과 사아가 초조한 얼굴로 서로를 마주보았다.

"전하!"

"달이야!"

저 멀리서 고달이 왕유 박사와 함께 샘으로 달려오고 있었다.

"전하께서는?"

왕유가 다급하게 태자를 찾았지만 증걸은 장인의 혼과 함께 떠났다는 말을 차마 꺼낼 수 없었다. 그저 샘을 절망스럽게 쳐다볼 뿐이었다.

첨벙.

제 딸이 샘으로 들어갔다고 짐작한 고달이 샘으로 뛰어들었다.

"달아! 달아!"

고달이 가슴 밖에 차지 않는 샘으로 들어가 물 속을 샅샅이 헤쳤지만, 그의 손에 잡히는 것은 아무것도 없었다.

"장인의 혼 따위! 있을 리가 없잖아!"

제가 잠시 판단이 흐려진 것을 후회하며 사아도 고달을 따라 샘으로 뛰어 들어갔다.

하지만 사아의 손에도 역시 잡히는 것은 아무것도 없었다. 영과 순타가 샘으로 들어간 지 불과 얼마 안 되는 짧은 시간이었는데 어디론가 사라져버린 것이다.

납득할 수 없는 기이한 현상을 목격한 그들은 더 이상 아무 말도 할 수 없었다. 그저 다들 벙어리가 된 듯 침묵이 흘렀다.

"장인의 혼이 모셔간 것이야!"

왕유 박사가 헤아리듯 말했다. 그의 시선이 하늘에 닿았다.

칠석.

하늘에 해와 달이 함께 떠 있어 음과 양이 치우침이 없는 이날.

오직 허락된 이만이 시공간을 넘나드는 것이다.

하늘에서는 저물어가는 해와 떠오른 달이 나란히 개화 땅을 비추고 있었다.

12장

인연이 있으면
천리를 가도

영은 태아처럼 몸을 만 채 가만히 누워 있었다.

바닥에서 올라오는 온기가 그녀의 몸을 노곤하게 만들었다. 그녀가 있는 곳은 공기마저 따뜻했다. 그래서 자신이 아무것도 입고 있지 않다는 것을 느끼기까지 꽤나 오랜 시간이 걸렸다. 아니, 어쩌면 그리 오랜 시간이 지난 건 아닌지도 몰랐다.

그녀는 여러 번 정신이 들었다가 까무러쳤고 또다시 정신이 들기를 몇 번이나 반복했다.

찰나의 시간이 흐른 것일 수도 있고, 아주 오랜 시간이 흐른 것일 수도 있었지만 자신이 나체라는 것에는 전혀 걱정이 되지 않았다. 제가 만든 주얼리만 차고 나체로 자는 것이 영의 버릇이었기 때문이다.

그러다 문득 그녀는 자신이 혼자 있는 것인지 확신할 수 없어졌다.

살며시 눈을 뜬 순간, 하얀빛에 둘러싸인 공간에 누워 있다는 것을 깨달았다.

눈이 부셔 눈을 감았다가 다시 눈을 떴을 때, 그녀는 비로소 자신이 누워 있는 곳을 볼 수가 있었다.

그 곳은 무척이나 낯익은 곳이었다.

커다란 화덕은 언젠가 보았던 하늘장인의 화덕처럼 보이기도 했고, 숲에 둘러싸인 작업장은 달이의 움막 작업장 같기도 했다. 그리고 손때 묻은 장인의 작업대와 도구들은 다리공방의 그것처럼 보였다. 어쩌면 세 곳이 한데 뒤섞여 있는 것 같기도 했다. 그만큼 영에게는 무척 익숙한 풍경이었다.

화덕의 뜨거운 열기가 몸을 따뜻하게 덮혔고, 이름 모를 새들의 지저귀는 소리가 들려왔다. 그곳의 모든 것이 평화로웠다.

그러다 문득 영은 제가 뭔가 중요한 것을 잊고 있다는 느낌이 들었다. 뭔가 설명할 수 없지만 머릿속에 부옇게 안개가 끼어 있는 것만 같았다.

항아!

순타의 목소리가 영의 머릿속에서 울려왔다. 저를 찾는 다급한 목소리에 영은 잠이 확 달아나버렸다.

어째서 그를 잊고 있었을까? 갑자기 심장이 빨리 뛰기 시작했다.

순타는? 순타는 어디 있지?

영은 누운 자리에서 벌떡 일어나 앉았다.

……우선 옷을 입어야 했다. 그를 찾으러 나가려면 옷이 필요하다는 걸 생각한 순간, 영은 자신이 모시옷을 입고 있다는 것을 깨달았다.

까끌까끌한 모시 소재의 느낌에 잠시 소름이 돋았지만, 영은 개의치 않았다. 순타를 찾아야 한다는 생각에 가릴 것만 있으면 그것으로 족했다. 그때 영의 어깨 위로 자줏빛 장의가 걸쳐지는 것을 느꼈다.

장의는 그녀의 몸을 감싸 안 듯이 걸쳐졌다. 모시와 다르게 피부에 닿는 느낌이 보드랍고 따뜻했다. 어떻게 해서 그녀가 원하는 바로 그 순간에 모시옷과 장의가 몸에 걸쳐진 건지 놀라울 뿐이었다.

끼이익.

그때 작업장의 문을 열고 누군가가 들어왔다.

하얀빛이 쏟아졌다. 그 하얀빛 속을 걸으며 작업장으로 들어온 사람은 한 사람이 아니었다.

"할아버지?"

영의 할아버지인 서환 명장을 따라 들어온 이들은 한성장인과 달이였다.

영은 순타를 살리기 위해 샘으로 뛰어들었던 순간을 상기했다. 그게 순타를 살릴 유일한 방법이었다는 걸 알았던 건 아니었다. 그저 본능이 그녀를 움직였다는 게 옳았다. 그런데 순타는?

순타는 대체 어떻게 된 것일까? 영이 초조한 얼굴을 하고 그들을 바라보았다.

"순타는 이제 괜찮단다."

한성장인이 영의 생각을 읽은 듯이 살풋 웃으며 말했다.

"그는 어디 있죠?"

어디 있는지 알려주기만 하면 당장이라도 달려갈 것처럼 물었다.

"모든 것이 궁금할 거야."

급할 것 없다는 듯 서환 명장이 영의 손을 꼭 모아 잡았다.

크고 거칠지만 따뜻한 체온이 느껴지자 영은 생전의 할아버지를 다시 본 것 같아 왠지 모르게 차분해졌다. 순타를 찾아야 한다는 조급함을 잠시 내려놓을 수 있었다.

"하지만 할아버지는……."

"죽었다고?"

영이 차마 말하지 못하는 것을 서환 명장은 껄껄 웃으며 말했다.

"네가 지금 보는 이들은 다 장인의 혼이란다."

"장인의 혼?"

영은 이쪽을 보고 있는 한성장인과 달이의 얼굴을 보다가 흔들리는 눈빛으로 명장을 바라보았다.

"그럼…… 저도 죽은 건가요?"

영이 불안하게 묻자 묘한 웃음을 지으며 명장이 고개를 흔들었다.

"꼭 그런 것만은 아니란다."

명장의 모호한 대답을 듣고 영은 잠시 갸우뚱거렸다.

대체 죽었다는 거야, 살았다는 거야?

영의 답답한 마음을 알고 있다는 듯 명장은 그 큰 손으로 영의 머리를 쓰다듬었다.

"그동안 고생 많았구나, 영아!"

영은 할아버지의 한마디에 자기도 모르게 울컥했다.

명장이 말한 고생이 개화에서의 일이 아니라는 것을 깨달았기 때문이다. 할아버지의 병간호와 어쩔 수없이 짝퉁을 만들며 공방을 지킬 수밖에 없었던 그 일들을 말하는 것임을 영은 알 수 있었다.

"할아버지!"

"욕심이었단다. 명작을 만들어내고 싶은 욕심에 그만 오석산을 취하게 되었지."

"……후회하세요?"

영이 명장을 향해 물었다.

명장은 깊은 한숨과 함께 고개를 끄덕였다.

"늘 후회한단다. 우리 영이랑 함께한 마지막 시간을 그렇게 망쳐 놓은 걸."

깊은 회한이 느껴지는 말에 영은 눈시울이 뜨거워지는 걸 느꼈다. 하지만 이상하게도 눈물은 나오지 않았다.

"할아버지의 유품에서 옥 부절을 발견했어요."

"그건 내 유품이 아니야. 장인의 보물이 장인의 혼을 부르기 위해 나타난 거지."

명장이 이미 알고 있지 않으냐며 달이를 가리켰다.

그러고 보니, 길잡이 달이를 처음 만났을 때 그런 말을 듣기도 한 것 같았다.

"그 다음 얘기는 내가 해야겠어요."

한성장인이 명장에게 양해를 구하듯 다가왔다.

서환 명장은 인자한 미소를 지으며 한 발 물러나 주었다.

영은 제 머리를 쓰다듬는 명장의 손길을 아쉬워하며 끝까지 눈으로 할아버지를 좇았다.

명장은 그리 멀지 않은 작업대 위에 놓인 도구들에 관심을 보이는 듯했다.

"국조모 팔찌를 만든 이유를 알고 있지?"

한성장인의 물음에 영은 고개를 끄덕였다.

"나 역시 장인의 혼이었어. 하지만 끝내 장인의 보물을 완성하지 못했지."

영은 한성장인이 소매로 감춰놓은 오른손으로 시선을 두지 않으려고 노력했다.

"모든 건 그 국조모 팔찌를 순타에게 맡기고 나서 벌어진 일이야. 국조모 팔찌에 대한 그 아이의 염원이 장인의 혼인 그대를 불러들인 거지. 하지만 순타와 그대가 사랑에 빠질 줄은 우리도 알지 못했어. 서로 은애하는 마음이 경이감을 불러일으킨다는 걸 우린 깨닫지 못했던 거지. 그래! 그대가 동굴에서 본 환각은 그대가 첫 번째 개화 땅에 갔을 때의 일이야. 순타가 화살을 맞았던 거지."

"그때도 이곳에 왔나요?"

"맞아. 그대는 순타와 함께 하늘장인을 찾아왔어. 순타를 살리는 대신 그대가 개화 땅에서 살겠다면서 거래를 하자고 했지."

여간 맹랑한 게 아니었다며, 한성장인이 웃으며 말했다.

"그래서 그가 소가노 준이 된 건가요?"

한성장인이 대답대신 영을 향해 미소를 지었다. 영은 그녀를 빤히 쳐다보았다. 아직도 이해되지 않는 부분이 있었다. 순타가 어떻게 소가노 준이 될 수 있었던걸까?

"2006년. 그대의 시대에 순타가 먼저 떨어졌지. 마침 그가 박사 단 양이에게 쓰게 하고, 박사 소아한에게 하사한 그 족자가 한국에 와 있었거든. 순타는 그 족자 앞에 나타났어."

"설마……."

"그래. 유연천리래상회 무연대면불상봉. 인연이 있으면 천리를 가도 서로를 만나고 인연이 없으면 얼굴을 맞대고 있어도 만나지 못한다는 뜻이지!"

"어, 어떻게 그게?"

"박사 소아한의 후손이 2006년에 가루베 유족이 전달한 백제 유물을 가져왔거든."

여전히 석연찮은 듯한 투로 서환 명장이 말을 보태었다.

"다행히 그가 순타를 잘 보살펴줬단다. 그의 조상이 맹세한 대로 말이야."

"그렇게 순타가…… 소가노 준이 된 거군요."

영은 안심이 되면서 동시에 불안한 마음이 들었다.

"그럼, 개화에서의 전 어찌 된 거죠?"

분명 순타만 돌아왔다는 얘기였다. 그러자 이번엔 달이가 입을 열었다.

"고마성으로 옮겨와서 장인 달이로 살며 공방을 만들었지."

"고마성?"

개화도 아니고 고마성으로 옮겼다는 말에 영은 믿겨지지 않았다.

"그리고 7년 만에 무령왕비 팔찌를 만들어 진상했어. 그것도 국조모 팔찌의 반쪽을 숨겨놓고 말이야. 대단했지. 당시 고마성엔 쟁쟁한 장인들과 공방들이 우리의 경쟁자였거든. 아무튼 그때 이상한 장인의 전설을 만들어서 공방 사람들에게 외우라 하고 은밀히 전설로 퍼트리기까지 한 걸 보면, 장인의 보물을 완성하고 다시 돌아가게 될 줄 알았던 게지."

달이가 새침하게 말을 꺼냈지만 영은 즉각 부인했다.

"아냐, 몰랐어. 난 단지, 내가 무령왕비 팔찌를 만들었다는 걸 순타가 알길 바랐을 뿐이야. 전설이 그렇게 오해될 줄은 몰랐어."

달이의 말에 기억이 난 것일까? 영은 그 전설을 외우게 했다고 넋두리를 해대던 고달의 모습이 생생하게 기억이 났다.

"결국 그대는 무령왕비 팔찌를 만들고 그대의 세상으로 돌아왔어."

한성장인의 말에 달이가 덧붙였다.

"개화와 순타의 기억은 싹 잊어버리고."

"……잊지 않았어."

영이 먹먹한 가슴을 더듬으며 힘겹게 대답했다.

비록 기억은 사라졌지만, 꿈에서조차 영은 순타를 계속 생각했던 것이다.

"그대가 만든 전설을 접한 장인의 혼에 대한 기억을 갖고 있던 소가노 준은 그대를 만나기 위해 개화로 돌아올 생각을 해. 국조모 팔찌를 찾으면 길잡이가 개화에 있을 그대의 곁으로 보내줄 거라고 생각한 거지. 그대가 본래의 세계에 있는 줄도 모르고 말이야."

영은 그제야 소가노 준이 송산리 고분군에서 했던 모든 행동들이 이해가 되었다.

하지만 순타가 개화로 돌아갈 수 있다고 생각한 근거가 무엇인지에 대해선 의문이 들었다.

"그건 이미 그대가 체험했잖아."

한성장인이 말했지만 영은 의아한 표정을 지었다.

"같은 장인의 보물을 갖고 있다면, 시공간을 초월해 만날 수 있어. 그대는 그렇게 첫 번째 개화에 왔었던 그대를 보았고, 나와 함께 있는 어라하를 볼 수 있었어. 그러니 순타가 국조모 팔찌만 찾는다면, 그대를 만날 수 있다고 생각한 것도 틀린 건 아니지."

"그렇지. 그도 충분히 자격이 됐지."

서환 명장이 고개를 끄덕이며 맞장구 쳤다.

"장인의 혼을 가지고 있는 자에게 허락된 여행이니까."

달이가 으쓱거리며 다가왔다.

영은 그들의 대화를 듣다가 문득 중요한 질문이 떠올랐다.

"이제 그와 전 어떻게 되는 거죠?"

명장과 한성장인 그리고 달이는 침묵한 채 대답을 서로에게 미루고 있었다. 심지어 한성장인은 약간 걱정스러운 낯빛이었다.

가슴이 철렁 내려앉는 듯했다. 순타, 그와 다시는 못 만나게 되는 것은 아니겠지?

혹시 준이 무령왕비 팔찌를 훔쳐서 감옥에 가거나 해서 만나자마자 이별을 하게 되는 건 아닐까. 별의별 해괴한 시나리오가 머릿속에서 그려졌다.

"설마 우리가 이대로 못 만나는 건 아니죠?"

영의 재촉에 달이가 입을 열었다.

"모든 일은 반드시 제 길로 돌아가게 돼. 시간은 원형을 이루고 그 원형 안에서 만나야 할 인연은 이어지고, 이뤄져야 할 일들은 모두 이뤄졌어."

영이 원한 대답이 아니기에 재차 물으려던 순간, 서환 명장이 영의 머리를 다시 한 번 쓰다듬었다.

"앞으로 영이 네가 만들 작품을 기대하마."

영은 잠시 현기증을 느꼈지만 명장을 향해 꼭 그러겠다는 다짐의 미소를 지었다.

이번에는 한성장인이 그녀에게 손을 내밀었다.

그러자 그녀의 천으로 감춰진 오른손 위로 쪼개진 국조모 팔찌가 나타났다. 그녀는 영에게 국조모 팔찌를 내밀며 말했다.

"내 보물, 순타를 다시 구해줘서 고마워."

영은 국조모 팔찌를 향해 손을 뻗었다. 국조모 팔찌 안에서 하얀 빛이 새어나오기 시작했다.

세 장인의 혼이 영을 향해 흐뭇하게 미소 지었다.

영도 화답하듯 그들을 향해 미소 지으면서 이것이 그들과의 마지막 만남이라는 예감이 들었다. 새하얀 빛이 그녀에게 쏟아졌다.

*＊＊

눈이 부셨다.

새하얀 빛이 어른거리자 영은 화들짝 눈을 떴다. 그 눈부신 빛의 정체는 노트북 화면이었다. 대기 화면으로 만든 눈밭이 배경인 대기 화면의 빛이었다. 오랫동안 잠을 자고 일어난 것 같은 몽롱함이 영을 짓눌러왔다.

'돌아왔어.'

지금 여기가 어딘지 알았다. 공방 2층에 마련된 영의 침실이었다.

화장대는 화장품보다 공구들과 재료들로 어질러져 있었고, 창문을 막은 침실은 어두컴컴했다.

침대에서 내려오던 영은 왼 손목에 걸려 있는 제가 만든 옥부절을 이어만든 은팔찌를 보며 어안이벙벙해졌다. 분명 개화로 갔을 땐 사라졌던 팔찌가 손목에 그대로 채여 있었다.

'설마, 꿈은 아니겠지?'

개화에서 달이로 지낸 여섯 달의 일이 꿈인지, 다리공방으로 돌아온 서영이 꿈인 것인지 확신할 수가 없었다.

내 항아님은 이곳을 꿈이라 했으니, 이 몸은 몽중정인이 되는 것인가!

하고 많은 순타의 말 중에서 왜 그 말이 기억 속에서 툭하니 튀어나왔을까?

영의 몸이 가늘게 떨리기 시작했다.

몽중정인이라니. 그가 꿈속의 연인일 뿐이라는 건 상상하기도 싫었다.

정말 그녀의 세계에 소가노 준이 있는 것인지, 혹은 순타 태자라는 인물이 역사적으로 존재하는 것인지. 두 사람을 찾는다고 한다면, 찾을 수 있었다.

하지만 영은 차마 그럴 용기가 나지 않았다.

만약 개화의 모든 것이 꿈이라면…… 영은 견딜 수가 없을 것 같았다.

영은 습관처럼 손목의 팔찌를 잡고 돌렸다.

그 순간, 손목 뒤쪽으로 돌아가 있던 옥 부절이 영의 손 끝에 닿았다.

옥 부절 위에 조각된 용을 보는 순간, 영은 기쁨으로 몸을 떨었다.

모든 일은 반드시 제 길로 돌아가게 돼. 시간은 원형을 이루고 그 원형 안에서 만나야 할 인연은 이어지고, 이뤄져야 할 일들은 모두 이뤄졌어.

달이의 마지막 말이 무슨 뜻인지, 그녀가 비로소 이해를 한 것이다.

영은 벌떡 침대에서 일어나 공방으로 이어진 나선형 계단으로 내려가다가 다시 올라왔다.

"아차, 옷! 옷!"

주섬주섬 옷을 찾아 입으면서 두서없는 생각들이 떠올랐다. 소가노 준을 어디 가면 만날 수 있는지! 그녀는 왜 송산리 6호분에서 눈을 뜨지 않고 공방에서 눈을 뜬 것인지.

순타…… 아니, 준은 무령왕비 팔찌를 이미 훔친 것인지.

다급함에 옷 하나 입는데도 꽤 오랜 시간이 걸렸다.

영이 나선형 계단을 뛰듯이 내려와 밖으로 나가기까지 또 한 번 명장의 마지막 작품인 청동상에 발이 걸렸다.

"아얏!"

청동상에 걸려 제대로 고꾸라진 영은 어리석은 사내를 보았다.

선녀를 아내로 맞은 나무꾼이 천마에서 곧 떨어질 것 같은 순간을 조각한 청동상이었다. 애물단지였지만, 지금은 그것마저도 반가웠다. 영은 절뚝거리며 공방 문을 열었다.

딸랑.

경쾌한 종소리가 울렸다.

예고 없이 쏟아진 환한 햇빛에 한순간 눈이 부셔 영은 아무것도 보이지 않았다.

잠시 그 환한 빛에 적응하기 위해 눈을 감고 멈춰선 영이었다.

눈을 감아도 빛이 느껴질 정도로 환한 햇빛이었다.

그 순간, 영의 발길을 막은 그 빛 속에서 그녀 쪽으로 걸어오는 인영 하나가 있었다.

"인연이 있으면 천리를 가도 서로를 만나고, 인연이 없으면 얼굴을 맞대고 있어도 만나지 못한다지."

낯익은 목소리였다.

영은 굳이 눈을 뜨지 않아도 알 수 있었다. 지금 그녀에게 다가오고 있는 이의 유채색 눈동자와 곱게 접은 듯 휘어지는 눈초리. 그리고 너른 가슴을 가진 그녀의 세상이었다.

"항아!"

영의 몸이 움찔 떨렸다.

눈을 떠 그의 얼굴을 확인해야 했지만, 도무지 실감이 나지 않았다. 오히려 눈을 뜨면, 그가 사라져버릴까 두려워진 영은 그 자리에서 꼼짝도 하지 못하고 덜덜 떨어댔다.

그 순간 영의 얼굴 위로 그림자가 졌다. 동시에 영은 강한 힘에 끌려 균형을 잃었다.

"앗!"

너른 품에 안긴 영의 눈이 저절로 떠졌다. 그녀를 깊이 안던 그가 그녀의 얼굴을 쥐더니 유채색 눈동자를 맞춰왔다.

"서영!"

그가 부르는 제 이름에 영은 심장이 덜컥 내려앉는 것만 같았다.

"이번엔 제대로 알아봤다."

준의 말에 영의 얼굴이 잔뜩 상기되었다.

준의 모습을 한 순타를 하염없이 바라보던 영의 입술이 마침내 움직였다.

"꿈은…… 아니지?"

믿어지지 않는 듯 재차 물었지만 대답을 하지 않고, 준은 갑자기 영의 손을 잡아 그의 가슴께로 가져갔다.

두근두근, 영은 준이 끌어다놓은 자신의 손바닥 밑에서 힘차게 뛰고 있는 심장박동을 느꼈다. 그녀의 손목을 잡고 있는 손은 따뜻하기만 했다.

'살아있어. 그가 살아있어.'

준은 제 심장 위에 올려놓은 영의 손 위에 자신의 손을 포개며 말했다.

"이렇게 뛰어. 항아를 보는 이 남자의 심장은."

영은 제 심장이 준의 고동처럼 빨라지는 것을 느꼈다.

"기다렸어. 아주 오랫동안, 항아가…… 항아가 되길."

사랑을 가득 담은 눈길로 영을 바라보는 유채색의 눈이 곱게도 휘어지며 말했다.

그 미소에 영의 눈에서 투명한 눈물 줄기가 흘러내렸다.

영은 더 이상 주저하지 않고 두 팔을 준에게 뻗었다.

"……어서와. 내 세상."

영은 준이 휘청거릴 정도로 그의 목을 꽉 끌어안으며 매달렸다.

준은 그녀를 든든하게 감싸 안았다.

세상이 만물을 품 듯.

그리워도 만날 길은 꿈길밖에 없던 정인들이 1500여 년이 지나 다시 하나의 시간에서 만났다.

그 오랜 세월을 뛰어넘어 사랑을 이룬 오래된 연인에게 하늘도 그들의 앞날을 축복하듯 따스한 햇살을 비추었다.

(끝)